Edition Akzente
Herausgegeben von
Michael Krüger

Frank Böckelmann
Deutsche Einfalt

Betrachtungen über ein
unbekanntes Land

Carl Hanser Verlag

1 2 3 01 00 99

ISBN 3-446-19757-5

Umschlag nach einem Entwurf von Klaus Detjen.
Foto: Peter-Andreas Hassiepen, München
Satz: Filmsatz Schröter, München
Druck und Bindung: Friedrich Pustet, Regensburg
Printed in Germany

Inhalt

Die Herkunft der Urahnen

Zu der fremd gewordenen Frage nach der Herkunft führte mich nicht die Absicht, einen blutsmäßigen Ursprung der Deutschen aufzusuchen. Es geht mir nicht um die Vergewisserung dauerhafter oder erneuerbarer Bestände. Beim Wort »Herkunft« denke ich vielmehr an einen seit Jahrtausenden von der Erde und aus dem Gedächtnis getilgten Weg. Den Anstoß zur Frage gab das paradoxe Verhältnis von Auflösung und Wiederkehr, das sich der ideengeschichtlichen und kulturanthropologischen Beobachtung aufdrängt – in letzter Zeit massiert. Einst maßgebende, später kraftlos gewordene Orientierungen tauchen wieder auf – man denke an Überlebens- und Erlösungsmagien, die Wirkung der Erdstrahlen und den Sog der Himmelsrichtungen –, nicht nach Rückbesinnung auf einen anhaltenden Einfluß, sondern nach ihrer vollständigen Suspendierung.

Ich gehe davon aus, daß sich in 15 Jahrhunderten Sprach-, Landes-, Staats- und Kulturgeschichte etwas eigentümlich, wenn auch nicht ein- und ausgrenzbar Deutsches ausprägte, und zwar auf einem Sockel vorgeschichtlicher Völkerwanderung, Sprachenschöpfung und legendärer Überlieferung. Diese geschichtlichen Ausprägungen haben heute kein eigenmächtig qualifizierendes (»identitätsstiftendes«) Potential mehr, ebensowenig wie andere National- und Volkskulturen. Die Beatmung von Restbeständen und Imitaten bestätigt dies. Eine Rückkehr zum Land, zur Sprache, zum Mythos vor der Geschichte wird uns jedoch nicht gelingen. Die vorgeschichtliche Herkunft ist durch die Zurüstung des geschichtlich aus ihr Entwickelten zur globalen Vermittelbarkeit das gänzlich Verlorene.

Unter allen Austauschaspekten relativiert sind Landschaft,

Himmelsrichtung, Wortklang und Erinnerung beliebig geworden, und diese Beliebigkeit hat die Geschichte Deutschlands zu verfügbaren Programmbeständen schrumpfen lassen. Gleichzeitig hat sich die Sphäre des Unverfügbaren erweitert. Heute berührt uns das Unverfügbare kaum noch als Substanz- und Orientierungsverlust, sondern in erster Linie eben in seiner Unverfügbarkeit. Die Vorzeit, deren Rückbezüge zu unserer nur noch gerechneten Zeit abgeschnitten sind, verliert den ihr auferlegten Sinn, nämlich als Pseudogeschichte und Noch-nicht-Geschichte inventarisiert zu werden, und erweist sich im geschichtsschreibenden Zugriff auf vielfache Weise als unausdenkbar, somit auch als unabschließbar. Wir wissen von den Vorfahren der später als deutsch geltenden Stämme wenig, in einem entschiedenen Sinne nichts. Daß dieses Wenigwissen und Nichtwissen sich nicht darin erschöpft, ein Fehlen von Wissen zu sein, sondern neben unserem Wissen, jenseits und diesseits des Wissens einen besonderen Stand hat, möchte ich im ersten Abschnitt zeigen.

Die anschließenden Abschnitte handeln in gedrängter Form von Europa als einer neuen, spätbesiedelten Erdgegend; von der Ausbreitung einer Sprache über ganz Europa und ihren Dialekten; von der Herkunft dieser Sprache – insgesamt von der sowohl unterschiedlichen als auch gemeinsamen Abstammung der Europäer, wobei das Hauptaugenmerk den Zentraleuropäern gilt.

Geschichte und Vorgeschichte

Geschichtsforschung hat es per definitionem mit schriftlichen Zeugnissen und Selbstzeugnissen zu tun. Zwar befaßt sie sich neuerdings (wieder) mit Mentalitäten, Sitten und Gebräuchen, Mustern der Lebensführung, Ordnungs- und Hygienesystemen und dergleichen[1], muß dabei aber fast ausschließlich der Dokumentenanalyse vertrauen. Sie begnügt sich heute auch nicht mehr damit, Berichte über Menschen, Zustände und Ereignisse in neuer Deutung zu verknüpfen, sondern reagiert auf die Einsicht, daß es keine nichtinterpretierten Fakten gibt, beobachtet den Menschen beim Erzeugen von Bedeutungen und schreibt die Geschichte dieses Erzeugens.[2] Damit sieht sie sich aber mehr denn je auf die Schriften verwiesen. Diese werden zu Metatheorien des Schriftsetzens, letztlich der Schriftlichkeit selbst komprimiert. Niemand soll sich auf tatsächliche Geschehnisse herausreden können; Geschichte besteht aus subjektiven Wertungen, deutenden Schriften und Bedeutungsdeutungen. Nebenbei wird solcherart »experimentell« neues Material gewonnen.

Der unvermeidliche Perspektivismus der historischen Quellen und der Quellenforschung – dies könnte man als Motto der Zunft formulieren – ist der Tribut für die Möglichkeit zuverlässiger Überlieferung. Nur Subjektivität, nur die Abstand nehmende Schrift gewährt die Chance von Intersubjektivität, und über diese kommen wir nicht hinaus. Das Zeugnis des Chronisten erweist sich als vom Gang der Dinge hervorgebracht (geschrieben) und den Gang der Dinge stilisierend (miterzeugend), steht somit in und außerhalb der Situation, in einer Schwebe, die das historische Kontinuum, die Sukzession und Korrelation der Kausalfaktoren, verbürgt, ja vielleicht einzig herstellt. Auch eine über sich selbst aufgeklärte Geschichtsschreibung knüpft Ursachenketten zwischen Vergangenheit und Gegenwart. So gerät jedes Gestern zum »Vater des Heute« und damit zum Präzedenzfall für die Zukunft.[3]

Mit der Schriftlichkeit artikuliert sich von Anfang an der Wunsch, das Gesprochene und Geschehene vor dem Vergessen zu bewahren und unverfälscht der Nachwelt zu überliefern. Dabei sind Geschichte und Vorgeschichte lange Zeit nur räumlich getrennt. In Mesopotamien und Ägypten endet die Vorgeschichte spätestens um 3000, in Griechenland um 750 vor unserer Zeitrechnung, in Norddeutschland um 800 unserer Zeitrechnung. Setzt aber einmal Geschichte ein, verstärkt sie das Bedürfnis nach Geschichte. Der jüdische Geschichtsschreiber Josephus bemerkt um das Jahr 80 u. Z. über die Ägypter, Chaldäer und Phönizier: »Diese Völker wohnen alle in Gegenden, die in nur sehr geringem Maße den zerstörerischen Einflüssen der Umwelt ausgesetzt sind, und sie haben vielerlei Vorsorge getroffen, damit nichts, was bei ihnen geschehen ist, in Vergessenheit geraten kann, sondern daß alles in öffentlichen Niederschriften von ihren weisesten Männern für immer unberührbar bleibe.« Dagegen laufen laut Josephus schriftlose Völker und mit ihren Schriften wenig sorgsam umgehende Generationen Gefahr zu glauben, »daß sie selber den Anfang darstellten«. Sie lernen nicht aus der Tradition, sondern »richten jedes Mal wieder ihr Leben neu ein«.[4] Jedenfalls befürchten das die Schriftbesitzer.

Konsequenterweise versucht der Prähistoriker, der »Wissenschaftler des Spatens«, die Bodenfunde als Ding-Schriften zu lesen. Während der Historiker jedoch, von terminierten Ereignissen ausgehend, Entwicklungen aufzeigt, nutzt der Prähistoriker Evolutionshypothesen, um den Fund zeitlich einzuordnen. Die Chronologie ist abgeleitet, auch bei Optimierung der Präzision (durch naturwissenschaftliche Datierungsverfahren) nur Fiktion von Geschichte, deren willkürliche Verlängerung nach hinten. Für jede historische Epoche gibt es unzählige Lesarten, entsprechend den vielen unterschiedlichen Interessen und Schreibweisen der Chronisten und Historiker. Die Ding-Schrift der Mikrolithen, der Grab-, Hort- und Siedlungsfunde ist nie so dicht gesät, daß sie ein fortschreitendes Lesen und somit verschiedene Lesarten möglich macht. Ohne historische Kontrollquelle erlaubt sie nur ein Buchstabieren. Daher läßt man nichts unversucht, um die Prähistorie so eng wie möglich der Historie anzuschmiegen, von den frühen Hochkulturen aus in sie hineinzuleuchten, nach Fernimporten aus bekannten Handelszentren zu fahnden und Analogieschlüsse von Faßbarem, u. a. den »Naturvölkern« der Gegenwart, auf Unfaßbares zu ziehen. Der Übergang zur Zivilisation des Vorderen Orients und zu den Metallzeiten erscheint als Entwicklungsziel, wenn nicht gar Endzweck der Prähistorie, allein schon deshalb, weil mit Kalendern, Königslisten und Rechtsvorschriften endlich authentische Urkunden vorliegen.

Von »Bodenurkunden« wie Gefäßscherben, Skeletteilen, Hausboden-, Herdpflaster- und Nahrungsresten auf soziale Verhältnisse, Siedlungswesen, Wirtschaftsform und Vorstellungen von übermenschlichen Kräften zu schließen, fällt nicht leicht. Sekundierende Methoden wie Pollenanalyse und Klimarekonstruktion geben Hinweise auf Lebensbedingungen, die historische Blutgruppenforschung hilft bei der Nachzeichnung von Wanderungsbewegungen – in Bewußtseinsgehalte, gar Vorstellungswandel übersetzen lassen sich die Ergebnisse noch lange nicht.[5] Das Arsenal der Datierungstechniken – von radiometrischen und astronomischen Verfahren bis zur Bänderton- und Jahrringchronologie – wirft wiederum eine andere Frage auf. Obwohl die Angaben häufig verblüffend genau sind, sagen sie wenig über Kulturen aus, die sich selbst in keine Zeitrechnung eingliedern, nach unseren Maßstäben Tausende, ja Zehntausende von Jahren stationär bleiben, von anderen überdeckt werden, wiederkehren und »plötzlich« verschwinden. Der Anschluß an die Zeitrechnung mag allenfalls dazu dienen, seine eigene Fragwürdigkeit zu demonstrieren.

Verfehlt ist die Vorstellung einer konsequenten Form- und Stilentwicklung von den paläolithischen Malereien, Zeichnungen und Skulpturen zu den Werken der frühen Antike[6], bedenklich die Einteilung der Ur-, Vor- und Frühgeschichte nach dem jeweils überwiegend gefundenen Material (Stein, Kupfer, Bronze, Eisen), bloß willkürlich das ihr entsprechende Modell der Hinaufentwicklung. Lévi-Strauss gibt das Beispiel der »Periode des zugeschliffenen Steins«, genannt Paläolithikum: Man glaubte zunächst, daß die Formen dieser

Technik (»Kernindustrien«, »Abschlagindustrien«, »Klingenindustrien«) einen Fortschritt in drei Etappen erkennen lassen: dem Alt-, Mittel- und Jungpaläolithikum. »Heute nimmt man an, daß diese drei Formen koexistiert haben und keine Etappen eines Fortschritts in einer Richtung darstellten, sondern Aspekte ... einer sicher nicht statischen, sondern sehr komplexen, Variationen und Transformationen unterworfenen Realität.«[7] Zwischen dem 250. und 70. Jahrtausend vor unserer Zeit erreichten die Vorläufer des Homo sapiens sapiens in der Zuschlagtechnik eine Perfektion, »auf die wir sonst annähernd erst wieder am Ende des Neolithikums stoßen, das heißt 245 000 bis 65 000 Jahre später«.[8] Nicht die wellenförmig verlaufende, reversible, kreisende oder multiple Zeit, sondern die linear fortschreitende Zeit ist – nach unserem Eigenmaß – der Sonderfall.

Obwohl sich verschiedene, vielfach gegenläufige Evolutionslinien außerhalb der Geschichte nachzeichnen lassen, täten Archäologie und Prähistorie gut daran, die Äonen der Vorzeit einschließlich der Zeiträume des »seßhaften« Neolithikums als *eine* Landschaft zu denken, in der sich die Spurenfragmente verteilen, oder als eine Vielzahl ineinander verschachtelter Landschaften, die nicht durch Stufungen, sondern durch *Wege* von Menschengruppen verbunden sind. Selbst wenn das Netz der Eintragungen auf der Karte der Vorzeit enger geknüpft wäre, würden nicht die Dinge im Fluß sichtbar werden, nicht die Folgen persönlichen oder kollektiven Handelns, keine Ereignisse in Serie ablesbar sein. Der Prähistoriker kennt nur Resultate, Sedimente. Strenggenommen konstituiert auch er seine Gegenstände, aber ebensogut könnte er sie so behandeln, als seien sie, Raum- oder Zeitkapseln gleich, gelandet.

Der Fragmentcharakter der Vorzeit, von der Vorgeschichtsforschung nur als Summierung von Quellen- und Erklärungslücken verstanden, ruft nach Hilfswissenschaften. Diese haben sich zahlreich eingefunden: neben der Anthropologie bzw. Rassenkunde und der vergleichenden Sprachwissenschaft stehen vergleichende Völkerkunde, Völkerpsychologie, Soziologie, Botanik und Zoologie, Geologie und Bodenkunde, Geophysik und andere. Da aber das generelle Kriterium und Medium der Übersetzbarkeit für Befunde einer Wissenschaft in Befunde einer (anderen) hermeneutischen Wissenschaft, die schriftliche Quelle, fehlt, muß jede der beteiligten Wissenschaften »getrennt marschieren«.[9] Im Fall der drei wichtigsten kontaktsuchenden Disziplinen zeigt sich das Dilemma, daß Kultur (Archäologie) nicht zwingend mit Volkszugehörigkeit (Anthropologie), diese nicht mit Sprache, Sprache nicht mit Kultur zur Kongruenz zu bringen ist. Nur unabhängig voneinander gewonnene Ergebnisse können sich stützen oder diskreditieren, Lücken aber nicht kompensiert werden.

Die grabende Vorgeschichtswissenschaft, bezeichnenderweise aus der Heimatforschung mittel- und nordeuropäischer Länder erwachsen, muß sich also weiter allein behelfen. Ihre Filigranarbeit imponiert durch hellsichtige Indizienbeweise, etwa wenn aus Depotfunden matriarchale und schamanistische Kulte, aus Dünnschliffen von Gefäßscherben die Lagerstätten, Märkte und Absatzgebiete des Tons abgeleitet werden und typische Kombinationen verschiedener Elemente (Keramikstil, Bestattungsform, Bewaffnungsweise, Schmuckart) einen unbekannten verursachenden Faktor belegen. Aber welcher Platz und Rang und welche Bedeutung kommt dem Aufgewiesenen im Zusammenhang der Lebensverhältnisse zu? Ist es gerechtfertigt, zwischen neolithischen Kulturen nach dem Stil der Töpferware zu unterscheiden, nur weil man ihn kennt (Linearband-, Stichband- und Schnurbandkeramik, Kugelamphoren, Trichterbecher, Glockenbecher)? Oder haben die differentiellen Bestattungssitten höheres kulturelles Gewicht, falls ihnen verschiedene Jenseitsvorstellungen entsprechen? Oder determiniert die Form der Agrikultur stärker die Konstellation der Kulturelemente und damit auch den Grad der Verwandtschaft zwischen den Kulturen?[10]

Offensichtlich ist es nicht zulässig, jeweils einen Teil für das

Ganze zu nehmen und Analogieschlüsse von Aspekten einer Kultur auf Zusammenhänge räumlich und zeitlich entfernter Kulturen zu ziehen.[11] An diesen Deutungsgrenzen prallt die Hermeneutik einer *potentiellen* Objektgrammatik und *potentieller* Symboldenkmäler ab, und in diesen Grenzen erscheint auch die strukturalistische Analyse impliziter Bedeutungsgehalte meist trivial.[12] Immer wieder führt die Rekonstruktion von Sinnsplittern zu den Gegenständen selbst zurück: Die Ornamentik eines Tongefäßes repräsentiert einen bestimmten »ästhetischen Sinn« der Herstellergemeinschaft, aber dieser »Sinn« kann wiederum nur durch die Ornamentik gekennzeichnet werden. Immer nur *facta bruta* und, was das gleiche ist, eine endlose Reihe provisorischer, unverbindlicher Kombinationen und Auslegungen.

Ist die Geschichtswissenschaft hier eigentlich in einer anderen Lage? Auf den ersten Blick nicht. Auch die Interpretation der schriftlichen Quellen erreicht keine Allgemeinverbindlichkeit – stellen doch, wie man uns eingeschärft hat, nicht nur die Werke der Historiker, sondern auch die historischen Stoffe selbst Deutungen und Sinngebungen dar.[13] Geschichtswissenschaft wäre somit die Hermeneutik von Hermeneutik. Doch wer darauf insistiert, daß Historiker nur Artefakte schaffen, sagt damit stets zugleich, daß es der Geschichtsschreibung nicht gelingt, zu den Fakten durchzudringen, und erneuert die von ihm verworfene Unterstellung der *facta bruta*. Wer in Aussicht stellt, daß eine Deutung die andere ablöst, schreibt das Gedeutete fest.

Prä- und Schrifthistoriker, Hermeneutiker und »strukturale« Forscher haben und suchen Tatsachen, neues Material. (Der Akt der Bedeutungszuweisung als Forschungsgegenstand ist Teil des Materials.) Auch die historische Forschung weiß stets zu wenig und kommt an kein Ende. Ihr Quellenreichtum offenbart sich je wieder als Armut – mehr noch: im selben Maß, in dem der Umfang des Materials zunimmt, erhöht sich der Bedarf nach weiteren Quellen und Deutungen.

Wenn hingegen auf eine beträchtliche Vermehrung der Dokumente erst gar nicht zu hoffen ist, potenziert dies deren Zeugnishaftigkeit und die Zahl der an ihnen wahrgenommenen Eigenschaften und Aspekte. Das Wenige, das wir haben, ist stets auch Alles – nicht nur weil wir uns begnügen müssen, sondern auch weil jede Quellenlage eine andere Welt konturiert und ein anderes Defizit bedingt, auch und gerade die günstige. Mithin ist das uns Zugängliche jeweils auch vollständig. Ein einziges Zeugnis fremder Wesen – sagen wir, von Alpha Centauri – hielte allen historischen Hinterlassenschaften die Waage.

Die Materiallage ist abhängig von Dauer und Intensität der Verwitterungseinflüsse und der Behandlung des stofflichen Nachlasses durch die erbende Menschheit. Zuallererst aber hängt die Hinterlassenschaft einer Epoche davon ab, was die Populationen dieser Epoche zu hinterlassen willens, bereit und fähig waren. Diese schlichte Überlegung führt ins Zentrum des Verhältnisses von Geschichte und Vorgeschichte. Aus letzterer überdauerten Skelette und Weihegaben (höheren Gewalten zugeeignet, somit willentlich), Schatz- und Gebrauchsgüterhorte, die aus unbekannten Gründen nicht geleert wurden (gleichwohl willentlich), und Siedlungsreste (unwillentlich). Unabhängig vom Grad ihrer Zerstörung gilt, daß nichts sonst hätte hinterlassen werden können. Auf Zeitfestigkeit und Tradierbarkeit achteten jene Populationen offenbar nur punktuell. Das Bedürfnis, Selbstzeugnisse zu hinterlassen, war entweder defizient oder zur Entwicklung eines Mitteilungsmediums nicht ausgeprägt genug. Das, was wir kennen, ist demnach lückenlos.

Anders gesagt: Die Geschichtswissenschaft befaßt sich nur mit jenen Kulturen, die auf Selbstdeutung, Tradierung und Zeitrechnung hin angelegt sind. Geschichte will Geschichte, Geschichtswissenschaft. Ihre Selbstaufwertung, ihre fixe Idee, daß Vorgeschichte in Geschichte mündet, letzten Endes auf Schriftlichkeit hinausläuft, hindert sie daran, die prinzipielle, von der Quellenlage unabhängige Unleserlichkeit der Vorzeit wahrzunehmen.

In den Vorhof der Hochkulturen verwiesen, erweckt die Landschaft der Jäger, Sammler, Bauern und Krieger den Anschein, als hielte sie noch den Bericht verborgen, der die Fragmente zum Gesamtbild vereinigt. Die Forschung hält einen Platz für die prähistorische Schrift frei und beschäftigt sich einstweilen mit Surrogaten. Damit mißachtet sie den Wink, den die Abwesenheit eines verallgemeinerten Signifikanz-Mediums gibt: über die Modalität der Gerätschaften und des Tagesablaufs in einer *selbstgenügsamen* Gemeinschaft nachzudenken. Die sprachlosen Dinge können zwar nicht vergessen machen, daß ihre Besitzer eine hochentwickelte Sprache und andere Zeichen- und Symbolsysteme gebrauchen, und suggerieren daher keine Ungeschiedenheit von Gegenstand und Bedeutung. Wohl aber konfrontieren sie uns mit einer an das Gerät und das Geschehnis gebundenen, von diesen gleichsam ausgeschickten, insofern selbstgenügsamen Signifikanz, die sich nicht in einer Zeitreihe selbst zu überholen trachtet.[14]

Es ist befreiend, in der Begrenztheit des archäologischen Materials und der Unausleuchtbarkeit der prähistorischen Landschaft nicht das Defizit, sondern das Andere zu sehen. Der Mensch in dieser Landschaft lebt nicht auf uns hin und wirbt nicht um unser Andenken. Deshalb löst jede Ausgrabung das Gefühl aus, die Menschheit oder eine Menschheit werde neu aufgefunden. Die Intentionslosigkeit dieser Landschaft (ihr Schweigen) läßt sich mit keiner Abgrenzung, auch nicht gegenüber den Geschichtsprozessen, vereinbaren; hält man die Konfrontierung durch, endet die Geschichte als Zufall der Nichtgeschichte. Der Vorratsbehälter, die Pfeilspitze, die Halskette werden vom kulturellen Kontext, wie er auf den Museumsvitrinen mitgeteilt wird, kaum berührt. Vielmehr holt die Gestalt des Bruchstücks und selbst des ergänzten Rekonstrukts den Kommentar je wieder zurück: in die Unfaßbarkeit ihrer Anwesenheit und die durch kein Verständnis erreichbare Konkretion. Wir stehen vor einer Alternative. Das Vertrauen auf den historisierenden Kommentar relativiert jene Anwesenheit und bestreitet sie damit überhaupt.

Die Gebrauchsfunktion der Fundstoffe ist meist offensichtlich; um so schwerer zu verstehen, daß diese keine Botschaft enthalten. Die vielen evidenten Zwecke fügen sich zu keiner Ganzheit und keinem »Einklang mit der Natur« und kulminieren nicht in einem übergeordneten Zweck (dem »Überleben« etwa). Fragen über Fragen, die an den Objekten abgleiten. Als frageloses Geheimnis besagt das Wenige der Prähistorie heute mehr als die für die historische Selbstbefragung bereitstehende Überfülle. Nicht weil es »der Phantasie mehr Raum gewährt«, sondern weil es die Phantasie in die Bedeutungsleere laufen läßt. Weil der Mensch der Vorzeit und seine Bewegung, die Bewegung der Dinge im Raum, unausdenkbar sind, erübrigt sich ein übersteigendes und überwölbendes Begreifen. Zwar können wir dieses Begreifen nicht verhindern, sobald wir über die Vorzeit Aussagen machen, doch scheitern wir ebenso fortgesetzt am Gegenstand, und dieses Scheitern ist das Wesentliche, das Lapidare des Berichts. Die Wanderungen unter dem prähistorischen Himmel sind kein Sujet, in dem wir uns verstehend und nachvollziehend bewegen können; es reicht zu wissen, daß das Andere der Geschichte weder anzuzweifeln noch auszuschöpfen ist.

Vielleicht ist das Interesse an referenzlosen Gesellungsformen und selbstgenügsamen Dingen und Geschehnissen höchst zeitgemäß und läßt unsere Bedeutungssuche kulminieren. Wenn dies so ist, dann sei es so. Ich beschwöre keinen Sprung in die Vorgeschichte noch anderswohin aus der Geschichte hinaus. Sonst würde ich schweigen, zumindest nicht pauschal von »Dingen« sprechen. Wir können die Errungenschaften der historischen Evolution und die Vorzüge eines schriftlosen Daseins nicht gleichzeitig in Anspruch nehmen, zudem steht es nicht in unserem Belieben, das eine oder das andere zu tun. Aber ebensowenig hängt es (allein) vom Konsens der Historiker und Philosophen ab, ob wir uns noch in der Geschichte oder in welcher Erosionsform der Geschichte wir uns befinden.[15]

Neue Welt Europa

Zu den Ergebnissen seiner Grabungen im Hamburger Tunneltal bemerkt der Archäologe Alfred Rust 1962 ratlos, die jungpaläolithischen Jägertrupps, deren Ausrüstung er sicherte, seien gleichsam »aus dem Nichts gekommen«.[16] Dies ist auch heute noch das Fazit der Ermittlungen nach der Herkunft des Homo sapiens sapiens. Der voll entwickelte Jetztmensch taucht in einer Phase der Klimamilderung inmitten der letzten Eiszeit in Europa auf, in der Chronologie zwischen 44 000 und 31 000 v. u. Z. Halten wir sein (unser) Gesicht neben das der anderen Menschenarten, assoziieren wir Grazilität, mit der steilen Stirn Verkindlichung, mit dem markanten Kinn Entschlossenheit: je erfinderischer, desto verletzlicher. Jedenfalls sterben wenige Jahrtausende nach seinem Auftreten mit Speerschleuder, Harpune, Pfeil und Bogen die letzten Altmenschen aus.

Woher kommt dieser Jetzt- und Letztmensch, das Wesen, das archäologisch an seinen formvollendeten und variantenreichen Steinklingen identifiziert wird? In Europa selbst kann er nicht entstanden sein. Innerhalb der vielenorts ans Licht gebrachten Kulturschichtung folgt die charakteristische Klingenmanufaktur »so abrupt auf die protolithischen Komplexe, daß an eine allgemeine langsam-stetige Entwicklung aus dem jeweils lokalen oder regionalen Mittelpaläolithikum kaum zu denken ist«.[17] Die Europiden wandern recht spät in Europa ein, und ebenso gewiß wie ihre Existenz ist, daß sie in einem unbekannten Anderswo die unwiderruflichen Schritte ihrer

Genese getan haben. Davon abgesehen, kommen sie in verschiedenen Typen, in mehreren Wellen und auf verschiedenen Wegen. (Übrigens finden sich in Europa auch keine Spuren der Vormenschen, weder vom Australopithecus noch von seiner Endform Homo habilis. Erst die Vertreter des Homo erectus sickern 1 Million oder 600 000 Jahre vor unserer Zeit in Europa ein; ihnen folgen viele Jahrhunderttausende später die Präneandertaler. Alle Menschenarten entdecken Europa als Ausläufer der eiszeitlichen Welt, in der die Kontinente durch Landbrücken verbunden, allenfalls durch schmale Meerengen getrennt sind.)

Für das Problem liegt keine Lösung nahe, denn die Fossile der Sapientes konzentrieren sich in Frankreich, Deutschland und nahe der Nordseeküste wie in keiner anderen Erdgegend. Daß die »spezialisierten Jäger« sich von Früh- oder Spätformen des Neandertalers abgezweigt haben, wird aber von der Paläoanthropologie bestritten. Ganz im Gegenteil: Fossile mit Sapiens-Zügen und dem Erkennungsmotiv der steinernen Blattspitze in Europa, Afrika und dem Nahen Osten datieren bereits aus der Mindel-Riß-Eiszeit (um 250 000 v. u. Z.). Manche Forscher lassen den abgesonderten Sapiens-Stammbaum schon mit dem Quartär bzw. der frühesten Altsteinzeit beginnen (600 000 v. u. Z.)[18]; nahezu alle stellen die steinzeitlichen Menschenarten, die *Praesapientes* eingeschlossen, nunmehr nebeneinander statt hintereinander.[19] Deshalb werden Skelett- und Werkzeugfunde, die in jeweils individueller Weise Sapiens-Merkmale mit Neandertaloiden verbinden, nicht als Abstammungshinweise, sondern als Belege von Kreuzungen beider Unterarten betrachtet. Doch ob es sich nun um Prototypen oder Mixturen handelt, die Spuren aus dem Protolithikum zeigen Fremdkörper im Universum der Faustkeilkulturen und keine Gegenkultur, Einsprengsel und keine fortdauernde Präsenz, »frühzeitige Einbrüche des Cro-Magnon-Menschen in die Reviere der Neandertaler«[20], aber kein angestammtes Entwicklungsgebiet, Resultate und keine Vorstufen.

Wo also liegt jener Isolationsraum, der seine Abkömmlinge wiederholt nach Europa und in die anderen Erdteile geschickt hat, sei es über Zwischenstationen oder auf direktem Weg? Die Herkunft bleibt im dunkeln, zumindest nimmt es keine Hypothese mit sämtlichen Abstammungs- und Verteilungsfragen auf. In letzter Zeit nicht mehr moniert wird die logische Alternative, der Homo sapiens sapiens könne in mehreren, voneinander getrennten Räumen zugleich entstanden sein, sozusagen als eine unter ähnlichen Umständen mehrmals abgerufene Disposition der Schöpfung. Man muß schon sehr evolutionsgläubig sein, um bei den Implikationen einer solchen Annahme nicht zu stutzen oder sie zu übersehen. Genaugenommen liegen nur zwei Theorien vor, die überhaupt Antworten geben, und diese beiden Theorien schließen sich im wesentlichen gegenseitig aus.

Zur ersten lassen sich einige divergierende, aber bestimmte Evidenzvorstellungen teilende Deutungen zusammenfassen. Evident ist die Angliederung Europas an das asiatische Hinterland, seinen Rumpf, der sich überdies mit der Brücke des Vorderen Orients um den »Ursprungskontinent« Afrika erweitert. Diese Räume ermöglichen ein »reicheres und volleres Einströmen« von Invasoren als das westliche Mittelmeergebiet.[21] Evident ist die Wegweisung, wenn wir Linien vom mittel- und nordeuropäischen Ankunftsgebiet zu den uralten Sapiens-Stätten in Syrien und Palästina ziehen und von dort wiederum Bezüge zu Entdeckungen in Borneo, Java und Australien sowie in China herstellen (neuester Fund, Australien 1987: 47000 bis 43000 v. u. Z.). Dann spricht vieles für eine Ausgangszone, von der aus beide Weltenden – und Amerika nicht zu vergessen! – erreichbar erscheinen: den Vorderen Orient[22] oder ein Gebiet »östlich der uralokaspischen Linie« in »Zentralasien«[23]. Die unermeßlichen Zeiträume, in denen die Praesapientes ihre Abdrücke hinterlassen, legen aber eine Unterscheidung von Ausgangszone und Entstehungsherd nahe. Diesen sehen viele in Afrika (obwohl sich mittlerweile auch China und Sibirien zu »Wiegen der Menschheit« erklärt haben), Alfred Rust hingegen in der eiszeitlichen Tundra des nordeurasiatischen Flachlandgebiets.[24]

Wie auch immer, die erste Kultur des alle Erdteile erschließenden Menschen, die Feuersteinindustrie des *Aurignacien*, dringt nach herrschender Meinung von Osten in Europa ein. Nur Spanien, Frankreich und Italien werden auch über Nordafrika zugänglich. Bis zum Ende der Eiszeit – in einer Spanne von gut 30 000 Jahren – erreichen die Jägersippen schubweise die europäischen Urwälder und Tundren. Sie ziehen hinter dem abschmelzenden Eis her und weichen vor dem Eis zurück, lassen dabei aber noch Grundrichtungen erkennen, denen die Generationen jahrhundertelang folgen. Bei geringer Bindung an bestimmte Reviere reagieren sie schnell auf die Veränderung der Umweltbedingungen, nur das Tragbare mit sich führend. Die vielsagende Analyse von Klimaschwankungen, Wildwechsel und Bevölkerungsdichte verführt jedoch zur Motivforschung, die stets alles und nichts offenbart. Sofern mir als Sekundäranalytiker hier überhaupt eine Wahl bleibt, unterstelle ich das Nichts.

Zu der Ost-Hypothese gibt es eine Alternative, die einzige explizite und geschlossene Theorie der Herkunft und Ankunft des Neolithikums in Europa. Ich meine das Lebenswerk-Resümee des Ethnologen Werner Müller: »Amerika – die neue oder die alte Welt?« Seine Schlußfolgerungen, stark vereinfacht: Sowohl Westeurasien als auch Ostsibirien empfängt von Amerika, unmittelbar vom kanadischen Archipel und von Grönland den Homo sapiens sapiens der Steinzeit mit seinen Klingenkulturen. In der baumlosen Tundra der Eismeerküste siedeln und jagen noch vor den Eskimos, später neben ihnen die Altarktiker der *Dorset*-Kultur (Alt-Aleüten, Prä-*Koniag*). Regelmäßig dann, wenn das riesige Nahrungsbecken dieser Kultur, das Polarmeer, zufriert – und dies geschieht gerade in den Warmzeiten, zur Gletscherschmelze –, ziehen die Arktiker nach Süden und hinterlassen in Westeurasien wie auch in südlicheren Zonen Nordamerikas ihre Spuren. Mit dem vorletzten und dem endgültigen späteiszeitlichen Temperaturanstieg beginnt sich die *Dorset*-Kultur bis auf kleine Reste aufzulösen. Ihre auf dem Kontinent verbleibenden Völker kennen wir als die *Algonkin* in Hudsonien und Neuengland, die *Sioux* an den westlichen Großen Seen und die *Salish* in der nördlichen Gebirgskammer des Großen Beckens. Dagegen wandern die von ihren Eskimo-Nachbarn *Tornit* oder *Tunit* oder *Tornak* genannten Gruppen nach Europa und treten an der Nord- und Ostseeküste als »mikrolithisch ausgerüstete« Eisjäger der Mittleren Steinzeit auf. Sie sind die letzten Nachläufer der altarktischen Wanderung. In arktischen und indianischen Legenden werden sie als Langköpfe mit hochgewölbten Schädeln, schmalen Gesichtern, langen geraden Nasen und heller Hautfarbe geschildert; unverkennbar sind auch die europiden Züge der *Algonkin, Sioux* und *Salish.*[26] Deutliche Hinweise geben außerdem die geistig-kulturellen Übereinstimmungen Altnordamerikas mit den weißen Völkern Alteurasiens (»Horizontkalender«, »kosmische Architektur«, »Pfostenquadrat«, »Kreisgott« und »Neujahrsgeste«, »Elementenkanon«, »Verschlingungsrituale« und Winterunterkünfte), ferner paläolithische Felsbilder Nordnorwegens und Sprachverwandtschaften.[27] Weil im »Nordwestquadrant Eurasiens« ohne jede Vorstufe ferne Einflüsse Gestalt annehmen, entsteht das frühe *Aurignacien* im Westen und fließt nach Osten ab – und nicht, wie man nach der Ost-West-These annehmen müßte, umgekehrt.[28]

Die Altarktiker brauchen nicht erst den sibirischen Kontinent zu bewältigen. Sie erreichen Europa über die grönländisch-isländische Eisschwelle, auf dem kürzesten Weg. Über Jahrhunderttausende hinweg treffen aus Amerika, dem »einzigen und typischen Sapienskontinent«, nur vereinzelte und schwache Vorstöße die Welt der Neandertaler; schließlich aber, in der Erwärmungspause der Würm-Eiszeit, machen sie dieser Welt ein Ende, oder sie mehren sich an ihrem Ende. Spitzbergen und Nordnorwegen sind Schrittsteine und Wegweiser. So kommen diese Menschen »aus dem Nichts«, konfrontieren der Archäologie einen unfaßbaren »hochnördlichen Kulturhabitus, geformt in einer Region ohne Baum; mit Knochen, Leder und Geweih arbeitend ... allenthalben Renjagd, Sommerzelt, Harpune, Pfeil, Bogen, Lanze und jahreszeitliche Pendulation ... Pelzkleidung mit Stiefeln, Hose und bis zum Hals geschlossener Jacke; ihre Fähigkeit und Gewohnheit, hausartige Lederzelte mit heizbaren Räumen aufzuschlagen; ihr besonderes Verhältnis zum Feuer – hat man doch in der Mährischen Pforte bei Ostrau-Peterhofen nachweisen können, daß die Jungpaläolithiker ihre Brennstellen mit Steinkohlen feuerten, ... wie auf Spitzbergen und in Westgrönland«.[29] Die Erinnerung an den unsäglichen Wechsel der Landschaft, der das Maß von Licht und Dunkelheit aufbricht, bleibt in Mythen und Legenden haften.[30]

Werner Müllers Arbeit, die mit Belegen, Anknüpfungsangeboten und falsifizierbaren Thesen reichlich versehen ist, harrt noch der Antwort mehrerer Einzelwissenschaften, mit denen es Müller als Zugehöriger, aber auch als ungebetener Gast aufgenommen hat. Sie handelt von der Herkunft der Europiden, ist somit fragmentarisch, und macht sich durch die Aufstellung ethnisch-linguistischer Gleichungen (*Tornit* = Indoeuropäer) verwundbar. Doch solche Einwürfe kommen an den Müllerschen Wurf nicht ganz heran.

Im übrigen haben sich Paläoanthropologen und Prähistoriker daran gewöhnt, ihren Auseinandersetzungen die Schärfe zu nehmen, indem sie jeweils einvernehmlich auf die Ausgrabungen von morgen warten, in der Zuversicht, daß die Erde noch hinreichend Auskunft gibt, bevor sie versiegelt ist. Ich glaube an keine Klärung, die den Osten über den Norden oder den Norden über den Osten siegen läßt – gerade weil eine solche Entscheidung alles andere als belanglos wäre –, und verweise auf das, was dem Europa im Westen und dem Europa im Süden gemeinsam ist: ein aufgefundener Kontinent zu sein.

Der Blick auf die Karte zeigt Europa als Archipel Asiens. Die Jägernomaden ohne Überblick aus der Himmelsperspektive gewöhnt Europa an die Unabsehbarkeit. Die nach wenigen Tagesmärschen bemessene Abwechslung einengender und öffnender Räume schult den begrenzten Blick, auch derart, daß Übersicht und Grenze nun einander bedingen. Sowohl die Kleinräumigkeit als auch die wechselseitige Umschlingung von Halbinseln und Halbmeeren macht Europa zum Mikrokosmos. Wenn die überkommenen Erfahrungen und Erwartungen beschleunigt und im raschen Übergang zu anderen befremdet werden, liegt darin ein vorbewußtes Erfassen von Europa.

Die über die Steppe oder das Eis Gekommenen verstört und lockt der hohe und dichte Vegetationswall und das schroffe Ende des nach fast allen Seiten ins große Wasser hinausragenden Landes. Europa ist Weltenge und Weltende. Jedes Revier ist Grenzland, und jede Fernstrecke endet als Sackgasse, selbst an der Mittelmeerküste, die Europa an den Nahen Osten und Afrika zurückbindet.

Europa lockt und fängt die Bewohner der weiten Ebenen. Die Invasion des Sapiens ist die erste in einer langen Reihe von Invasionen. Die Träger vieler Kulturen ziehen in die neue Welt, doch kein Volk, kein geschlossener Verband zieht wieder davon, abgesehen von einigen kriegführenden Reitervölkern. Die Spannung zwischen Alt und Neu wird noch umspannt vom Ausschlußverhältnis zwischen Abschied und Ankunft. Bis ins hohe Mittelalter ist Europa gegenüber Asien und Afrika – und auch gegenüber Amerika? – der Kontinent der Ankunft.

Im Gelage der Fundschichten haftet die Ankunft als übergangsloser Wechsel des Inventars. Nach den Jägern empfängt Europa das fertig ausgebildete Bauerntum. Der vierrädrige Wagen und der Pflug, das Rind als Arbeits- und Opfertier, das Schaf, die Ziege, das Schwein (nicht das Pferd!) und die Getreidearten halten Einzug, und in dem nunmehr unter dem

Zeichen der Linearbandkeramik von Griechenland bis Irland besiedelten Kontinent heben sich erstmals Kulturprovinzen als virtuelle Völker voneinander ab. Das behauste und bebaute Europa wird etappenweise gegründet, die Bevölkerung Mitteleuropas im 5. Jahrtausend v. u. Z. In unsere Breiten gelangt die Seßhaftigkeit (das Neolithikum) vom Donauraum aus; dorthin gelangt sie von Kleinasien aus, dorthin von Syrien und Ägypten aus (7. Jahrtausend v. u. Z.), dorthin wiederum aus den Steppen und Randgebirgen um das Schwarze und Kaspische Meer mit Westturkestan, dem Kaukasus und Teilen Irans.[31] Ein zweiter Wanderweg von Löß- und Steppenbauern nimmt in Ägypten seinen Ausgang und führt über die Küsten Nordafrikas, Spaniens und Frankreichs bis nach Irland, Großbritannien und Skandinavien. Von ihm her erklärt sich die seltsame anthropologische Ähnlichkeit der skandinavischen, irischen und nordafrikanischen Bevölkerung.[32]

Die Wanderung löst sich in Erdkunde, Datierung und Werkzeugkunde auf, solange sie nicht im Horizont, in den sie hineinführt, gesehen wird. Und sie löst sich in Identifikationsfragen auf, solange nicht das Verhältnis von Aufbruch und Ankunft, Aufbrechenden und Ankommenden neu aufgefaßt wird, was heute heißt: unbefangen vom Wechselspiel völkischer und kulturistischer Projektionen. Zum ersten: Die moderne Geschichtswissenschaft nimmt, wenn sie sich auf unsicherem Gelände wähnt, zur Rationalität des Überlebenskampfes Zuflucht. Bezogen auf die frühen Ackerbauer bedeutet dies, daß Seßhaftigkeit ein Absinken der Kindersterblichkeit, dieses einen Bevölkerungsüberschuß bedingt, der eine junge Mannschaft veranlaßt, von Vorderasien in den dünner bevölkerten Balkan aufzubrechen. Nun geht es gar nicht darum, ob das Hunger/Sättigungs-Motiv oder das Steppen- und Klimamotiv faktisch vorhanden ist, sondern um die ihm zugetraute Erklärungskraft hinsichtlich Zeitpunkt, Richtung, Dauer, Art und Erleben der Wanderung. Die Borniertheit solcher Deutung, die das Unwiederholbare des neolithischen Trecks mechanisch auslöscht, provoziert Oswald Spenglers heroisierende (und auf spätere Wanderungen bezogene) Gegenproklamation eines »Drangs nach Bewegung im weiten Raume ..., der sich aus tiefster Seele als Abenteuerlust, Wagemut, Schicksalszug, als Hang nach Macht und Beute erhob, als eine leuchtende Sehnsucht nach Taten, wie wir sie uns gar nicht mehr vorstellen können«[33]. Doch jeder Versuch, Primärmotive dingfest zu machen, leugnet das Bewegende der Wanderung. Denn wodurch der Aufbruch auch bewußt und nicht bewußt veranlaßt sein mag, die Wanderung gelangt schon hinter der ersten Wegbiegung zu eigenen Motiven, schließlich zu einem eigenen Bewegungsgesetz, dem sämtliche Gründe unterliegen.

Eine der dem Aufbruch nicht innewohnenden Folgen ist der Bund der Fahrenden im Ereignis des Weges. Rasch kommt der Tag, an dem die Kunde von dem, was den Zug am vorgestellten Ziel erwartet, das Herkommen überblendet. Die Fortgezogenen halten Verbindung mit den Zurückgebliebenen, lassen sich aber nicht mehr viel sagen. Viel hängt davon ab, ob die Passagen menschenleer sind und ob die früher Dagewesenen Widerstand leisten oder sich arrangieren. Die Besiedlung Europas aus dem Osten wird aber wohl durch Kämpfe kaum erschwert, da der Hiatus zwischen Ackerbau und Jagd eine Koexistenz in Zonen mit unterschiedlicher Bodenbeschaffenheit und Vegetation begünstigt. Ohnehin verbirgt sich hinter der Bewegung, mit der sich die neue Kultur ausbreitet, keine Völkerwanderung. Es mögen jeweils nur kleine und kleinste Gruppen sein, die in der von Jägern und Sammlern durchstreiften Landschaft seßhaft werden. Doch zumindest diese wenigen, grazile und dunkelhäutige Gestalten, treffen leibhaftig ein, siedeln, vermischen sich mit den Einheimischen, ziehen ab und gründen neue Gemeinschaften. Unterschiede im Äußeren, anziehend und abstoßend, Herkunft und Abstammung spielen eine Rolle. Die Weitergabe einer Kulturidee allein bewerkstelligt die »neolithische Revolution« in Zentraleuropa nicht.

Hier geschieht beides: jahrhundertelanges Nebeneinanderherleben in Berührungsscheu und Feindschaft oder mit Austausch von Gütern, Kenntnissen und sakralen Riten *und* Assimilation fremder Sippen durch Gattenwahl und Eingemeindung.[34] Am Ende prägen die Eingewanderten die weitere Kulturentwicklung, sind aber »im Genpool der Bevölkerung nur durch relativ wenige Erblinien vertreten«.[35] Den Ankömmlingen, deren Landnahme und Lebensart zur Nachahmung verführt, bieten sich auch bei kleiner Kopfzahl viele Möglichkeiten, die Hegemonie zu erringen und zu erhalten: durch Exogamie und die Ausnutzung der Exogamie anderer (Heiratspolitik), die Tolerierung von Dauergästen bis zu deren förmlicher Inkorporation oder Adoption (rituelle Verwandlung von Fremden in Angehörige), den Raub und die Adoption von Kindern, partielle Symbiosen, die Verbreitung einer Lebensart oder eines Kults durch die Förderung einer Handelssprache *oder umgekehrt* und vieles andere mehr.[36] Bestimmend für die Selbstwahrnehmung und Namensgebung einer entstehenden Lebensgemeinschaft ist dann nicht die Tradition der Ahnen-Majorität, sondern die hereingetragene Ursprungsmythe. Die Mitgift der wenigen übernehmen die vielen als eigenes Geschick.

Die an Erscheinung und Tracht unterscheidbare und mit Namen versehene Stammeszugehörigkeit der in Vorderasien aufbrechenden Scharen geht unterwegs allmählich verloren. Der Zug bewahrt keine ethnische Identität, er dünnt aus und verzweigt sich, zieht Seßhafte und Verstreute mit, hat nach jedem Aufenthalt – der eine Woche, eine Jahreszeit, ein Jahr oder hundert Jahre währen kann – eine andere Zusammensetzung, wechselt oder wandelt die Sprache. Kein Volk bricht im Osten auf und trifft in Europa ein. Erst der Weg selbst und die Überformung des besiedelten Landes schaffen Herkunft.

Zugleich aber hat die Akkulturation Europas durch Pflug, Viehzucht und Großhaus eine biologische Seite. Die genetischen Linien und das Band der lebendigen Erinnerung zerreißen nicht völlig. Der Horizont der Ankunft schneidet den Horizont des Aufbruchs – nicht zuletzt im Fruchtbarkeitszauber, vielleicht auch in einer matriarchalen Ordnung, doch das ist nicht gewiß. Nichts weist darauf hin, daß hinter den neolithischen Ackerbauprovinzen zentralistische Herrschaftsgründungen oder auch nur Adelsgefolgschaften stehen. Die (vorstaatliche) Grenzziehung bedarf demnach der Körperzeichen und der Landschaftsmarken.

Gewiß ist jede Herkunft projektiv, das Volk eine Konsequenz der Selbstaneignung und Selbsterhöhung, ein Ausdruck des Verlangens nach Abgrenzung. Nie entspricht dem schroffen Gegeneinander europäischer Siedlungsverbände eine deutliche Abweichung der Rassenmerkmale. Doch die Projektion hat greifbare Folgen; Volkszugehörigkeit ist eine sich selbst erfüllende Prophezeiung. Ein wesentliches, vielleicht das wichtigste Medium dieser Wunscherfüllung ist die Sprache.

In Europa, dem Kontinent ohne Urbevölkerung, zeigt sich Jahrzehntausende lang, daß Volks- und Rassenzugehörigkeit nicht durch einen Ursprung, sondern durch Fußfassen entschieden wird. Da Europa der Kontinent der Weißen ist, bedeutet dies, daß diejenigen, die hier Fuß fassen, zu Weißen werden.

Europäisch sprechen

Während seiner nächsten und letzten Erschließung liegt Europa im vorgeschichtlichen Jenseits eines geschichtlichen Raums. Da der Blick des Historikers sich nun ans ostmittelmeerische Licht der Überlieferung gewöhnt und in diesem Licht in die Runde schweift, geht der Dämmer der europäischen Vorgeschichte ab dem 4. Jahrtausend v. u. Z. in Nacht über. (Daß Europa, vor allem das mittlere und westliche, später das Verhältnis umkehrt und die ganze Welt neu beschriftet, rührt auch daher, daß es verspätet, widerstrebend und schrittweise in die Geschichte eingetreten ist: Übereifer der Konvertierten.) Zwar haben Prähistorie und die Wissenschaft vom Indoeuropäischen einen großen Erkenntnisberg aufgeschüttet, und auch Kulturpanoramen sind erkennbar, doch die Einzelbilder ordnen sich zu keinem rechten Nacheinander. Ich habe bei der Sichtung neuer Literatur versucht, die Fülle des Zusammenhängend-Nichtzusammenhängenden zu kondensieren, und mit Vorliebe gerade aus (scheinbar) einander ausschließenden Thesen unbeabsichtigte Kongruenzen herausgelesen, aber was ich erhalten habe, ist nur geeignet, dem Rätsel Façon zu geben und es damit eigentlich erst zu schaffen. Indes spricht eine Façon, die selbst ihre eigene Füllung sein muß, ganz anders, als es gesicherte historische Ereignisse, die sich immer auch auf die Chronik hin und um der Chronik willen ereignen, je tun können.

Im 4. Jahrtausend v. u. Z. breiten sich wieder Neuerungen über Europa aus, zu denen keine Entwicklung hinführt. Sie erfassen zunächst die südöstlichen und östlichen Randzonen, im 3. Jahrtausend das übrige Europa, von den Britischen Inseln und der Iberischen Halbinsel abgesehen: eine neue Beisetzungsart (Einzelgrab unter großem Hügel statt Gruppengrab und variantenreichem Bodengrab), fast regelmäßig zusammenfallend mit der Verwendung von Bechern oder Amphoren mit Schnurverzierung und Fischgräten-Ritzmustern (statt sehr unterschiedlich gefurchter und bemalter Keramik), Viehzucht, Zähmung von Tieren (das *Pferd* eingeschlossen) und halbnomadisches Hirtentum statt Ackerbauwirtschaft. An die Stelle der mit Tempeln und Skulpturen bestückten Großsiedlungen treten Einzelhöfe und kleine Holzhüttengruppen auf befestigten Hügeln mit markant vaterrechtlichen und aristokratischen Sozial- und Kultformen. Erstmals findet ein großes Waffenarsenal Verwendung: Streitaxt, Speer, Bogen und Feuersteindolch, später Streitwagen und Bronzewaffen.[37]

Obwohl diese Neuerungen weder schlagartig noch zerstörerisch auftreten, sondern »einsickern«, sich in Einsprengseln ankündigen, vielfach die Substratkulturen noch lange neben sich dulden und sich schließlich mit ihnen vermischen, sind sie nirgends das Ergebnis regionaler Entfaltung. Sie kommen übergangslos und fertig ausgebildet. Suggeriert schon die häufig wechselnde Stärke und Richtung ihrer Ausbreitung die Vorstellung von Wellenbewegungen, so erst recht die frappierende kulturelle Einheitlichkeit, die am Ende des 3. Jahrtausends v. u. Z. in Europa herrscht. Stiländerungen teilen sich jeweils vielen Lokalgruppen zwischen Südnorwegen, Südfinnland und Griechenland, zwischen dem Oberrhein und der unteren Wolga mit. Man denke an die in den Einzelgräbern streng durchgehaltene Geschlechterdifferenzierung: »Männer als rechte Rückenhocker mit dem Kopf nach Westen und Südwesten, Frauen als linke Rückenhocker mit dem Kopf nach Osten und Nordosten.«[38] Später verschiebt sich die Bestattungsachse von der ost-westlichen zur nord-südlichen Richtung. Dieser »gemeineuropäische Kulturhorizont« ist nicht allein mit Beweglichkeit und Fernhandel zu erklären. Um an die zweitausend Jahre zu bestehen, muß er wiederholt durch auffrischende Wanderbewegungen, wenn nicht Sturmwellen ausgemessen werden.

Ausgegraben wird auch Immaterielles. Der Vergleich verwandter Sprachen führt zu Wortstämmen, Formen und Flexionen einer gemeinsamen Grundsprache zurück, zumindest zu Konturen dieser Sprache. Was derart ohne Überlieferung gewonnen wird, hat aber weder Ort noch Zeit. Es gleicht dem Geflüster und Gestammel namenloser Geister der Vergangenheit, von denen der Formelkundige nicht weiß, ob er sie gerufen oder geschaffen hat. Die indoeuropäische Sprachwissenschaft freilich glaubt zu wissen, was sie tut, denn sie hat schon vor fast zweihundert Jahren das Finden erfunden und sich seitdem in ihm geübt. Doch wer nicht akademisch in sie hineinwächst und sich ihr von außen nähert, wird bald daran zweifeln: Sowohl die alten Mythenbildner dieser Wissenschaft als auch die jungen Ideologiekritiker haben vergessen, daß sie Zauberer sind.

Daß es eine europäische – und außereuropäische – Ausnahme von der Grundregel der rekonstruktiven Linguistik gibt, macht die Sache nicht begreiflicher – wie überhaupt alle Faßbarkeiten, zu denen die indoeuropäischen Verwandtschaftslinien führen, die Unfaßbarkeit des Gegenstands noch erhöhen. Wir haben nämlich Worte aus der Sprache vor viertausend, fünftausend Jahren, die als Sprachkonserven bis in historische Zeiten gelangen, somit noch heute bekannt sind: die Namen von Flüssen, Bächen und Seen, vereinzelt auch von Bergen und Siedlungen. (Die Alterseinstufung ist natürlich Schlußfolgerung.) Mit diesen Namen haftet ein signifikanter Teil des außergeschichtlichen Benennens – Lexeme aus dem semantischen Feld von »Fluß«, »fließen«, »Feuchtigkeit«, »Nässe« und, wie sich gezeigt hat, von »Fels«, »Ufer« und anderen Wasser-Ableitungen samt Morphologie und Flexion – an bestimmten Orten. Das Rekonstrukt gewinnt einen Raum; rückbezüglich gewinnt es auch eine Zeitdimension.[39]

Der Vergleich der Gewässernamensgebung zwingt dem sich sträubenden Verstand die Einsicht auf, daß die Bewohner Europas von Skandinavien bis Unteritalien und zum Balkan und von Frankreich (später: von Portugal) bis an den Don *eine* Sprache gesprochen, zumindest einander über Dialektgrenzen hinweg verstanden haben, vielleicht schon im 3. Jahrtausend, vielleicht noch um 1000 v. u. Z. Die alteuropäische, gemeineuropäische Hydronymie gehört einer Sprachschicht an, von der sich die Frühformen des Baltischen, Germanischen, Italisch-Lateinischen, Balkan-Illyrischen und Keltischen, vielleicht auch Slavischen noch nicht entfernt haben. Man höre: *Alba* in Frankreich, Spanien, der Schweiz und Westdeutschland, *Albina* (Nebenfluß der Lahn, der Eder, der Traun), *Albantia* in Vorarlberg, Frankreich und der Steiermark, *Albis* (»Elbe«), *Elbentas* in Litauen, *Albula* (mehrfach in

Latium und Picenum) – zu unterscheiden von der Serie *Almo* (Latium), *Alma* (Etrurien), *Almė* in Litauen und *Almus* in Bulgarien.[40] Diese Hydronymie ist vorlateinisch in Italien und vorgermanisch in Skandinavien[41] und findet Entsprechungen im Indo-Iranischen und nördlich des Kaukasus.[42]

Wir müssen uns nun nicht vorstellen, daß die europäischen Einzelsprachen wie Äste dem Baum der alteuropäischen Sprache entwachsen sind. Dagegen sprechen schon die kreuz und quer verlaufenden Wortgleichungen (Isoglossen), häufig exklusiver Art, etwa zwischen Germanisch und Indoiranisch, Germanisch und Griechisch, Keltisch und Hethitisch.[43] Wahrscheinlicher ist die Ausgliederung bestimmter Dialektrichtungen als Fort- und Umsetzung von Interventionen und Impulsen aus fernen Räumen oder aber ein lange bewahrter Anschluß Alteuropas an weitervermittelnde Übergangszonen. Von Isoglossen, die heute exklusiv erscheinen, auf eine exklusive Berührung in der Vorgeschichte zu schließen, wäre ein Schluß *ex silentio*, d. h. ziemlich sicher ein Trugschluß.[44]

Unberührt von solchen Verständnisalternativen bleibt die Annahme einer europäischen Spracheinheit für ein- bis zweitausend Jahre, mit wechselnden Anstoßzentren, veränderlicher Ausdehnung, selbst schon aus Früherem ausgegliedert und ein europäisches Substrat überlagernd oder Substrat der Ausgliederung. Über die Substratfrage sind die Fachleute zerstritten. Nicht-Indoeuropäisch sprechende Vorbevölkerungen sind nur im Einzugsbereich antiker Geschichtsschreibung belegt – wie auch anders? Daß ein Drittel des germanischen Wortschatzes, insbesondere aus den Sphären der Seefahrt, des Küstenlebens und der Fauna und Flora, nicht indoeuropäischer Herkunft sei, erscheint heute als hartnäckige Irrlehre.[45] Übrigens sind auch das Lateinische und das Keltische keine Mischsprachen; Kulturen mischen sich leichter als Sprachen. Bleibt der ungeklärte Anstoß zum germanischen Lautwandel (von *p* zu *f*, von *d* zu *t*, von *dh* zu *d*), der das Germanische mit dem Armenischen verbindet.[46] Wie auch immer, als übergeordnet erscheint mir die Frage, wie eine großräumige Gemeinsprache sich bilden und, von der Ausbreitung abgesehen, wie sie sich halten kann. Beides setzt unter nichtgroßstaatlichen, nichthochkulturellen Bedingungen gerade keine Stabilität im Sinne von Balance und Ruhe voraus, sondern die heftige Bewegung, die sich über die Kulturprovinzen hinweg fortpflanzt, ausläuft und nach geraumer Zeit erneuert. Sonst öffneten sich die Sprachnischen und die Kulturräume nicht bzw. der einheitliche Sprachkreis zersplitterte in ein Mosaik isolierender Beharrungszonen, die allenfalls durch Handelswege und Handelssprachen verknüpft sind. Und ebendieses Bild gewinnen wir vom frühen europäischen Neolithikum.[47]

Als Beispiele für Nachklänge des gemein-alteuropäischen Wortschatzes in den Einzelsprachen nennt Hans Krahe Isoglossen für »Meer« und »Volk« – zwei semantische Kreise, die sich im Ankunftskontinent Europa jedenfalls beträchtlich erweitern. Sie sollen deshalb hier wiedergegeben werden, obwohl sie vielzitiert sind und von der neueren Forschung nicht für westindoeuropäische Neuschöpfungen gehalten werden:

> Altnordisch *marr* »Meer«, angelsächsisch *mere* »stehendes Binnengewässer, Meer«, altsächsisch *meri* »Graben, Teich«, althochdeutsch *meri* »Meer«; gallisch *mori-* »Meer, See« in Eigennamen wie *Are-morici* »Meer-Anwohner«, Ortsnamen *Mori-dunum*, altirisch *muir* »Meer«; lateinisch *mare*; litauisch *mārės* »Haff«; altbulgarisch *morje* »Meer« (dazu *Po-morjane* »Pommern« = »Meeranwohner«); auch in alten Flußnamen wie *Mare* in Istrien oder *Marus* »March«. – Gotisch *þiuda*, altnordisch *þjōđ*, angelsächsisch *þēod*, altsächsisch *thioda*, althochdeutsch *diot(a)* »Volk, Leute« mit der Ableitung gotisch *þiudans* usw. »König«; altirisch *tūath* »Volk«, kymrisch *tūd* »Land«, bretonisch *tut* »Leute«; oskisch *touto*, umbrisch (Akkusativ) *totam* »civitas«; altlitauisch *tautà*, lettisch *tàuta* »Volk«, altpreußisch *tauto* »Land«; illyrisch *teutana* »Königin«.[48]

Noch am Ende der Bronzezeit, um 1000 v. u. Z., können die Vorfahren der späteren einzelsprachlichen Völker einander verstehen.[49] Mit Ausnahme des Baltischen und Slavischen entstehen die europäischen Sprachgruppen in sehr späten Ausgliederungsbewegungen. Wohl erst um 500 v. u. Z. gerinnen der protogermanische Dialekt und der protokeltische Dialekt zu Fremdsprachen, die Dialekte der Italiker nur wenig früher.[50] Sie sind nicht die einzigen indoeuropäischen Idiome jener Zeit, nur diejenigen, von denen die vielen anderen überlagert und spurlos verdrängt werden. Ihren Herd haben die expansiven Idiome sämtlich in einem breiten Streifen nördlich der Alpen bis hinauf zur Ostsee, in den späteren deutschen und böhmischen Gebieten. Dort reifen sie keineswegs über Jahrhunderte ruhig und stetig heran. Die prägnanten Eigensinnigkeiten des Verbalsystems, der Pronomina und der Partikel, mit denen sich die Nachfolgesprachen recht bald präsentieren, lassen an einen scharfen Bruch einzelner Gruppen mit der kulturellen Tradition denken, ausgelöst etwa durch das »Eintreten in eine Wanderzeit oder Connubium mit Fremdsprachlichen oder Wechsel der herrschenden Schicht«[51].

Nicht Völker mit Volkssprachen brechen zu Wanderungen und Eroberungen auf, sondern Wanderungen und Eroberungen münden in Völker und Sprachen. Die späteren »Oskier«, »Umbrier«, »Römer« und die anderen italischen Stämme sprechen beim Aufbruch nördlich und nordöstlich der Alpen allenfalls Dialekt. Wir können die Nachfolgesprache zwar auf die Grundsprache zurückführen, den »zurückgelegten« Weg zurückgehen, aber die Nachfolgesprache aus der Grundsprache nicht im entferntesten voraussagen. Läßt sich überhaupt mitteilen, was eine Sprache im Verhältnis zur anderen ausmacht? Bis heute scheint es, als fehlten die Worte, um die einem jeden im Ohr klingende Eigenart konfrontierter Sprachen wiederzugeben. Eine Fremdsprache löst bei dem, der sich ihrem Ton aussetzt und nicht gleich verstehen will, einen Wahrnehmungsschock aus, den der Übersetzer routiniert verleugnet. Es gibt eben nur Bedeutungsanalogien, keine Sprachanalogien. Das Germanische, das Keltische, das Lateinische und das Slavische sind maßlos; sie setzen jeweils eine unerhörte Form, in der sich der Klang der Welt einzig fängt. Könnte ein Weg – im wörtlichen Sinn – ein zweites Mal gefunden werden, könnten Begegnung und Ankunft ein zweites Mal widerfahren, dann könnte ja die gleiche Sprache ein zweites Mal entstehen.

Daß dies nicht geht, reizt aber gerade dazu, den Weg zurückzuverfolgen. Denn nur so, wenn überhaupt, läßt er sich ein zweites Mal betreten. Wir möchten noch einmal ankommen, und nichts bleibt, als zurückzugehen. Die Wiederentstehung der Grundsprache verspricht keine Rückkehr. Beim Zurücktasten suchen wir auch unsere unübertragbare: unsere uneingeschränkte Ankunft. Das Anzügliche indoeuropäischer Sprachverwandtschaft besteht nicht so sehr in der Möglichkeit wechselseitiger Einvernahme und Selbstvergewisserung als in der Übung, beim Vergleichen das Ver*gleichen* zu lassen und dennoch das Ähnliche zu erfahren. Das Festhalten am Eigenen läßt ja gerade das Eigene immerfort ins Allgemeine (in die Kategorie des Eigenen) rutschen. Der Sprachwerdung aber unterliegt kein Allgemeines. Wenn wir die verwandte Sprache – das Spanische, das Litauische, das Iranische – mit der eigenen verbinden, hören wir vom anderen Weg – nicht von irgendeinem, sondern vom anderen –, hören wir das Spanische, das Litauische, das Iranische als Dia-lekt. Die Gemeinsprache begründet nicht die indoeuropäischen Sprachen, ist nicht ihr Allgemeines. Sie ist die Zusammenkunft der aus *einer* Sprache Aufgebrochenen, ein Ureigenes, mit dem sich nichts begründen läßt, und damit verspricht sie, daß Sprache mehr ist als Semantik und Kommunikation, daß Sprache unser Sprechen übergreift und wir noch unterwegs sind.

Den Anstoß zum Aufbruch, zur sprachlichen Ausgliederung, gibt ein einmaliger Vorgang; was dann aus dem herausgelösten Idiom wird, bestimmen wesentlich die Fremdkontakte in den Durchgangs- und Ankunftszonen.[52] Die Sprache nimmt Einflüsse auf, überdeckt andere und wird überdeckt, aber mischt sich nicht zu gleichen Teilen mit anderen – eher geht sie unter. Freilich sind Sprachbereiche, Völker und Kulturen nicht dasselbe. In der mitteleuropäischen Aufbruchszone werden die Zurückgebliebenen zwischen den Alpen im Süden und Weser und Elbe im Norden zunächst keltisiert und vielleicht illyrisiert, später romanisiert, germanisiert und slavisiert. (Enterbte, die einst davonzogen, mischen sich verwandelt und mit fremder Zunge sprechend wieder ein: eine prähistorische Kennzeichnung Deutschlands.) Für die Bevölkerung der Hallstattkultur (etwa 1000 bis 500 v. u. Z.) unterscheiden die Anthropologen Heirats- und Fortpflanzungskreise mit »anthropologischer Eigenprägung« und interpretieren sie als ethnisch-sprachliche, womöglich illyrisch-keltische Divergenzen. Zugleich aber schreitet innerhalb des gesamten mittel- und westeuropäischen Raums, in den diese Kultur eingebettet ist, der Prozeß physischer Anähnlichung fort; gerade von den Ausgliederungstendenzen wird er letztlich beschleunigt.[53]

Die Frage, ob die schnurkeramische Einzelgrab-Kultur ein Deckgebilde für indoeuropäisch sprechende Gruppen ist, wurde oben vermieden. Daß zwischen Gemeinkultur und Gemeinsprache Blutsbande bestehen, ist so offensichtlich, daß die Forschung davor warnt, eine Identität zu unterstellen.[54] Doch die Frage der Identität löst sich auf in die Frage nach dem inneren Verhältnis jener Kultur und jener Sprache, und über dieses Verhältnis wiederum entscheidet in der Vorgeschichte die Herkunft.

Und wieder: woher?

Die indoeuropäische Sprachenfamilie – das Iranische und Indische samt der Zigeunersprache, das Armenische und Griechische, das Hethitische und Tocharische, das Baltische als »Drehscheibe«, das Slavische und Albanische, die westeuropäischen Sprachen und andere, erloschene – ist unter den Sprachen der Welt nach Kasusbildung, Verbalflexion und Grundwortbestand deutlich exponiert. Abgesehen vom Hethitischen mit seinem altanatolisch durchsetzten Vokabular, reicht keines ihrer Glieder in einen anderen Sprachenkreis hinüber. Dennoch schwelt bei den deutschen und österreichischen Nachkriegsforschern der Streit, ob eine einheitliche Grundsprache angenommen werden darf. Da eben diese Annahme schon beim ersten Rekonstruktionsschritt unweigerlich impliziert ist, kommen die Zweifel Gewissensbissen gleich. Ursprungsvorstellungen sind schlechthin suspekt, nachdem mit ihnen die Auserwähltheit des Ariertums beschworen wurde. Freilich verdecken viele pflichtgemäße Distanzierungen eine ganz andere Aversion des Gelehrteninstinkts:

Urheimat- und Ursprachenmodelle verhalten sich zum Differenzierungsarsenal zeitgenössischer Linguistik wie die mündliche Überlieferung zur Statistik; sie würden den Aufwand nicht rechtfertigen. Sie erscheinen als Beleidigung der Intelligenz, peinlich und, recht besehen, als Mittel infantiler Wunscherfüllung.

Daher ist es das mindeste, daß Günter Neumann nur eine »*relativ einheitliche* Ausgangssprache« zugesteht (obwohl er feststellt, »daß die Einzelzüge immer ähnlicher werden, je ältere Sprachstufen wir finden«).[55] Wolfgang P. Schmid möchte »das Postulat einer Grundsprache durch die Annahme eines weiträumigen Sprachkontinuums ersetzen«[56], weil die Herkunftsfrage mit wissenschaftlichen Mitteln nicht zu klären sei.[57] Auch Jürgen Udolph setzt die Unterstellbarkeit der Grundsprache mit ihrer Rekonstruierbarkeit gleich[58], und

Wolfgang Meid dementiert ebenfalls das »einheitliche Indogermanisch«, nimmt aber zugleich eine primäre Laut-, Akzent- und Formen-Konditionierung der Einzelsprachen an, einen »drift« über längere Zeit hinweg – »und dieser ›drift‹ vermag aus einem teleologisch wirkenden Zwang heraus auch nach der vollzogenen Ausgliederung einer Sprache (aus dem grundsprachlichen Verband) in dieser gleichartige Strukturen, wie sie in dem Rest (des Verbands) entstehen, hervorzubringen«.[59] Womit die Prägekraft eines Gemeinursprungs noch deutlich potenziert wird.[60]

Solche Denkaufschübe in kritischer Absicht führen zu wissenschaftlichen Kompromißlösungen. Sie zielen auf Plausibilität im Kollegenkreis und beseitigen das Rätsel, ohne es zu lösen. Dagegen ist der Gedanke an die gemeinsame Ursprache des Keltisch-Germanischen und Indischen in einem begrenzten, eher kleinen Gebiet – eine Sprache, die ja wiederum aus anderem herkommt – unfaßbar, aber zwingend. Nur die jeder Scheidung zuvorkommende Grundsprache erklärt das vorliegende Sprachmaterial. Die individuelle Sprechergemeinschaft ist wohl kaum größer als die anderer früh greifbar werdender Sprachen.[61] Dialekte repräsentieren eine Folgestufe; sie »erzwingen eine *reductio ad unum*, die ihre Ähnlichkeit mit dem Prinzip der Arbitrarietät in Einklang bringt«.[62] Auch die »Wellentheorie« als Ausbreitungsmodell muß sich irgendwann mit einem – allein völlig unbrauchbaren – biologischen Abstammungsmodell vertragen. Festgestellte »Nebenformen« erzwingen die Rückführung der gesamten Rekonstruktion auf eine ältere Stufe. Die Rekonstruktion kann sich der Ursprache nur annähern, denn viele Ausgliederungssprachen sind verschollen. Jede wirkliche Sprache wandelt sich fortgesetzt und entwickelt vielfältige Exzentrizitäten: »Die logisch notwendige Einheitlichkeit des Ergebnisses als inhärentes Ziel jeder Rekonstruktion … unterscheidet also eine bloß erschlossene Sprache von einer wirklich belegten. Darin und nur darin liegt ihre Unwirklichkeit.«[63] Doch die Unregelmäßigkeiten des wirklichen Indoeuropäischen komponieren die Einheit der Sprache mit. Die auf sie zurückgehende Verwirrung der Rekonstruktion diskreditiert diese somit nicht.

Was durch die Rückführung lesbar wird, ist zwingend, aber unfaßbar. Wir erfinden mit ihr einen Teil unserer realen Herkunft. Nur hätten wir an ihrer Stelle nichts anderes erfinden können. Denn was wir hier feststellen, hat uns erfunden. Dieser Gedanke ist uneinholbar, und so bleiben wir bei der Erklärung, deren beste Stelle ihre Grenze ist.

Was den Forschern zu schaffen macht, das absurde Verhältnis einer kleinen Sprachgruppe und der Ausbreitung der Sprache über Eurasien, zudem die heikle Frage der ethnischen Zugehörigkeit jener Gruppe, klärt Bernfried Schlerath mit einem guten Einfall: Die Ausbreitung der »Indogermanen« über große Räume von einem kleinen Herd aus kann nicht als Verlagerung von Segmenten der Gesamtbevölkerung gedacht werden. Sie vollzieht sich im wesentlichen durch kriegerische Operationen und deren Folgen und kraft eines immer aufs neue Auftrieb gebenden *und* herrschaftssichernden Kriegerethos. Die in der Urheimat und später in deren weiterer Umgebung aufbrechenden kleinen Scharen erhalten auf ihren weiten Wegen Zulauf von den Jungmannschaften anderer, nicht verwandter Völker. Am Ziel kommen jeweils mehr indoeuropäisch sprechende Krieger an, als aufgebrochen sind. Die Abzweigungspunkte der indoeuropäischen Untergruppen entsprechen den einzelnen Eroberungszügen (zu verschiedenen Zeitpunkten und in verschiedene Richtungen).[64] Doch wie kommt es, daß immer nur diese eine Sprache expandiert bzw. obsiegt? Existieren außer diesem einen Stamm keine anderen und anderssprachigen kriegerischen Stämme? Wovon werden die Aufbrechenden Jahrtausende lang angezogen – in üppiger und karger Region? Wo liegt das Ausgangsgebiet?

In der Auseinandersetzung um die Situierung dieses Gebiets stehen sich jeweils mehrere Evidenzen gegenüber, die einzelwissenschaftlich oder regional gewonnen werden. Aus einer Evidenz – wie z. B. der alteuropäischen Hydronymie – erwachsen Gesamttheorien, die den Hohn der Träger anderer Evidenzen herausfordern. Der Angegriffene zieht sich dann endgültig ins Vertraute zurück, um sich der Grundlagen zu vergewissern. Ich meine, daß solche Thesen, die in Ansehung mehrerer Evidenzen und über Fachgrenzen hinweg entstehen, überlegen sind.

Schlichte und vage Evidenz vermittelt die relative Lage der Einzelsprachen zueinander. Warum sollte sie der Konstellation der Sprach-Vorstufen bzw. der einzelnen Migrations-Ausgangszonen nicht annähernd entsprechen? (Die arisch Sprechenden ziehen aus dem Norden in den Iran und nach Indien, die Hethiter aus dem Norden nach Kleinasien; die Tocharer, deren Sprache dem Alteuropäischen nahesteht, treffen in Ostturkestan ein.) Eine andere, die prähistorisch-archäologische Argumentation, verweist auf neolithische Fundkulturen, in denen Grabhügel, Pferdeknochen und Wertschätzung der Waffen ins Auge fallen.

Letztlich wenig Evidenz sicherte das – im 19. Jahrhundert und zu Beginn des 20. Jahrhunderts favorisierte – linguistisch-kulturhistorische Unternehmen, mit dem Wortschatz und den Wortschatzlücken der erschlossenen Ursprache ein Umwelt- und Kulturinventar zu erstellen. Man versuchte es mit der Buche (Indoeuropäisch *$b^{h}agos$) und der Birke (*$b^{h}eregs$), den Gewässern, dem Nebel und dem Schnee, dem Wolf (**ulkuos*), dem Bär (**rktos*), dem Biber (*$b^{h}ebros$) und dem Lachs (**laksos*), auch mit dem Getreide, scheiterte aber meist am Bedeutungswandel der Isoglossen in den Einzelsprachen und an der großen Ausdehnung der jeweils in Betracht kommenden Zonen.* Beachtung verdient gleichwohl der erst jüngst

* Das Zeichen * besagt, daß das jeweilige Wort nicht direkt belegt, sondern erschlossen (rekonstruiert) ist.

vorgelegte Nachweis, daß keines der für »Fisch« und Fischarten gebrauchten Wörter auf die grundsprachliche Zeit zurückgeht.[65]

Die letzte und größte Dimension möglicher Längen- und Breiten-Zeichen öffnet sich mit der Untersuchung der Außenbeziehungen des Indoeuropäischen. Anschlüsse an einzelne Sprachfamilien deuten auf Kontakt oder gemeinsame Herkunft oder beides hin. Mit der *finno-ugrischen* Grundsprache verbinden das Indoeuropäische ähnliche Pronominal- und Endungssysteme, sogar im sprachlichen Kernbereich der Verben. Die große Zahl von Entlehnungen aus dem Indo-Iranischen und der Wörteraustausch zwischen dem Finno-Ugrischen, dem Tocharischen und dem Alteuropäischen stellen die südliche, südwestliche und südöstliche Grenze der finno-ugrischen Sprachgemeinschaft (Zentrum: mittlerer Ural) als mögliche Kontaktzone heraus.[66] Bojan Čop postuliert eine Nachbarschaft der Vorfahren der Hethiter und finno-ugrisch sprechenden Stämme »im äußersten Norden der indogermanischen Urheimat«, nachdem er Gemeinsamkeiten in Phonetik, Syntax und Vokabular ermittelt hat.[67]

Unter sämtlichen Sprachfamilien der Erde steht jedoch die Gruppe der *semitischen* Sprachen dem Indoeuropäischen am nächsten. Das Akkadische, Hebräisch-Kanaanäische, Ugaritische, Aramäische, Nordarabische und Südarabisch-Äthiopische, *deren Rückführung auf eine einheitliche Grundsprache und eine Urheimat unbestritten ist,* teilen mit den indoeuropäischen Sprachen und nur mit ihnen die Unterscheidung grammatischer Geschlechter und dreier Numeri (Singular, Plural, Dual), die strikte Trennung von Nomen und Verbum, vergleichbare Flexionsweisen und den »Ablaut«, d.h. einen bedeutungshaltigen und systemgebundenen Vokalwechsel. Der Gegensatz im Bau der Wortwurzel (zweisilbig/einsilbig) ist potentiell auf eine Kongruenz zurückzuführen. In der Synopse aller Sprachgruppen kommt dies einer so engen Verwandtschaft gleich, daß der Gedanke an eine gemeinsame Ursprache, die freilich kaum zu rekonstruieren und erst recht nicht zu orten ist, unabweisbar erscheint.[68]

Die Erforschung der semitisch-indoeuropäischen Urverwandtschaft wird gegenwärtig vor allem von angelsächsischen Sprachwissenschaftlern betrieben.[69] Den bisher kühnsten Versuch, eine substantielle Affinität zwischen den beiden Sprachenfamilien (einschließlich der hamitischen Sprachen) nachzuweisen, unternahm Allan R. Bomhard.[70] Auf der Basis einer Rekonstruktion der Konsonanten- und Vokalsysteme des Frühindoeuropäischen und des Frühafroasiatischen legte er eine Liste von 318 Wurzelgleichungen vor, deren Gültigkeit von deutschen Kollegen teilweise bezweifelt wird.[71]

Urverwandtschaft orientiert aber nicht über die neolithische Lage der indoeuropäischen Ausgangszone. Unter diesem Aspekt sind die Untersuchungen der beiden sowjetischen Paläolinguisten Gamkrelidse und Iwanow aufschlußreicher. Sie haben eine bestimmte Wortschicht des Frühindoeuropäischen isoliert, die nach Wurzelstruktur und Verschlußlautwechsel zu urteilen[72] aus dem Semitischen übernommen zu sein scheint und von Berührung und Austausch spricht. Es handelt sich um Lexeme für gezähmte Tiere, Feldfrüchte, Geräte und Zahlworte. Es folgen einige Beispiele (wobei im Indoeuropäischen nicht nur k, p und t, sondern auch g, b und d meist aspiriert sind)[73]:

IE **gait'* »Zicklein, Zicke«, Semitisch **gadju* »Zicklein, Ziege«
IE **agno-* »Lamm, kleines Schaf«, Semitisch **iglu* »Lamm, Jungtier«
IE **keop-* »Affe«, alteuropäisch **kop* »Affe«, akkadisch *ukupu* »Affe«
IE **bar(s)* »Korn, Grütze«, Semitisch **b-r(r)* »Korn, gedroschenes Korn«
IE **doHna* »Korn, Brot«, Semitisch **duhnu* »Hirse«
IE **k'oern* »Mühlstein«, Semitisch **g-r-n-* »mahlen, schleifen«
IE **medu-* »Honig, Honiggetränk«, Semitisch **m-t-k-* »süß«

IE **peleku-* »Streitaxt, Axt«, Semitisch **p-l-k-* »Axt, Streitaxt«
IE **sekur-* »Axt, Streitaxt«, akkadisch *sukurru* »Axt, Streitaxt«
IE **klaHu-* »schließen, Schlüssel«, Semitisch **k-l-'* »schließen«
IE **krhori-* bzw. **krhorei-* »kaufen, handeln«, Semitisch **k-r-* »handeln«
IE **septm* »sieben«, Semitisch **s-b-'* »sieben«

In das von diesen Isoglossen suggerierte Bild kultureller Interferenz über die Kaukasuspässe hinweg oder, wie Gamkrelidse und Iwanow vermuten, südlich des Kaukasus passen nun wiederum Entsprechungen zwischen der erschlossenen Grundsprache der *kartwelischen* (Kaukasus-)Sprachen Georgisch, Grusinisch, Awarisch u. a. einerseits und dem indoeuropäischen Rekonstrukt andererseits. Der sowjetische Sprachforscher G. A. Klimov fand, die Arbeit anderer fortsetzend, evidente Übereinstimmungen in den zehn Grundzahlen (in denen Handelskontakte häufig Spuren hinterlassen): Kartwelisch **eksw* bzw. **ekws* »sechs« geht zurück auf Indoeuropäisch **(s)weks*, Kartwelisch **šiwid-* »sieben« entspricht IE **septm*, Kartwelisch **otxo-* »vier« kommt von IE **oktou* »acht«, einer Dualis-Form auf *-ow*.[74] Semitischen Ursprungs ist **šiwid*, außerdem Kartwelisch **arwa-* »acht« und **at-* »zehn«.[75]

Gamkrelidse und Iwanow verglichen auch das Gesamtvokabular des Gemeinindoeuropäischen und Gemeinkartwelischen und stießen auf eine Vielzahl von Isoglossen, die sie in diesem Fall aber als Entlehnungen aus dem Indoeuropäischen deuteten.[76] In der folgenden Auswahl indoeuropäischer Ausgangswörter sind wiederum b, d und g meist aspiriert zu denken.[77]

IE **iuk'om* »Joch«, Kartwelisch **ug-el-* »Joch«
IE **mat-* bzw. **mot-* »stechendes Insekt, Wurm«, Kartwelisch **mat'l-* »Wurm«
IE **deg-om* »Erde«, Kartwelisch **dika* »Ton, Lehm«
IE **leg-* »liegen«, Kartwelisch **lag-* »setzen, legen, pflanzen«

IE **den-* »rinnen, fließen«, Kartwelisch **den-* bzw. **din-* »fließen«

IE **ken-* bzw. **k'n-* »wissen, erfahren«, Kartwelisch **gen-* bzw. **gn-* »hören, verstehen, erkennen«

IE **kert'-* »Brust«, Kartwelisch **m-k'erd-* »Brust«

IE **k'm-ro-* »Gatte«, Kartwelisch **kmar-* »Gatte«

IE **kerp-* »sammeln« (Ernte, Früchte), Kartwelisch **k'rep-* bzw. **k'reb-* bzw. **k'erb-* »sammeln« (Früchte, Blumen)

IE **k'eb-* bzw. **k'eph-* »Kiefer, Mund«, IE **k'emb-* »beißen«, IE **k'ombo-* »Zahn«, Kartwelisch **k'b-en-* bzw. **k'b-in-* »beißen«

IE **berg-* »groß, kräftig«, Kartwelisch **brg-* »stark, kräftig, groß«

Daß sich eine Spracheinheit »keineswegs immer und vollständig« mit einem Kulturkreis und mit einer ethnischen Gemeinschaft deckt[78], bedeutet wohl, daß sie es häufig dennoch tut, zumal Sprachgebrauch bei den Sprechenden leicht den Eindruck ethnischer Bindung erzeugt. Nach Karl J. Narr ist Volks- und Stammeszugehörigkeit dann eine mögliche Erklärung, wenn mehrere ans Licht gebrachte Phänomene, die funktional nicht zusammenhängen, in hoher Frequenz vereint auftreten. Die Exil-Litauerin Marija Gimbutas hat linguistische, mythologische und verschiedene archäologisch-kulturelle Daten – »nicht zusammenhängende Erscheinungen« – kombiniert, Kongruenz festgestellt und danach die Heimat der Sprecher des Indoeuropäischen lokalisiert: die zentralasiatische Steppe, genauer: Kasachstan und Südturkmenistan als mögliche Entstehungszone, die Region zwischen mittlerer Wolga und Ural als erste Ausgangszone, den »nordpontischen« Raum (nördlich des Kaukasus) als erste Ausbreitungszone. Dabei erübrigt sich eine zusätzliche anthropologische Evidenz nach Körpermaßen, obwohl sie möglich erscheint, da die Entsprechung linguistischer und kultureller Merkmale jedenfalls mehr besagt als eine anthropologisch folgenreiche ethnische Absonderung. Die Essenz der Gimbutas-These ist die Korrelation von Kulturlandschaft und Sprache. Dagegen sind von untergeordneter Bedeutung: die Frage, ob Kultur oder Sprache stellenweise über das Kongruenzgebiet hinausgreift, und die Frage nach der Zahl der Sprecher.[79]

In den fünfziger und sechziger Jahren vorgelegt, trägt Gimbutas' Beschreibung der eurasiatischen Herkunft heute unvermeidlich die Züge einer verteidigten Lehrmeinung, die zu Alternativentwürfen anregt. Gamkrelidse und Iwanow verschieben mit fast ausschließlich linguistischen Argumenten die Ausgangszone nach Transkaukasien und Anatolien und sehen im »nordpontischen« Raum und der Wolgazone nur noch ein Durchgangsgebiet der aus dem Süden kommenden und durch Eurasien wandernden Frühalteuropäer.[80] David W. Anthony verlegt – ausschließlich mit Argumenten der sowjetischen Regionalarchäologie und der allgemeinen Kulturtheorie – die Ausgangszone in die Ukraine.[81] Gegen diese und andere neue Szenarien bietet Gimbutas ungeachtet gewisser Schwierigkeiten (vor allem bei der Begründung der Wolgazonen-These) die alles in allem triftigeren Belege auf, dank der Kombinatorik unabhängig voneinander angebahnter Evidenzen:

In der südrussisch-südsibirischen Steppe hebt sich von etwa 5000 bis 3000 v. u. Z. eine Kultur halbnomadischer Hirten und Pferdezüchter vom transkaukasisch-mesopotamischen, vom mediterran-anatolischen und vom frühneolithisch-europäischen Kulturkreis ab. Ihr Hauptmerkmal ist der ein bis zwei Meter hohe, zelt- oder hutförmige Grabhügel (russisch *kurgan*) mit einem Durchmesser von zehn bis zwanzig Metern, unter dem die Skelette auf Ocker gebettet neben Pferdefigürchen und Streitäxten liegen. Die Hirten benutzen den Wagen, betreiben einen rudimentären Ackerbau, gestalten einen Sonnen- und Pferdekult und ordnen sich männlichen Sippenoberhäuptern und Häuptlingen unter. Letztere residieren auf befestigten Hügelkuppen.[82]

Im Frühindoeuropäischen finden sich nur wenige Wörter

für Getreidearten – lediglich für Wildgetreide und »Hirse« –, wohl aber – in sämtlichen Ausgliederungen gut belegte – Ausdrücke für Vieh und andere gezähmte Tiere sowie für den Wagen und seine Teile.[83] Die vergleichende Mythenforschung bestätigt den Vorrang des Pferdes, insbesondere des weißen Pferdes als Inkarnation des Gottes des Leuchtenden Himmels und die Verherrlichung von Kriegergottheiten (assoziiert mit Waffen, Pferden und Rindern).[84] Doch kennt die frühindoeuropäische Gemeinschaft keinen Priesterstand, sondern die »Institution des Lob- und Preisdichters bzw. Sängers«.[85]

Durch Altersbestimmung von Gräbern mit der vollen »Kurgan«-Charakteristik im Moldau-Gebiet, in der Dobrudscha, in Transsylvanien und an der unteren Donau und schließlich in Mittel- und Nordeuropa lassen sich drei Invasionswellen unterscheiden, die im südrussischen Areal einsetzen und im Westen verebben. Der Bruch in der europäischen Agrarkultur-Tradition entspricht einer Verwandlung der nach Europa gelangten »Kurgan«-Tradition. Das Westindoeuropäische reichert den dürftigen Ackerbau-Wortschaft der Grundsprache an, und in den Pantheon der Sonnenheroen treten nächtig-chthonische, fruchtbringende und dionysische Gestalten ein.[86]

Ich führe diese Einzelzüge nicht an, um einen indoeuropäischen Kulturcharakter auszumalen. Am liebsten hätte ich ganz auf Hinweise verzichtet, die unvermeidlich etwas Einfühlsames an sich haben. Nichts liegt näher, als nun die Konfrontation eines bodenständigen Matriarchats (des Guten) mit einem expansiven und penetranten Patriarchat (dem Übel) aufzuführen und damit zwanglos an Sinnstiftungen von heute anzuknüpfen, vielleicht noch mit dem Ausblick auf eine fruchtbare Mischung beider Kulturen, die dafür gesorgt hat, daß die Völker Europas alle denselben Vater, aber jeweils eine andere Mutter haben. In dieser Manier würde ich nicht nur garantiert das Erschütternde der indoeuropäischen Ankunft und deren spätere siegreiche Auflösung in der nachgiebigen und wandlungsbereiten Bauernkultur der Bevölkerungsmehrheit verfehlen, sondern auch das Wesentliche an Alteuropa vernebeln, nämlich gerade seine schriftlose, uneinfühlsame Entrücktheit, und schließlich auch noch das Vorhaben meiner Arbeit. Das Lebensweltliche dient hier nur dazu, die Herkunft aus dem Osten und die eingeschlagene Bahn glaubhaft zu machen, innezuhalten vor dem, was sich uns nicht bietet: der Örtlichkeit des Ortes. So habe ich auch die Wortbeispiele nicht angeführt, um Wesensdeutungen vorzubereiten, sondern – abgesehen vom primären Ortsinteresse – um mit dem Wortmaterial selbst Eindruck zu machen. Das Wort, die Sprache, der Dialekt sind selbst das Staunen der Welt; wenn wir sie als Kulturträger nehmen, ist es aus mit ihm.

Am Ende darf ich es ja sagen, daß ich lesend und schreibend nichts anderes getan habe, als dem nachzuspüren, was sich erst durchpaust, wenn alle Tradition verspielt ist (und nicht mehr und nicht weniger haben wir Deutscheuropäer getan). Nicht etwa dem Bleibenden – das gehört zur Tradition –, sondern den Setzungen jenseits der Kultur: dem Unterschied zwischen Ankunft und Aufbruch, dem Unterwegssein ins Unbekannte, der Unvergleichlichkeit der Welt im Westen, der Welt im Süden und der Welt im Osten (worüber ich nichts verlauten ließ) und der gegenseitigen Erfindung von Sprache und Weg, denn in jeder Sprache verschlingen sich die zurückgelegten Wege anders.

Europa ist der Kontinent, der nichts mehr zu verlieren hat. Nicht nur die Wiedererweckung der Traditionen, auch die Katastrophe käme zu spät. (Das war alles schon da, und die Wiederholungen lassen wir nicht gelten, es sei denn den Übergang des Fortschritts in die Wiederholung.) In der Mitte dieses Kontinents liegt Deutschland, das Durchgangs- und Aufbruchsland in der Sphäre der Ankunft. Was ergibt sich schicksalsgeographisch daraus? In keiner anderen Region

Europas mischten sich so viele Sprachen, Völker und Kulturen. Vielleicht kommt es daher, daß hier das heftige Nationalbedürfnis und eine indifferente Globalisierung des Lebens so schnell ineinander verschwinden.

Anmerkungen

1 Ulrich Raulff, Vom Umschreiben der Geschichte, in: Ulrich Raulff (Hrsg.), Vom Umschreiben der Geschichte, Berlin 1986, S. 9-11.

2 Ebenda.

3 Salvatore Settis, Die Zeitmaschine, in: Ulrich Raulff (Hrsg.), Vom Umschreiben der Geschichte, a. a. O., S. 148.

4 Josephus, Contra Apionem, Abschnitt 1, 6-10.

5 Ulrich Raulff, Die Schule der Ratten gegen die Schule der Flöhe, in: Ulrich Raulff (Hrsg.), a. a. O., S. 19-21.

6 Hermann Müller-Karpe, Das vorgeschichtliche Europa, Baden-Baden 1968, S. 8.

7 Claude Lévi-Strauss, Rasse und Geschichte, Frankfurt a. M. 1972, S. 33.

8 Ebenda.

9 Hans Jürgen Eggers, Einführung in die Vorgeschichte, München 1959, S. 251.

10 Vgl. Karl J. Narr (Hrsg.), Handbuch der Urgeschichte, Zweiter Band, Bern/München 1975, S. 14f.

11 Vgl. Claude Lévi-Strauss, Rasse und Geschichte, a. a. O. (Anm. 7), S. 24-28.

12 Ein Anschauungsbeispiel: Helga van den Boom, Die Pommerellische Gesichtsurnenkultur, in: Acta Praehistorica et Archaeologica, Jahrgang 11/12 (1980/81), S. 219-296, insbesondere S. 287-292.

13 Vgl. Hayden White, Auch Klio dichtet oder Die Fiktion des Faktischen – Studien zur Tropologie des historischen Diskurses, Stuttgart 1986.

14 Es erübrigt sich festzustellen, daß wir aus unseren Fragestellungen und Sichtweisen nicht heraustreten können. Wer es dennoch feststellt und die Künstlichkeit der (historischen) Tatsachen und Tatsachenberichte hervorhebt, erhöht das Tempo, mit der die Geschichte als Metahistorie und schließlich als Wissenschaftstheorie rotiert, und fügt im übrigen regelmäßig den vielen Sichtweisen und Beobachtungsebenen eine weitere hinzu. Wenn wir uns einig sind, daß die historischen Konfigurationen

nichts Primäres sind, ja, daß es gar nichts Primäres gibt, warum lassen wir dann nicht gleich die Gegenstände (die Beobachtungen und Erzählungen) statt der Sichtweisen gegeneinander antreten? Auf diese Weise träte die Befremdlichkeit der Tatsachen unerklärt hervor, jedenfalls weniger aufdringlich, als wenn wir uns zunächst Methodenkämpfe mit den vorhandenen Deutungsroutinen liefern.

15 Während das Interesse an allen Perioden der Geschichte, ihren Haupt- und Seitenpfaden, Großräumen und Nischen sowie an geschichtswissenschaftlicher Selbstverständigung expandiert, verzagen die Experten fast aller Disziplinen an der Zukunftsfähigkeit der bis in die Gegenwart verfolgten Entwicklungslinien. Einige unerbittliche Makroanalytiker sehen darüber hinaus die Vergangenheiten und Zukünfte in einer operationalen Aktualität zusammengezogen und erkennen eine rasche Verengung des »Orbits der Zeit«, was man wohl mit »Ende der Geschichte« übersetzen kann. Stehen hinter solchen Diagnosen nur Larmoyanz und Rancune der Intellektuellen, die mit dem Ruin einiger Lieblingsweltbilder nicht fertigwerden? H. D. Kittsteiner meint: »Die Rede vom Posthistoire scheint nichts anderes zu bedeuten als die allmähliche Einsicht, daß wir erst jetzt im Kapitalismus angekommen sind.« (Heinz D. Kittsteiner, Über das Verhältnis von Lebenszeit und Geschichtszeit, in: Dietmar Kamper/Christoph Wulf (Hrsg.), Die sterbende Zeit, Darmstadt/Neuwied 1987, S. 79.)

Dem ist zu widersprechen. Kapitalismus ist undenkbar ohne die Gewißheit, daß es vorangeht, was vor allem heißt, daß die Gesamtkosten noch einen Surplus erlauben. Auch seine Todfeinde sahen im Fortschritt sein Wesen. Das System, das heute so aussieht wie Kapitalismus, hat neben der ersten Welt längst auch die zweite, dritte und vierte in Betrieb genommen, und keineswegs nur die Ökonomie. (Mittlerweile werden auch Luft, Wasser und Erde bewirtschaftet.) Eine Gesamtrechnung würde negativ ausfallen. Aber dieses System hat mit seinem stimulierenden Antagonismus auch jene Marktmechanismen eingebüßt, die im Zusammenwirken der Rationalität eines »Gesamtkapitals« gleichkamen. Man kann es nennen, wie man will, auch Kapitalismus.

Nicht die Endzeitvisionen bezeugen das Posthistoire. Vielmehr scheinen sowohl Fortschrittsvorstellungen als auch Untergangserwartungen der Lage unangemessen. Die Apokalypsen haben sich schon ereignet und sind nur noch quantitativ steigerungsfähig. Selbst ein eindeutiges und verbindliches Ende der Geschichte bleibt uns versagt. Posthistoire heißt gleichermaßen, daß es mit der Geschichte vorbei ist und daß sie endlos weitergeht.

Zugleich scheint die Geschichte sich selbst zu verdauen. Die Bestandsaufnahmen und Plünderungen aller möglichen Vergangenheiten ufern aus. Es ist, als wollten wir alle Epochen, alle Kulturtraditionen – die exotischen erst recht – in gleicher Entfernung zur Hand haben. Wie die Rohstoffe verschleißen sich die Zeitalter, indem sie häufiger und schneller aufeinander bezogen, nach Brauchbarem durchsucht und wiederbelebt werden. Dies leitet einen Schrumpfungsprozeß der Gesamtgeschichte ein. Wie ein Abstürzender oder Ertrinkender durchlebt die Geschichte sich selbst im Zeitraffer.

16 Alfred Rust, Vor 20 000 Jahren. Rentierjäger der Eiszeit. 2. Auflage, Neumünster 1962, S. 63.

17 Karl J. Narr, Ursprung und Frühkulturen, in: Saeculum Weltgeschichte, Band 1, Freiburg/Basel/Wien 1965, S. 71.

18 Paul Overhage, Das Problem der Abstammung des Menschen, in: Adolf Haas (Hrsg.), Das stammesgeschichtliche Werden der Organismen und des Menschen, Band 1, Freiburg 1959, S. 198-284.

19 Warwick Bray/David Trump, Lexikon der Archäologie, München 1973; Karl J. Narr, Ursprung und Frühkulturen, a. a. O. (Anm. 17), S. 71 f.

20 Ernst Probst, Deutschland in der Urzeit, München 1986, S. 359.

21 Vgl. Karl J. Narr, Ursprung und Frühkulturen, a. a. O. (Anm. 17), S. 65 f.

22 Nahegelegt beispielsweise von Warwick Bray/David Trump, Lexikon der Archäologie, a. a. O. (Anm. 19).

23 Beispielsweise Karl J. Narr, Ursprung und Frühkulturen, a. a. O. (Anm. 17), S. 71, und Karl Saller, Leitfaden der Anthropologie, Stuttgart 1964, S. 467.

24 Alfred Rust, Der primitive Mensch, in: Golo Mann / Alfred Heuß

(Hrsg.), Propyläen Weltgeschichte, Erster Band, Frankfurt a. M. 1961, S. 197.

25 Werner Müller, Amerika – die neue oder die alte Welt? Berlin 1982.

26 Ebenda, S. 148-162 und 199f.

27 Ebenda, S. 36-146 und 192.

28 Ebenda, S. 190 f.

29 Ebenda, S. 187.

30 Ebenda, S. 178-186. Zumindest halbwegs kommt Rust (1961, a. a. O., Anm. 24) den Thesen Werner Müllers entgegen, wenn er die Ausgangszone mehrerer »Einbrüche von Trägern jungpaläolithischer Klingenkulturen nach Arabien« von 60 000 v. u. Z. an in den nordeurasiatischen Kältesteppen dicht an der jeweiligen Eisgrenze vermutet (S. 195-197).

31 Vgl. Karl Saller, Leitfaden der Anthropologie, a. a. O. (Anm. 23), S. 472; Ernst Wahle, Ur- und Frühgeschichte im mitteleuropäischen Raum, Stuttgart 1973, S. 49-63.

32 Vgl. Karl Saller, Leitfaden der Anthropologie, a. a. O. (Anm. 23), S. 467.

33 Oswald Spengler, Der Untergang des Abendlandes, Zweiter Band, München 1923, S. 194.

34 Vgl. Karl J. Narr, Handbuch der Urgeschichte, a. a. O. (Anm. 10), S. 26.

35 Ilse Schwidetzky, Rassengeschichte von Deutschland, in: Ilse Schwidetzky (Hrsg.), Rassengeschichte der Menschheit, 7. Lieferung (Europa V), München / Wien 1979, S. 51 f.

36 Vgl. Wilhelm E. Mühlmann, Ethnogonie und Ethnogenese, in: Studien zur Ethnogenese, Opladen 1985, S. 12-15.

37 Vgl. Alexander Häusler, Die schnurkeramischen Becherkulturen, in: Karl J. Narr (Hrsg.), Handbuch der Urgeschichte, Zweiter Band, a. a. O. (Anm. 10), S. 483-497.

38 Ebenda, S. 485.

39 Wolfgang P. Schmid, Das Lateinische und die Alteuropa-Theorie, in: Indogermanische Forschungen, 90. Band (1985), S. 139.

40 Hans Krahe, Alteuropäische Flußnamen, in: Beiträge zur Namensforschung 5 (1954), S. 201-220, und Wolfgang P. Schmid, Das Lateinische und die Alteuropa-Theorie, a. a. O. (Anm. 39), S. 139. Die lange Zeit mit Zurückhaltung aufgenommene Na-

mensforschung Hans Krahes hat in den siebziger und achtziger Jahren breite Bestätigung – und Abwandlung – erfahren.

41 Vgl. Wolfgang P. Schmid, Das Lateinische und die Alteuropa-Theorie, a. a. O. (Anm. 39); Jürgen Udolph, Zur frühen Gliederung des Indogermanischen, in: Indogermanische Forschungen, 86. Band (1981), S. 30-70.

42 T. V. Gamkrelidze / V. V. Ivanov, The Migrations of Tribes Speaking the Indo-European Dialects from their Original Homeland in the Near East to their Historical Habitations in Eurasia, in: Journal of Indo-European Studies, Vol. 13, Nr. s 1 & 2 (Spring / Summer 1985), S. 71 f.; Wolfgang P. Schmid, Indogermanistische Modelle und osteuropäische Frühgeschichte, Abh. d. Akad. d. Wiss. u. d. Lit., Mainz, Geistes- u. Soz.wiss. Klasse 1978, 1.

43 Vgl. u. a. Norman Bird, The Distribution of Indo-European Root Morphemes, Wiesbaden 1982.

44 Vgl. hierzu Karl Horst Schmidt, Keltisch und Germanisch, in: Jürgen Untermann / Bela Brogyanyi (Hrsg.), Das Germanische und die Rekonstruktion der indogermanischen Grundsprache, Amsterdam/Philadelphia 1984, S. 135 f.; Wolfgang Meid, Bemerkungen zum indogermanischen Wortschatz des Germanischen, in: ebenda, S. 105.

45 Günter Neumann, Substrate im Germanischen? in: Nachrichten der Ak. d. Wiss. in Göttingen, Phil.-hist. Klasse 1971, Heft 4, S. 75-99.

46 Antonio Tovar, Die Indoeuropäisierung Westeuropas, Innsbruck 1982, S. 15. Vgl. auch Richard Schrodt, Die germanische Lautverschiebung und ihre Stellung im Kreise der indogermanischen Sprachen, 2. Auflage, Wien 1976.

47 Vgl. Antonio Tovar, Die Indoeuropäisierung Westeuropas, a. a. O. (Anm. 46), S. 11.

48 Hans Krahe, Indogermanische Sprachwissenschaft, Berlin 1966, S. 46 f.

49 Vgl. Wolfgang Meid, Bemerkungen zum indogermanischen Wortschatz des Germanischen, a. a. O. (Anm. 44), S. 111 f.

50 Vgl. Edgar C. Polomé, Methodological Approaches to the Ethno- and Glottogenesis of the Germanic People, in: P. Sture Ureland (Hrsg.), Entstehung von Sprachen und Völkern, Tübingen 1985, S. 61 f.

51 Günter Neumann, Frühe Indogermanen und benachbarte Sprachgruppen, in: Karl J. Narr (Hrsg.), Handbuch der Urgeschichte, Zweiter Band, Bern/München 1975, S. 686.

52 P. Sture Ureland, Sprachkontakt und Glottogenese in Europa, in: P. Sture Ureland (Hrsg.), Entstehung von Sprachen und Völkern, Tübingen 1985.

53 Ilse Schwidetzky, Rassengeschichte von Deutschland, a. a. O. (Anm. 35), S. 62.

54 Karl J. Narr, Handbuch der Urgeschichte, a. a. O. (Anm. 10), S. 690-692.

55 Günter Neumann, Frühe Indogermanen ..., a. a. O. (Anm. 51), S. 674.

56 Wolfgang P. Schmid, in: Indogermanische Forschungen, 90. Band (1985), S. 280.

57 Wolfgang P. Schmid, Das Lateinische und die Alteuropa-Theorie, a. a. O. (Anm. 39), S. 130.

58 Jürgen Udolph, Zur frühen Gliederung des Indogermanischen, a. a. O. (Anm. 41), S. 62.

59 Wolfgang Meid, Der Archaismus des Hethitischen, in: Erich Neu/Wolfgang Meid (Hrsg.), Hethitisch und Indogermanisch, Innsbruck 1979, S. 163.

60 Prinzipiell bezweifelt wurde die Existenz einer indoeuropäischen Ursprache von Fürst N. S. Trubetzkoy im Jahr 1936 (abgedruckt in: Anton Scherer, Die Urheimat der Indogermanen, Darmstadt 1968, S. 214-223), Vittore Pisani (vgl. Kratylos 11/1966, S. 136-140) und W. S. Allen. Die beiden Erstgenannten vertraten die Auffassung, daß sich Sprachen völlig unterschiedlicher Herkunft wechselseitig assimiliert hätten; auf diese Weise sei ein lockerer »Sprachbund« bzw. ein Bündel von Dialekten entstanden. – Solche generelle Skepsis artikuliert sich nicht mehr, nachdem die Gegenrechnung präsentiert worden ist: Wie sind die nicht entlehnbaren Züge im gemeinsamen Material der Einzelsprachen, zumal in der Morphologie, zu erklären: bestimmte Ablaufstufen an gleicher Stelle im Flexionssystem, die Füllung von Formenlücken eines Wortes (Defektivität) durch fremde Suppletivstämme u. v. a. mehr. Die Gemeinsamkeiten sind sowohl vielfältig und differenziert als auch systematisch: »In keinem heute bekannten Sprachbund werden so vollständige

grammatische Systeme verbreitet, und keine Creolsprache weist so elaborierte Formeninventare auf, wie wir sie als Gemeinsamkeit zwischen den indogermanischen Einzelsprachen sichtbar machen können.« (Jürgen Untermann, Ursprache und historische Realität, in: Studien zur Ethnogenese, Opladen 1985, S. 147.)

Übrigens schloß sich Walter Benjamin 1935 in der *Zeitschrift für Sozialforschung* der These des sowjetischen Sprachwissenschaftlers Nikolaus Marr an, nach der die indoeuropäische Sprache zunächst nur das Idiom einer herrschenden Klasse in Eurasien gewesen sei, eine distanzierende Spätform neolithischer Bauernsprachen (von denen noch das Baskische und gewisse Kaukasussprachen übriggeblieben seien), d. h. ohne eigenen Ursprung. (Gesammelte Schriften, Band III, Frankfurt a. M. 1972, S. 461-463) Man sah nicht erst in der rassistischen Ausdeutung indoeuropäischer Gemeinsamkeiten, sondern bereits in der Unterstellbarkeit einer Grundsprache die Gefahr.

61 Jürgen Untermann, Ursprache und historische Realität, in: Studien zur Ethnogenese, Opladen 1985, S. 147.

62 Ebenda, S. 152.

63 Bernfried Schlerath, Ist ein Raum / Zeit-Modell für eine rekonstruierte Sprache möglich? In: Zeitschrift für vergleichende Sprachforschung, 95. Band (1981), S. 187.

64 Bernfried Schlerath, Die Indogermanen. Das Problem der Expansion eines Volkes im Lichte seiner sozialen Struktur. Innsbruck 1973. Derselbe: Ist ein Raum / Zeit-Modell ..., a. a. O. (Anm. 63), S. 198-200.

65 Elmar Seebold, Das Benennungsmotiv der Wörter für »Fisch« in den indogermanischen Sprachen, in: H. M. Ölberg/G. Schmidt (Hrsg.), Sprachwissenschaftliche Forschungen (Festschrift für Johann Knobloch), Innsbruck 1985, S. 443-451.

66 Günter Neumann, Frühe Indogermanen ..., a. a. O. (Anm. 51), S. 688; T. V. Gamkrelidze/V. V. Ivanov, The Migrations of Tribes ..., a. a. O. (Anm. 42), S. 63-69; Finnisch-ugrische Mitteilungen, Heft 9/1985, S. 249f.

67 Bojan Čop, Indogermanisch-Anatolisch und Uralisch, in: Erich Neu / Wolfgang Meid (Hrsg.), Hethitisch und Indogermanisch, Innsbruck 1979, S. 9-24.

68 Günter Neumann, Frühe Indogermanen ..., a. a. O. (Anm. 51), S. 688f.; Ruth Römer, Sprachwissenschaft und Rassenideologie in Deutschland, München 1985, S. 60.

69 Vgl. Paul J. Hopper, Areal Typology and the Early Indo-European Consonant System, in: Edgar C. Polomé (Hrsg.), The Indo-Europeans in the Fourth and Third Millenia, Ann Arbor (Texas) 1982, S. 121-139, Vgl. Carleton T. Hodge, Indo-Europeans in the Near East, in: Anthropological Linguistics, Vol. XXIII (1981), S. 227-244.

70 Allan R. Bomhard, Toward Proto-Nostratic. A New Approach to the Comparison of Proto-Indo-European and Proto-Afroasiatic. Amsterdam / Philadelphia 1984.

71 Karl Horst Schmidt stellt manche der Lautverschiebungs-Hypothesen, die Bomhards Rekonstruktion indoeuropäischer Wurzelgleichungen zugrunde liegen, in Frage und bemängelt die Unvollkommenheit der gegenwärtigen Rekonstruktion eines Proto-Afroasiatischen (Hamito-Semitischen). (Kratylos, Jahrgang 29/1985, S. 32-36) Gleichwohl beeindruckt der Umfang des vorgelegten Vergleichsmaterials. Dieses wäre selbst dann signifikant, wenn 90% davon revidiert werden müßten.

72 »Daß (diese Worte) vom Semitischen ins Indogermanische entlehnt wurden und nicht umgekehrt, ist im Hinblick auf die Wurzelstruktur und die Wiedergabe des semitischen stimmlosen Verschlußlauts **t* durch das stimmlose (aspirierte) indoeuropäische **th* sehr wahrscheinlich. Wäre die Entlehnung andersherum verlaufen, würde man ein stimmloses (aspiriertes) **th* im Semitischen erwarten.« (T. V. Gamkrelidze / V. V. Ivanov, The Ancient Near East ..., a. a. O., siehe Anm. 73, S. 15.)

73 T. V. Gamkrelidze / V. V. Ivanov, The Ancient Near East and the Indo-European Question: Temporal and Territorial Characteristics of Proto-Indo-European Based on Linguistic and Historico-Cultural Data, in: Journal of Indo-European Studies, Vol. 13, Nr. s 1 & 2 (Spring / Summer 1985), S. 14-19. – **H* und *' stehen für in fast allen indoeuropäischen Sprachen geschwundene Laryngale (Kehlkopflaute).

74 Die indoeuropäischen Grundzahlen lauten: **sem*, **duai/duou*, **trei/tri*, **kuetuer*, **penkue*, **sweks/weks*, **septm*, **oktou*, **eneuen/enun*, **dekm*.

75 G. A. Klimov, Zu den ältesten indogermanisch-semitisch-kartwelischen Kontakten im Vorderen Asien, in: H. M. Ölberg/G. Schmidt (Hrsg.), Sprachwissenschaftliche Forschungen (Festschrift für Johann Knobloch), Innsbruck 1985, S. 205-210.

76 T. V. Gamkrelidze/V. V. Ivanov, The Ancient Near East ..., a. a. O. (Anm. 73), S. 20f.

77 Ebenda. Vgl. John Colarusso, Typological Parallels between Proto-Indo-European and the Northwest Caucasian Languages, in: Yoël L. Arbeitman/Allan R. Bomhard (Hrsg.), Bono homini donum. Essays in Historical Linguistics, in Memory of J. Alexander Kerns, Amsterdam 1981, S. 475-557.

78 Karl J. Narr, Handbuch der Urgeschichte, a. a. O. (Anm. 10), S. 690.

79 Marija Gimbutas, Prehistory of Eastern Europe. Mesolithic, Neolithic and Copper Age Culture in Russia and the Baltic Area. Cambridge 1956. Dieselbe: Proto-Indo-European Culture: The Kurgan Culture during the 5th, 4th and 3rd Millenia, in: G. Cardona/H. M. Hoenigswald/A. Senn (Hrsg.), Indo-European and Indo-Europeans, Philadelphia 1970. Dieselbe: Primary and Secondary Homeland of the Indo-Europeans, in: Journal of Indo-Europeans Studies, Vol. 13, Nr. s 1 & 2 (Spring/Summer 1985), S. 185-202.

80 T. V. Gamkrelidze/V. V. Ivanov, The Ancient Near East ..., a. a. O. (Anm. 73). Dieselben: The Migrations of Tribes ..., a. a. O. (Anm. 42).

81 David W. Anthony, The »Kurgan Culture«, Indo-European Origins, and the Domestication of the Horse: A Reconsideration in: Current Anthropology, Vol. 27, No. 4 (August-October 1986), S. 291-313.

82 Marija Gimbutas, Die Kurgan-Kultur, in: Karl J. Narr (Hrsg.), Handbuch der Urgeschichte, Zweiter Band, Bern/München 1975, S. 460-463.

83 Zu nennen sind vor allem: **owis* »Schaf«, **gwows* »Rind«, **tauro/stauro* »Stier«, **sūs* und **porkos* »Schwein«, **ekwo/ekwa* »Pferd«, **aigis* »Ziege«, **kuon/kun* »Hund« und **peku(s)*, ein Sammelwort für den Besitz von Kühen und Schafen, die Wurzel von lateinisch *pecunia* »Geld«, ferner **wegh-* »Wagen«, **rota* »Rad«, **ak'sis* »Achse« und **iuk'om* »Joch«.

84 Marija Gimbutas, Primary and Secondary Homeland …, a. a. O. (Anm. 79), S. 191-195.

85 Wolfgang Meid, Dichter und Dichtkunst in indogermanischer Zeit, Innsbruck 1978.

86 Marija Gimbutas, Primary and Secondary Homeland …, a. a. O. (Anm. 79), S. 186 f.

Das Andere des Waldes im Mittelalter

Heute, da allenfalls das Funktionieren des Waldes noch zu retten ist, mag es eine bedrückende Versuchung sein zu fragen, was der Wald war, als er noch nicht unwiderruflich *unser* war. Denn der Hang zum Wald unterscheidet sich von der Freude an offenem Gelände und Panoramen: nicht sammelnd-gesammelt, sondern ekstatisch gilt er einer Welt, die sich schrittweise erschließt und zugleich verschließt und entzieht. Als früher deutscher Wesenszug entsteht er weniger aus der Erfahrung von Erhabenheit und Anmut als aus Furcht und Kampf. Verlockend ist, was der Wald hergibt, das Land, und was er zurückhält.

Der folgende Beitrag versteht sich als Zwischenbericht von Studien über das Waldverhältnis mittelalterlicher Anwohner und Bewohner des großen bayerisch-böhmischen Waldgebirges, das sich – wie in Europa sonst nur noch die Karpaten – 600 bis 800 Jahre lang der Kolonisation nicht völlig ergab. Die Darstellung beruht auf der Auswertung geschichtsschreibender, volks- und landeskundlicher Forschung (die jenes Waldverhältnis so gut wie nie direkt und ausführlich behandelt). Diese Forschung neigt überwiegend dazu, bei der Quellenanalyse das – nach heutigem Verständnis – ökonomisch und politisch Plausible herauszuarbeiten. Sie ist daher meist zu naiv und zuwenig naiv zugleich, nimmt die Urkunden nicht wörtlich genug (sondern legt bewährte Deutungsmuster über sie) und versäumt es doch mitzulesen, worüber *nichts* gesagt wird. Daher vermutet sie das Fremde des Mittelalters vor allem in den schwerverständlichen Wendungen und nicht, wie es ratsam wäre, gerade in den plausiblen. Die blinden Flecken der mittelalterlichen Berichte aber treten erst durch unser notwendiges Verkennen dieser Epoche hervor, durch Fragen nämlich, die im Mittelalter nicht gestellt werden konnten. Solche Fragen sind eine Fortsetzung des Mittelalters mit anderen Mitteln.

Wie der Wald unheimlich und heimlich wurde

Welche Einstellung zum undurchdrungenen Urwald haben die ersten fränkischen und markomannischen Ansiedler in den offenen Talbecken? Es fällt bereits römischen Autoren auf, daß die germanischen Stämme Plätze wählen, die von Wald- und Ödgründen eingebettet sind. In den Grenzmarken der fränkischen Könige und der Agilolfinger-Herzöge ist der Wald Königsland, das bedeutet: herrenlos *(libera silva)*, ohne besonderen Rechtsakt der jeweils nächstgelegenen Kloster- oder Grafschaftssiedlung zugehörig *(silva communis)* und somit jedem offen für Abholzung, Viehweide, Jagd und Fischfang. Frühe Urkunden lassen nun die Tendenz erkennen, den Begriff der Mark einerseits mit »Wald« und andererseits mit »Grenze« *(terminus, fines)* gleichzusetzen. Daher verbindet sich auch mit *terminus* unmittelbar die Vorstellung eines Waldes. *Marca* oder *terminus* meint ein bestimmtes, begrenztes Gebiet, meist die Gesamtheit des zu einem Ort gehörigen bebauten und unbebauten Landes. Und dieses Land besteht zum größten Teil aus Wald. Die durch den Wortgebrauch geförderte Zweideutigkeit der Begriffe ist aufschlußreich für die Art und Weise der Anwesenheit des Waldes. Der Wald, dessen Abgrenzung die Grenze der Ortsmark bildet, ist zugleich seinerseits die Umgrenzung, die Grenze des Ortes. Er ist insgesamt Grenze. Der auf unbewaldeter Freifläche gegründete Ort schafft sich mit dem umgebenden Wald seine Grenze, wobei diese selbst mit zum Ort gehört. Grenze ist somit am Waldrand ebenso wie in der Mitte des Waldes oder an seinem jenseitigen Ende: beweglich, unbestimmt. Dem entspricht, daß das Abgegrenzt-Umgrenzende weder genau markiert noch gemessen ist. Die Grenze selbst ist unbegrenzt. Letztlich ist sie der namenlose Wald schlechthin, kein irgendwie geortetes Waldgebiet.

Auf Traditionsurkunden über großflächige Schenkungen des Königs an Kirche oder Adel wird nur das bebaute Inventar nach seiner Grenze und Fläche (etwa nach Hufen) näher bestimmt. Übergeben wird der benannte Ort »mit dem anliegenden Wald«. Auch die frühmittelalterlichen Erbrechtsurkunden geben allenfalls die Breitenausdehnung eines Waldstreifens an und berufen sich im übrigen auf die Zeugenschaft der Nachbarn.

Anders verhält es sich bei Verkaufsverträgen zum Nutzen beider Partner, denn der Gegenstand solcher Verträge muß von Wert sein. Sofern er neben Ackerland und Wiesen auch Wald einschließt, ist dieser für künftige Rodung bestimmt oder zumindest geeignet, zudem nicht mehr Teil des Markwalds, sondern persönliches Eigentum. Die Fläche dieses Waldes ist vermessen, und sie wäre es nicht, handelte es sich lediglich um Überschreibungen von Nutzungen wie Jagd, Fischerei, Schweinemast oder Wildbienenausbeute (Zeidlerei). Ihr Wert bemißt sich am Grad der Eignung für Rodung und Feldanbau und an der Nähe zum Hof. Messung und Rodung bedingen einander, und die Urkunden lassen darin, wie sie die neue Qualität der Quantifizierung zuerkennen oder für entbehrlich erachten, das Entstehen einer unmittelbaren (nicht tradierten) und selbstgewissen Art des Eigentums erkennen: geschaffenen Boden.

Zur Ausmessung des Neubruchs dienen ausschließlich Ackermaße *(pertica, iugerum, hoba, colonia).* Das als Weide und Acker vorgesehene Waldstück wird zunächst durch Umschreiten oder Umreiten, Verlacken von Bäumen und Aufrichten von Steinhaufen abgesondert und dann nach dem Ritus des Erbrechts in persönlichen Be-sitz genommen: durch

Entzünden von Feuern (Schwenden), Errichtung von Holzhäusern und ein drei Tage dauerndes Ersitzen des Ortes.

Hierbei wird nicht nur eine Grenze gesetzt, sondern auch Grenze exekutiert, nicht nur zusätzliches Land gewonnen, sondern auch allererst Land genommen, das zuvor nicht da war, so daß von nun an das ältere, ohne große Mühe urbar gemachte Kulturland von geringerem Wert ist. Davon abgesehen ist nicht zu verkennen, daß der widerständige Wald ein Gegner ist und das Brennen und Ansiedeln nicht nur den Besitz gegen alle Zweifler bezeugt, sondern auch den Eigenanspruch gegen den Anspruch des Waldes behauptet. Die Messung von Fläche und Wert schiebt die Grenzziehung in den Wald. So verändert sich mit der Grenze von bebautem und unbebautem Land auch das Wesen der Grenze selbst. Die Landnahme verwandelt den Grenzwald, den als Ganzes begrenzenden Wald, in den begrenzten Wald und in die Linie, die der Entwurf künftiger Rodung zieht. Aus unserer neuzeitlichen Hinsicht schafft die Gewinnung eines bemessenen Gebiets für Siedlung und Anbau (althochdeutsch *bifang*, tschechisch *úgiezd*, lateinisch *circuitus*) überhaupt erst eine Grenze zwischen Siedlung und Wald. Sie macht damit den unerschlossenen Wald zum Ungemessenen, zum Unmäßigen und Unermeßlichen. Solche oder entsprechende Ausdrücke werden in den Quellen wie selbstverständlich benutzt; so entwickeln beispielsweise nach 1150 die Bamberger Bischöfe ein großes Siedlungsprogramm für den »unermeßlichen Nordwald«.

Es ist der Sinn des quantifizierenden Messens, daß es nur Maß und Unmaß kennt und nicht verschiedengeartetes Eigenmaß. Rodung und Bewirtschaftung des Neubruchs *sind* die Landmessung. Indem sie Land für die Siedlung bergen, begründen sie überdies den Unterschied von Geborgenheit – geborgenem Land und Leben – und Unheimlichkeit. Da dieser Unterschied nun besteht, kann der unheimliche Wald jederzeit zum heimlichen Wald werden.

Die Ordnung der Waldkolonisation durch grenzbildende Aussonderung kehrt wieder im Bedeutungsfeld des germanischen Erbworts »Forst«. Nach neuer Erkenntnis steht »Forst« im Ablaut zu »First«, meint zunächst den Zaun zum Schutz der Viehweide und des Weideviehs und später den gehegten Wald als Sonderbesitz wie auch das zur Sicherung dieses Besitzes geschaffene Recht. Mit dem Verbum »forsten« wird im Frühmittelalter sowohl das Ziehen der Zaunlinie und das Vermessen des Landes als auch die rechtsgültige Zuweisung des gesonderten Landes (des *sundern*) bezeichnet. Durch Übertragung der Forsthoheit über Grenzgebiete an weltliche und kirchliche Grundherren fördern die fränkischen und staufischen Herrscher den Aufbau von Reichsterritorien. Der geschenkte Forst besteht überwiegend aus Wald; dieser wird indessen so lange geringgeachtet, bis er als künftiges Siedlungsland markiert ist. Die Lex Baiuvariorum (etwa 740) stellt nur das Eindringen in die Rodung unter Strafe. Umzäunt ist der Forst ansonsten nur in der Rechtsvorstellung, und die Festlegung seiner Grenzen bleibt meist vage. Exemplarisch ist folgende Grenzbeschreibung – einer Forstschenkung Kaiser Heinrich II. an das Kloster Niedernburg in Passau im Jahr 1010: Übergeben wird »ein Teil des Nordwaldes, in der Länge vom Ursprung des Ilzflusses bis zu dem Streifen des genannten Waldes, der die Länder Bayern und Böhmen scheidet, ebenso bis zum Ursprung des Flusses, der Rodl heißt, der Breite nach durch das Gebiet, das die beiden Flüsse durchströmen, bis zur Donau«. Der Träger des Obereigentums wertet den unvermessenen Wald nicht als Grundbesitz und gesteht seinen Hintersassen die Nutzung des Waldes zu wie das Wasser im Bach und die Luft um den Hof. Verstärkt wird die Geringschätzung des Waldes dadurch, daß die Jagdrechte getrennt von den Forstrechten verliehen werden.

Wer aber aus Niemandsland Grund und Boden macht, erwirbt neben unmittelbarem, vererbungsfähigem Besitz auch eigene Herrschaft. Als Eroberer steht er mit seinen Rodungsbauern *(coloni)* auf neuem Land jenseits des alten Gerichts- und Grafschaftsverbands. Er gewinnt »aus wilder Wurzel« hochgerichtliche und landesherrliche Rechte und seinen Bauern, mögen sie auch Leibeigene gewesen sein, einen »eigenwurzeligen« Stand, der im 12. Jahrhundert als »Freiheit« bezeichnet wird.

Das Vordringen in den Wald begünstigt im übrigen unter den Neusiedlern eine Abkehr vom Leben in Einzelgehöften und eine Haltung des Zusammenwohnens, die den Gegensatz von Sicherheit und Unsicherheit auf die Grenze zwischen Hell und Dunkel bezieht. Rodung auf eigene Faust ist bei der dichten Bestockung, dem steinigen Boden und der klimatisch bedingten langen Dauer des Verfaulens von Strünken und Wurzeln nahezu unmöglich. Der einzelne Siedler sucht daher Rückhalt bei der Autorität, die ihn ins Land geholt hat und nun zur gegenseitigen Hilfeleistung verpflichtet. Im Zuge des Landausbaus entstehen dabei genossenschaftliche, obrigkeitliche und kirchliche Einrichtungen, die bereits als Vorstufen zur Landgemeinde des 12. Jahrhunderts gelten können. Solches Zusammenziehen von Menschen, Häusern und Mitteln auf der Lichtung gegen die Grenze kündet zugleich davon, wie es um das Hausen hinter der Grenze bestellt ist: Es ist vereinzelt, recht- und herrenlos, ungeschützt, ortlos, unheimlich.

Von der Kolonisation der Grenzländer, als »größte Kulturleistung des deutschen Mittelalters« eingeschätzt, vermitteln die erzählenden Quellen in knappen Worten Bilder des Kampfes, ja eines jahrhundertelangen Feldzugs. Die Dorfflur wird von Mönchen und Bauern gegen einen wilden Feind vorangetrieben, dem man unter »unsäglichen Mühen« Stück um Stück entreißt. Zunächst rückt man dem Urwald mit Feuer und Axt zu Leibe, bringt ihn durch »Sengen« zum »Singen« (Knistern), durch »Schwenden« zum Schwinden. An diesen ersten Teil der Rodungsarbeit erinnern Ortsnamen auf -sang, -schwind, -schlag und -schlacht. Mit ihm ist aber noch längst kein Ackerland gewonnen. Nachdem der Waldfeldbau auf dem mit Asche gedüngten Boden einige Jahre lang Roggen, Hafer und Heu geliefert hat, fliegt neuer Wald aus Birken und Wacholder an. Er dient dreißig oder vierzig Jahre als Waldweide für Haustiere, bis er der eigentlichen Rodung anheimfällt. Mit einfachem Werkzeug werden Felsblöcke und angekohlte Baumstöcke aus dem Boden entfernt. Man spricht von »Reuten und Stocken« und »exstirpare« (ausrotten, abtöten). Dieses schrittweise Entwalden ähnelt dem Vorgehen bei der Kolonisation eines Nachbarlandes. Man überschreitet die Grenze, unterwirft den Gegner und hält das Volk eine Generation lang in Schach, bevor man ihm die eigene Kultur aufzwingt und alle Unterschiede beseitigt.

Das riesige, lange Zeit nur durch Flußtäler und wenige Paßstraßen gegliederte Waldgebirge, von dem hier die Rede ist, begrenzt nicht allein als Grenze schlechthin und Rodungsgrenze, sondern auch als Trennungsraum zwischen Germanen und Slawen. In zwei großen Rodungsperioden – vom 8. bis zum 10. Jahrhundert und vom Beginn des 11. Jahrhunderts an – brechen in Bayern und Österreich nördlich der Donau Klerus und Ordensklöster, Dienstadel und Hochadel mit ihren Mönchen und Leibeigenen, von Osten her der tschechische Stamm der Choden (wörtlich: die an der Grenze »hin- und hergehen«) und später die Přemysliden-Könige mit angeworbenen deutschen Rodungsbauern in den Wald ein. An mehreren Stellen treffen auf den Hochkämmen des mittleren und unteren Böhmerwaldes die beiden Mächte zusammen. Hier werden schließlich vermarkte Grenzlinien proklamiert, doch sie ergänzen und verfestigen sich erst zu Beginn des Dreißigjährigen Krieges.

Wie in anderen Gegenden Europas hat man auch hier darauf hingearbeitet, die Grenze zweier Herrschaftsräume ins »wilde Waldgebirge« und auf die gedachte Linie zwischen den höchsten Erhebungen zu setzen. *Vor* dem Wald bezeichnen parallel zur Grenze verlaufende große Flüsse (Donau und Moldau) den Ausgang der Grenzgebiete, die Klerus und Adel unter sich aufteilen. Dies deckt sich mit dem Brauch in bayerischen Gebirgsgegenden, das Eigentum durch Gipfel und Wasserläufe zu markieren und die Ausdehnung des Forstes danach zu bemessen, »wie weit die Kugel rollt und das Wasser rinnt«. Die Kammlinie zwischen Böhmen und Bayern gleicht einem First, der große Wald insgesamt einem Dach, unter das die rodenden Siedler zu kriechen versuchen.

Wie läßt sich dieses Bild mit der verbissenen Überzeugung der Kolonisatoren vereinbaren, daß nur dort Schutz und Heim möglich sind, wo kein Wald mehr ist? Die Landnahme steht im Bann des Doppelsinns der sichernden Grenze. Sie sucht sich die Grenze und damit den Schutz zu verbürgen, indem sie es mit ihnen genau nimmt und die Grenze gegen die Grenze vortreibt. Was der Wald entbietet, suchen die Siedler ins Eigene hinein zu wieder-holen, indem sie »forsten«: vom vorgestellten First aus das Land ermessen, es ausgrenzen, umzäunen, freiräumen und besiedeln. Das gründliche Roden kann kein Ende finden, denn es schlägt die Grenze immer auch mitten durch das eigene Haus und will es doch ganz »zu Erb und Eigen« haben.

Die Heimlichkeit des Abwesenden

Die ersten menschlichen Bewohner des großen Waldes, die an Ort und Stelle bleiben, sind die Eremiten. In der Nachfolge von Johannes dem Täufer und Christus, die in die Abgeschiedenheit der orientalischen Wüste zogen, um Gott näher zu kommen, gehen europäische Büßermönche in den Wald. Dieser ist für sie der *eremus*: die Einöde, die Wüste. Als Ausdruck der monastischen Sondersprache, der bald allgemeine Verwendung findet, meint *eremus* auch die unbewohnte, menschenfeindliche Gegend: den weiten Wald. Je größer die

Entfernung von der Welt der Menschen, desto weniger ist es von Bedeutung, ob die Umgebung vegetationslos oder dicht bewachsen ist. In der althochdeutschen Versdichtung »Heliand« wird zunächst von Christus' vierzigtägigem Aufenthalt in der »Steinwüste« berichtet und dann die Rückkehr aus dem »Wald« begründet:

Da weilt im tiefen Wald des Waltenden Sohn
Eine lange Zeit, bis ihm lieber ward
Seine große Kraft kundzutun
Der Welt zum Wohl. Er verließ des Waldes Hülle,
Der Einöde Raum und suchte der Menschen Umgang,
Die Menge des Volkes und der Männer Treiben.

Die »Einöde« ist im engeren Sinn eine Blöße im Wald, die sich aus einer Viehweide in eine Wildnis von Gestrüpp, Dorngesträuch und Heide verwandelt (vgl. Ortsnamen wie »Tannödt« und »Buchödt«), im weiteren Sinn der schwer zugängliche Wald insgesamt. Das Einerlei von Lichtung und Dickung, von Leere und Undurchdringlichkeit in der Auffassung des germanisierten Christentums erscheint verständlich wie vertraut gewordene kühne Metaphern, steht doch beides für eine gleichförmige und unbewohnte Landschaft. So leicht aber die Gleichsinnigkeit erklärt ist, so erstaunlich und folgenreich ist die fortgesetzte Vernachlässigung des Unterschieds. (Wenn der Wald aufgegebene Dörfer und Weiler überwuchert, spricht man im Hochmittelalter von »Wüstung«.)

Daß der Wald in seiner Eigenart mißachtet und als symbolische Kulisse für Verzicht, Meditation und Prüfung wiedererrichtet wird, ist nur möglich, weil sich die Fülle der Wesenheiten und Unterscheidungen an anderer Stelle verdichtet. Erst die Landnahme bestreitet dem unbearbeiteten Gebiet, Land zu sein, erst die Ausgrenzung des Wertvollen scheidet Nichtiges als Rest aus. Die Wüstenei ist der bloße gegen-Stand der bebauten, sinnerfüllten Landschaft. Noch 1640 heißt es in einer Beschreibung des böhmischen königlichen »Waldhwozd«: »Diese Wälder dehnen sich an unzugänglichen und übermäßig öden Orten aus, wo es unmöglich ist, mit einem Wagen hinzufahren, ja, daß nicht einmal die kleinsten Bäche, auf denen man Holz flößen könnte, dort fließen, daher in bezug auf Holz nicht den geringsten Nutzen gewähren. Es ist auch unmöglich anzugeben, wieviel Seil (je 52 Ellen im Geviert) die Wälder messen; denn es sind das nicht Wälder wie anderswo im Land, welche Nutzen geben aus dem Holzverkauf, Holz zum Bauen und Brennen, Weide, Jagd oder auch vielen anderen Nutzen. Diese Wälder sind zu betrachten als Wüsteneien, eine unnütze, verlorene und tote Sache, deren niemand achtet.« Weder dem Anblick der unberührten Waldwüste noch ihren Schrecken wird ein Selbstwert zugesprochen oder nähere Aufmerksamkeit gewidmet. Daher hat die Schilderung der Waldwüste mit der Erwähnung der Kennmarken »groß«, »dunkel«, »einsam« ihr Bewenden.

Es ist die Perspektive der gründenden Gemeinschaft und des organisierenden Weltbilds der Kirche, aus der sich die Unterschiede zwischen Wald und Wüste verflüchtigen. Die Neigung zur Analogienbildung ist kennzeichnend für viele frühmittelalterlichen Gründungen. Sie verdeckt, daß mit der herrschenden, im Schrifttum beglaubigten Perspektive die Ausblendung beginnt.

Die Gleichsetzung von Wald und Wüste als Öde ächtet das undurchdringliche – man könnte auch sagen: noch unerreichbare – Gelände. Die Öde ist der Topos der Einsamkeit *(solitudo)* und der Vereinsamung, der Loslösung von der Gemeinschaft. Äußerste Dichte (Dickicht) und Leere (Wüste) sind gleichermaßen wie nichts für die von Grenzung und Anbau geformte Wahrnehmung der Landschaft. Doch die Perspektive stellt sich von vornherein in der Mehrzahl ein. Von nun an ist es wichtig zu wissen, ob einer den Wald von außen oder von innen erlebt und anspricht und in welche Richtung er spricht.

Der Einblick der Kolonisatoren entleert den Wald, aber durchdringt ihn nicht. Er läßt es zu, daß die Leere des Waldes vom Wald oder den Wäldern selbst gefüllt wird; insofern wahrt die hagiographische, die wüstende Darstellung eine Scheu vor dem, was ihr gleichgültig ist. Aber wer oder was bezeugt die Wälder selbst? Die rodende Gemeinschaft an der Grenze, die den Wald aus der Erfüllung ausgrenzt, wird ihrerseits durch den unheimlichen Gedanken entkräftet, der Wald sei das anders – von anderen Wesen – Bewohnte. Den Wald und die Welt aus der Perspektive solcher Bewohner zu betrachten, ist verworfen. Denn so betrachtet, träte der lange im Wald Bleibende nicht in die Einsamkeit, sondern in eine andere Gemeinschaft ein. Daß die Berichte ohnehin ausschließlich von Waldbesuchern, nicht von Waldbewohnern stammen, versteht sich, da außerhalb der Zeitrechnung nichts zu schriftlicher Überlieferung drängt.

Und mißtrauen wir der Einbildung, die Lebenswelt des undurchdringlichen »Nordwaldes« durch neuzeitlich objektive Befunde einholen zu können. Was greifen wir, wenn wir »wissen«, daß die riesigen Nadel- und Laubwaldzonen von knorrigen, »grotesk wirkenden« Baumriesen, phosphoreszierenden Baumleichen, »bizarren« Felserhebungen und ausgedehnten Mooren und Sümpfen durchsetzt und durch übermannshohe Farne und wuchernde Stauden verfilzt sind, von häufig überfluteten und unwegsamen Tälern und Niederungen durchzogen werden ... daß dieses »unwirtliche« Gebiet von Raubzeug wie Bären, Wölfen und Wildkatzen durchstreift wird, die, wenn sie hungrig oder gereizt sind, auch Menschen zerreißen? All diese Schilderungen sind Ergebnis und Ausdruck einer geographischen und botanisch-zoologischen wie ökonomischen Durchdringung des Waldes.

Vom fremden, anders bewohnten Wald wird im Mittelalter nur aus entrückter, überörtlicher Perspektive erzählt: in den Sagen. Dort, wo Schrecken und Wunder ineinanderfallen und verbindliche Empirie keines der bedrängenden Rätsel lösen könnte, begegnen dem umherirrenden Menschen Teufel, Zwerg und Fee, Wolf und Werwolf, Pferd und Einhorn, Bäume und Baumgeister. Nur im Undurchdrungenen und Verborgenen geschieht das Wunderbare; der lebendige Wald ist sein Schauplatz *und* Mitgestalter. Während aber die Magie indogermanischer Baumverehrung in Zeitaltern ohne Geschichtsschreibung den Wald in den Mythos der Himmelserscheinungen und des Jahreslaufes und in die Kulte auf freiem Feld und in Heiligtümern eingliedert, erweist sich die Zauberwelt der mittelalterlichen Waldmärchen als in sich geschlossener Bezirk, im Spannungsverhältnis zur Alltagswelt, wo die Abenteurer aufbrechen. Die Macht des Wunderbaren bleibt auf die kulturferne Jenseitswelt und die neben der Chronologie stehende Zeitlichkeit des Waldes beschränkt. Zwar hat sie keinen Rand, doch auch keine Allgegenwart, sondern Opposition in der von Menschen gemachten Ordnung.

Allerdings geht sie in dieser Spannung nicht auf. Wer die Schleuse der »verrufenen Orte« passiert und vor lauter Fürchten und Staunen dessen Vergleichsmaß vergißt, erlebt die Bedrohlichkeit und Unberechenbarkeit der Waldbewohner nur als Eigenschaften unter anderen. Daß ein Baum zum Doppelgänger eines Menschen wird, sich als der Körper eines Schutzgeistes oder einer aus dem Menschenleib geschiedenen Seele enthüllt oder der Baumgenius, vom Baumleib gelöst, in Gemeinschaft mit Menschen lebt, ereignet sich – nach Sage und Volksglaube – zwar nur noch in den Grenzen des Waldes, steht aber in einem Geheimnis, das so dunkel ist, daß es das Verhältnis von Dunkel und Hell, Grenzenlosigkeit und Begrenzung löscht. Solcher Glaube überlebt auch vor dem Wald, und bis ins 11. Jahrhundert sieht man sich veranlaßt, »ein Gelöbnis zu Bäumen oder Quellen« mit Strafe zu ahnden.

Vom Wald als der Fremden Wesenheit geht auf den eng und ahnungslos aufwachsenden Menschen Verlockung aus. Nach vielen Sagen ist es die Erscheinung eines Tiers von außergewöhnlichem Äußeren oder eine dunkelbedeutsam schöne Vogelstimme, die den unbewußten Helden in das Innere des Waldes zieht. Doch es reicht nicht aus, den Wald zu betreten, um an einem wunderlichen Geschehen teilzunehmen. Dem Abenteurer muß seine Herkunft fremd und die gewohnte Bahn zur Frage werden. Er muß sich verirren (was außerhalb des Waldes nicht möglich ist), am Selbstbild und Eigennamen irre werden, bevor er das Geheimnis dessen, was ihm widerfährt, als sein eigenes entdecken kann. Oft ist dieses Geheimnis in einem Baum verborgen, nicht in der Krone, sondern – eingefangen – in der Erde zwischen den Wurzeln. Das Geheime des Waldes entzieht sich in die Tiefe nach innen und nach unten. Unzählige mittelalterliche Traditionen berichten von unterirdischen Gängen und tiefen Löchern im Wald, von Schätzen, Verstecken und Fluchtwegen. Und Hunderte von Dörfern und Weilern, aber auch entlegene Orte sind im Bayerischen Wald und im österreichischen Weinviertel von – in Vergessenheit geratenen – Ganganlagen und Kammern (»Schrazellöchern«) unterminiert. Mit ihnen kehrt im Mittelalter (aus dieser Zeit stammen sie) das Wurzelwerk des Verborgenen unter die Siedlungen zurück.

Ungeachtet der besiegelten Mark- und Forstgrenzen ist der *eremus nortwald,* »den nur die Jäger durchkriechen«, exterritorial. Wer sich ihm trotz aller Furcht anheimgibt, gerät in die »Sünde« gegenüber der betriebsamen Weltordnung und steht nun, als Asket oder Verbannter, unmittelbar zu Gott oder zum Teufel. Er ist dem Zugriff von außen entzogen. Den aus der Gemeinschaft Ausgestoßenen bietet der *eremus* Asyl, den von Schande und Tod Bedrohten einen Ausweg ins Unabsehbare, den widersetzlich Liebenden eine Zuflucht ins Naturrecht der Tiere des Waldes. Die Verzweifelten sind hier so unerreichbar und unfaßlich wie der Wald selbst. Je mehr die Wildnis den Eindringling ängstigt, desto mehr Schutz bietet sie. Nachdem das Offene und Verbürgte keine Sicherheit mehr gewährt, verwandelt sich das Unheimliche übergangslos ins Heimliche. Dunkelheit ist nun Umhüllung, Abgeschlossenheit ist Geborgenheit, der Verlust raumzeitlicher Gewißheit ist die Aufnahme in ein älteres, seit jeher bestehendes Heim, Undurchdringlichkeit Freiheit. Im Inneren des Schreckens öffnet sich ein anmutiger Ort *(locus amoenus)*, wo Bäume Schatten spenden, aus dem Fels die Quelle sprudelt und der Bach durch die blumengeschmückte Waldwiese fließt. Daß diese Verwandlung und die Auswechslung von Innenwelt und Außenwelt möglich sind, erscheint dem Fliehenden als die Entschleierung der Geheimnisse des Waldes selbst.

Aus dem Leben im Wald gibt es keine Rückkehr in die Menschenwelt, denn der Heimkehrende ist ein anderer als der Bewohner des Waldes. Sagen und Dichtungen, die eine Heimlichkeit des Waldes beschwören, enthalten keine Anleitungen zum Grenzwechsel. Im übrigen wären sie gegen den Vorwurf der Wirklichkeitsferne nicht zu verteidigen – es sei denn mit dem Hinweis, daß allein solche unwillkürliche Ferne dem Anderen des Waldes gerecht wird. Eben dies – die Unmöglichkeit eines geregelten Übertritts in den Wald und die Dämonisierung oder Idealisierung des Waldes – spricht von der überwältigenden Anwesenheit des Waldes in seiner Abwesenheit. (Für die Chronisten und Gelehrten des Mittelalters ist der Wald kein Thema.) Das Nebeneinander von Mißachtung und Verfemung einerseits und Verklärung andererseits jedoch bezeugt die Ahnung, daß mit der Vervollkommnung selbstgegründeter Rechtsgeborgenheit durch Landnahme auch die Ungeborgenheit wächst. Dem Eremiten erscheint die Öde als schuldlose Sünde, die Außenwelt als verschuldete; aus der – von außen eingenommenen – Perspektive der Waldflüchtlinge offenbaren Weltordnung und Weltlauf ihre Unheimlichkeit.

Weil und solange der Wald unheimlich und unmenschlich ist, ist er auch heimlich. Dies vergrößert freilich im sichernden Dasein noch seine Unheimlichkeit. Daß der Wald etwas birgt, das sich nicht roden läßt – über den Gegensatz und die Abgrenzung von Lichtung und Dickicht hinaus –, erklärt den wütenden Eifer und die Vergeblichkeit der Rodung. Wer im Wald einsam bleibt, zeigt sich damit der Gemeinschaft vor dem Wald und der Selbstfindung in ihr und für sie verpflichtet. Wer im Wald Gemeinschaft findet, begeht die Sünde wider den Heiligen Geist. Die stereotype Dürftigkeit der Umschreibung des Waldes in Dokumenten und Erzählungen entspricht der Auffassung des Waldes als Wüste, achtet damit aber zugleich das Unsägliche des Waldes, das weniger Gegenstand als Grund von Sprache ist. Als Jenseitsreich ist der Wald auch Totenreich. Indem er sich als Weltöde jedoch der Trennung von Diesseits und Jenseits entzieht, schlafen seine Bewohner nur – wie Dornröschen hinter der undurchdringlichen Dornhecke –, schläft der Wald selbst, um eines Tages durch den dummen Mut eines Eindringlings wieder zu erwachen.

Nahezu alle Begegnungen mit dem Wald vollziehen sich, nachdem der Wald zur bloßen Ausdehnung und Beute stilisiert worden ist. Herren und Bauern, die durch den Wald gehen, um ihn hinter sich zu lassen oder zu jagen und zu ernten, haben auf ihrer Spur keine Zeit für die Zeit des Waldes. Sie führen die Außengrenze mit sich. Auch im Ritterroman ist der Wald nur ein Ort des Fahrens. Er ist die beeindruckende Kulisse der Gefahr, vom Weg abzukommen und sich unversehens als Beute des Fremden wiederzufinden. Wie die Außenwelt dem Weg, ihrem Ausläufer, zu Hilfe kommen kann, erzählt eine niederbayerische Überlieferung:

Die Wanderer, welche früher den Bayerischen Wald bereisten oder durch ihn nach Böhmen zogen, verirrten sich nicht selten in den dichten, pfadlosen Wäldern. Diesen Reisenden zur Hut wurde nun von einer Ortschaft im Vorwald aus ein Zeichen gegeben, indem man stündlich die große Glocke läutete. Dadurch konnten sich Verirrte wieder zurechtfinden. Jene aber, die noch auf dem richtigen

Weg waren, wurden so von dem Kirchturm aus gemahnt, auf der Hut zu sein. Von diesem behütenden Turm erhielt die Ortschaft dann den Namen Hutthurm.

Der Ruf der Glocke in den Wald weist den rechten Weg und warnt zugleich davor, ihn – und damit die christliche Gemeinschaft – zu verlassen. Er sichert die Ortung inmitten der Ortlosigkeit und, da er im Stundenmaß erfolgt, die Zeitrechnung inmitten der Zeitlosigkeit. Der hierbei bekräftigte Gegensatz von Ziel- und Zweckgerichtetheit (Ausgewogenheit gefälligen Lebens) und ziellosem Umherirren verleugnet wiederum die Möglichkeit eines Irrwegs ins Ge-heimnis anderer Sinngebung und Zeitlichkeit.

Im Frühmittelalter sind Zeitzählung und Zeitrichtung, in die der christliche und der staatliche Anspruch übereingekommen sind, noch gefährdet, denn sie haben gerade erst die Zersplitterung der Zeitordnung in zahllose Zeitmaße – von Regionen und Sippen – überwunden und noch keineswegs Selbstverständlichkeit erlangt. In ungemessener Vorgeschichte lag die Wahrnehmung des Wandels in einem kreisenden Zeitstrom und folgte einem Rhythmus, der den Wechsel der Jahreszeiten nach- und vorgliederte. In der Fassung dieses Zeitrades floß die Zeit jeweils in anderen Bahnen und mit anderen Geschwindigkeiten und Zäsuren: Agrarzeiten, sippengebundene Zeit, genealogische Zeit, dynastische Zeit, Wanderungs- und Siedlungszeit. In wechselseitiger Deutung prägten sich Ortschaft und Tageseinteilung heraus nach der Folge wesentlicher Ereignisse und der Gewalt von Nacht und Tag. Später verwischen exakte Messung, Trennung von irdischer Endlichkeit (Zählung) und himmlischer Ewigkeit und liturgischer Wochenrhythmus diese Prägung und lösen so die Dauer von dem, was dauert.

Die Durchsetzung des mittelalterlichen Historismus gegenüber zyklischer und genealogischer Zeit vollzieht sich kraft Ortswechsel und Ansiedlung als Herrschaftsgründung, Eingliederung der Sippe in die kultivierende Bauerngemeinde (und letztlich ins Menschengeschlecht) und gestundeter Arbeit. Doch die progrediente Einheitszeit löscht die Erfahrung der in sich zurückfließenden Zeit nicht aus, sondern duldet sie neben sich – ja, es scheint, daß die Vereinheitlichung der Messung zum ersten Mal Sphären mit unvereinbarem Raum, Sinn und Zeitmaß schafft und auseinandertreten läßt.

Ausgegrenzt von der Landnahme, die nach historischer Zeit erfolgt, gerät der Wald in die Schwebe zwischen Zeitlosigkeit, also stehender Zeit, und zyklischer Zeit. Erstere ist das, was dem Wald bleibt, wenn er im Sog der vorwärtsdrängenden Zeit aufgespart wird, letztere wird dem Wald aus Tradition zuerkannt, da er im Inneren den gleichen Anblick bietet wie seit jeher. Demnach entspräche das Erleben der Zeitlosigkeit im Wald der Jenseitsrolle, in die der Wald historisch gedrängt wird – und folgerichtig ist in der hochmittelalterlichen Epik der Wald häufig der Ort, wo Zeitverlauf wie Zeitempfinden aufgehoben ist: Der junge Held Guingamor verbringt dreihundert Jahre bei der Fee, aber sie vergehen ihm wie drei Tage. Dagegen gilt der Zyklus der Jahreszeiten als der eigene, naturgemäße Gang des Waldes. Doch im Zug der Ein- und Ausgrenzung kann sich das Ältere nicht einfach ins Jenseits hinüberretten. Die zyklische Waldnatur dient bei Jagd, Viehmast, Holzschlag und Glasbläserei als Übersetzung des historisch anschwellenden Nutzungsinteresses am Wald. Die in den Wald hineingetragene Idee eines unheimlich-heimlichen Geländes der Unzeit indes läßt sich nicht in die Grenzen des Waldes, nicht einmal in die Ewigkeit verbannen. Mit der Begrenzung geboren, verfolgt sie die Grenze selbst.

Unbekannt

Wir haben kein Zeugnis vom Leben im Inneren der stehenden Zeit (Köhler, Glasmacher, Pechsieder, Räuber), und wenn wir es hätten, spräche es von Besitzstand und Ausbeute und nicht vom Erleben eines Daseins, das ohne Rest geerbt ist. Unmöglich, in den Blick eines Menschen einzudringen, den es nicht drängt, sich Späteren mitzuteilen. Unsinnig, aus einem ahnenlosen, schaumgeborenen Dasein in das Waldgedächtnis des Köhlers zu springen und mit angemaßter Einfühlung zu verfolgen, was dieses Gedächtnis zwischen Schlagholz, Meiler und Hütte *nicht* ist: daß die brütenden, demütigen Sinne blicklos am Baumgestänge entlanggleiten, den hechelnden Atem überhören, ihre Anspannung mißachten – samt und sonders negative Vorstellungen, die in die *eine* Vorstellung münden: nicht vom Wissen des Wissens, von der Selbstigkeit des Selbsts bedrückt zu werden, eher von einer bösen, hinter vielen Stämmen Abstand haltenden Gestalt. Zu begreifen wären noch die Entstehung und die Zulieferfunktion des Berufs, Bedingungen und Folgen. Doch beliebig – wenn auch nicht zufällig, denn unsere eigene Zeit hat längst zu kreisen begonnen – ist die Annäherung an die geheime Wahrnehmungsweise des Köhlers. Wir legen uns wohl zurecht, wie seine Wahrnehmung durch den Tann wandert, das Gestrüpp streift, zum ausgetretenen Weg zurückkehrt und noch in Eifer und Bänglichkeit gelassen ist, geht es doch nicht darum, sie auszukosten. Dabei spüren wir ein uns zuvor unbekanntes Verbot, uns einzuschleichen, vielleicht weil solche Exkurse unausdenkbar sind.

Sind diese Leute über den Kreis ihrer Vorfahren nicht hinausgetreten, leben sie in ruhender Gegenwart? (Wenn sie doch anderes gar nicht kennen. Wenn sie doch von der Möglichkeit anderer Wahrnehmung unbehelligt sind und darum für das, wohinein ihr Blick gerät, nicht verantwortlich sind.) Wir fragen uns, da wir aus der Ferne an sie herantreten, wie es ist, zuständig für die Schwärzen, Blößen und Schrunden des Waldes zu sein, so wie der Wald zuständig zu ihnen ist. Stellen wir uns vor, wir wüchsen in das Leben der uns Vorangegangenen hinein, in eine dicht bestandene und vielerorts ausgehöhlte Welt und träten alternd in das Bild der Herkunft zurück. Hier wäre ein kurzes Leben nicht gegen ein langes aufzurechnen, denn es wäre sich nach allen Seiten erstrekkende Gegenwart. Wir schliefen und schafften inmitten von sichtbaren und unsichtbaren Wesen auf dem Grund eines Meers – des Waldes und der Zeit.

Wir hören auch nichts davon, wie der innen, unten Wohnende sein Menschenleben und seinen Stand auf den Bestand des Waldes bezieht. Ist er dessen Angehöriger oder Bediensteter, lichtet er mit Brennen oder Pechausziehen den Bestand, um dem Wald Luft zu machen? Oder wetteifert er mit dem Wuchern des Unterholzes wie ein vom Landesherrn bestellter Züchtiger? Ist er eingeboren oder durch seine Eltern in den Wald versprengt? Hätten wir die Antwort, so wüßten wir auch, ob er Furcht vor dem Dunkel empfindet, ob er sich gemeinsam mit dem Wald fürchtet oder der Wald sich vor ihm. Schließlich bleibt auch verborgen, ob der Wald überhaupt ein Ende hat (so daß die bei der Arbeit zurückgelegten Strecken im Verhältnis zur gesamten Ausdehnung des Waldes stehen) oder nur von Freiflächen mit Dörfern unterbrochen wird.

Wir geben uns selbst die Antwort, die wie die Herauslösung der Selbstwahrnehmung und das Befragen der Latenz der Natur dem Leben im Waldesinneren unangemessen ist. Der Köhler oder Pechsieder wächst nicht mit der Vorstellung auf, im Dunkeln zu wohnen (anders als das den Wald belagernde Volk), da er weder von innen nach außen noch von außen nach innen schaut, sondern durch eine besondere Abwechslung von Lichtung und Schattung geht. Und da er sich weder versteckt noch anderen auflauert (vom Strauchdieb abgesehen), ist er sich selbst nicht dunkel. Sichtlich verringert sich der Abstand zwischen dem Waldmenschen und den Waldtieren, die vor der Witterung des Vertrauten nicht erschrecken und sich sogar unter seine weidenden Pferde mischen. Da die Arbeit des Köhlers sich ebenso nachts wie tagsüber abspielt, ist er auf die Erscheinung anderer nächtiger, helfender wie strafender Wesen gefaßt, wird von ihnen nicht heimgesucht, sondern nur Opfer des gleichen Schabernacks, den sie untereinander treiben (Zwerge, die Wilde Jagd, die Holzfrau, deren Freistatt der Meiler ist, das Hüttenmännchen im schwarzen Kittel).

Die Ungeschiedenheit von Hell und Dunkel im Sinne von Sicherheit und Ausgesetztsein geht jedoch verloren, wenn es zu Begegnungen mit Eindringlingen kommt. Vor ihnen taucht der Köhler rußgeschwärzt als ein Geschöpf des Waldes auf, wie in Schondochs Erzählung »Die Königin von Frankreich« aus dem 14. Jahrhundert:

> *Die Frau aber irrte voller Kummer durch den Wald und mußte sich von Blättern, Wurzeln und Gras nähren. Sie lief lange weiter, bis sie endlich zu einem Köhler kam. Den fragte die Schöne, was er denn hier treibe.*
> *»Ich mache Holzkohle«, antwortete der.*
> *»Und wie befindest du dich dabei? Das macht dich ja ganz rußig und trägt dir blasse Haut ein«, sprach sie, nachdem sie ihn genau betrachtet hatte.*
> *Der Köhler antwortete freundlich: »Wenn es Gottes Wille wäre, so ginge es mir wohl besser. Aber so muß ich mir mit dieser Arbeit bis ans Lebensende mein Brot verdienen.«*

Der im Wald und vor dem Wald heimische Köhler, der seine Besorgungs- und Lieferfahrten als Grenzübertritte erlebt, spiegelt sich bereits im Bild des Dunklen, das er durch den Blick der Händler und Bauern auf seine Gestalt und das in der Finsternis schimmernde Meilerfeuer von sich gewinnt. Wenn ihm in einer Sage der Teufel zuruft: »Der Tag für dich, die Nacht für mich!« so wird die Köhlerfigur heimlich in die Nähe des Teufels gerückt, denn ihr gehört die Nacht ebensosehr.

Gleichwohl bleibt die Anmutung des zeitfesten Waldes auf den in vergangener Zukunft lebenden Köhler für uns unerreichbar. Zwar kehren die flüchtigen Besucher des Waldes in die Außenwelt zurück und erzählen, und im ausgehenden Mittelalter beginnt die Ära der eindringlichen Befragungen, aber am Welt- und Walderleben des *einzelnen* ist niemand interessiert, so daß dieses Andere sich schon vor der Möglichkeit seiner Thematisierung verschließt.

Das Offensichtliche verbirgt auf andere Weise jedoch nicht weniger als das Unbekannte. In den Wäldern (im Böhmerwald) des Mittelalters hausen zuerst die *Goldwäscher*. Schon in vorgeschichtlicher Zeit bestehen »Goldseifen« an Quellbächen und in den Anschwemmungen von Fluß- und Bachtälern.

Bergleute bohren sich in Erzgruben, um Gold, Kupfer, Silber und Blei zu gewinnen.

In der Nähe von Eisengruben und Hammerschmieden und fließenden Wassers errichten die *Köhler* ihre Meiler und brennen in Mützenform gestapeltes Scheitholz und Stockholz zu Holzkohle.

Pottasche für Glashütten erzeugen *Aschenbrenner* durch Abfackeln großer Waldflächen.

Pechsieder, als vogelfreie Waldschädlinge häufig von Köhlern oder Förstern erschlagen, sammeln und brennen Harz und verarbeiten es zu Teer, Pechöl und Wagenschmiere.

Zunder- und Schwammsammler durchstreifen entlegene Waldungen.

Glasmacher schlagen ihre Hütten in abgelegenen Waldwüsten auf, verbrauchen das Holz und den Kies des Ortes und bauen dann tiefer in den Wald hinein.

Holzhauer und *Waldhüter* kehren oft monatelang nicht in ihre Dörfer zurück.

Die in der Nähe der Waldbienenstöcke lagernden *Zeidler* besteigen, von Kopf bis Fuß in Leder gekleidet, hohe Bäume und beuten den Honig aus, wobei sie zur Beruhigung der Bienen Töpfe mit rauchendem Pech und Wabenabfall mit sich führen.

Wilderer suchen regelmäßig ihre Waldverstecke auf; *Räuber* und flüchtige *Waldläufer* verbergen sich in der Nähe der Handelswege und überfallen Kaufleute und Postwagen (weshalb der böhmische Landtag 1492 anordnet, die Wälder zu beiden Seiten der Wege auf jeweils zweihundertfünfzig Schritt abzuholzen).

Ein Großteil der genannten Erz-, Holz- und Wildbeuter lebt meist oder ganz in der Abgeschlossenheit. Zwischen wohnendem und wanderndem Gewerbe ist hier nicht zu unterscheiden. Alle hausen im Einen Wald. Die meisten werden nach der Natur ihres Handwerks gerade von den »dicksten« Wäldern und verborgenen Talwinkeln angezogen. Wenn sie – wie viele Köhler und Glasmacher – im Wald überwintern, finden sie sich in dumpfe Stuben gesperrt, die sie bei einsetzendem Schneefall für Monate nicht verlassen. Der Brenner, sein Weib, seine Tochter ... drei Brüder ... meist hausen zwei zusammen, damit der eine das Feuer unterhalten, der andere fischen und jagen kann ... vier Meister, zwei Knechte, eine Magd ... Sie ducken sich in kegelförmigen Hütten aus zusammengestellten Baumstämmen, bedeckt mit großen Baumrindenlappen und Rasenstücken, oder sie kriechen für ein, zwei Tage in rasch gezimmerte Verschläge.

Für Flüchtende und Räuber ohnehin, aber auch für die Handwerker sind Wald und Holz im wörtlichen und übertragenen Sinn Unterschlupf, ist Wald die bergende Welthöhle, das Hausen in ihr täglich erneuerte Höhlung. Mit dem Bild der Höhlung erschließen sich aber insbesondere die meisten Verrichtungen der Waldbewohner in ihrer Eigenart und Verwandtschaft. Im Feuerloch des mit einem »hutförmigen Gupf«

bedeckten Meilers stochert der Kohlenbrenner mit seiner Stange jeweils acht oder vierzehn Tage lang, bis er den Grund erreicht (Höhle und Aushöhlung); für den nötigen Luftzug sorgt er durch Bohren von Löchern in die Außenwand. Die fertiggebrannte Kohle wird »ausgezogen« oder »geerntet«. – Die Glasmacher schmelzen in Öfen und Kammern Bachsand, Kies und Asche (zusammengescharrt) zu Glas und formen Gefäße. Eine ihrer Leidenschaften ist die – vertraglich zugebilligte – »kleine Jagd« auf Vögel und Eichkätzchen, Wesen aus Nestern und Baumhöhlen. Zum Hüttenbau bevorzugen sie ausgedehnte Windbrüche, und zum Befeuern der Öfen und zur Gewinnung von Asche höhlen sie den Wald, von den Aschenbrennern unterstützt und übertroffen. Tote Riesenbäume (Rohnen) werden von Brennern in hölzerne Öfen verwandelt: Man räumt den fauligen Kern aus und schlägt Abzugslöcher in den Stamm, so daß die Rohne innen ausbrennt und sich selbst verzehrt. – Die Tätigkeit der Pech-, Zunder- und Schwammsammler besteht aus Bohren, Aufreißen, Scharren und Auskratzen, wobei die abgeschabten Brokken in einen halbkreisförmig aufgespannten Sack fallen. Auf die »Harzweide« folgt wiederum das Sieden und Destillieren in Öfen. – Die Nachfahren der grabenden und schaufelnden Goldgräber sind die Gruben und Stollen vertiefenden Bergleute. – Goldgräber sind auch die Räuber des Böhmerwaldes, die das, was auf den Wegschneisen, ihren ständig aufgestellten Fallen, daherzieht, ausscharren und nach Geld und Gut auswaschen. Beute und Waffen werden von ihnen häufig in Höhlen versteckt. – Der Waldimker schließlich stochert in den Bienenstockhöhlen nach Honig.

Der mittelalterliche Wald ist, von innen betrachtet, ein Geflecht von Höhlen und Aushöhlungen, und zwar ebenerdig (in seiner sich entziehenden, mit dem Eindringen zunehmenden Ausdehnung), unterirdisch (in Fluchtgängen, Schatzlöchern, Höhlen und Stollen) und oberirdisch (als Gehölz). Indem einer nach dem, was der Wald birgt, gräbt und scharrt, verkriecht er sich selbst. Und um das im Wald Geerntete zu verwandeln, schafft er mit Meilern und Öfen künstliche Höhlen.

Deutsche Einfalt

Wer das Interesse an der Eigenart der Deutschen für eine intellektuell und lebensweltlich überholte Mentalitätenbeschwörung hält und darauf setzt, daß es sich im Prozeß der Binnenmarktwerdung Europas von selbst erledigt, wird doppelt enttäuscht sein. Ich glaube auch die künftige Hauptantwort auf die Frage nach der Eigenart zu kennen. Sie lautet: Wir Deutschen sind keine Franzosen.

Die Erforschung der Frühgeschichte des Namens Deutsch führt uns ohne kulturelle Umschweife mitten hinein in die – später mehrmals wiederholte – Geburt des Deutschen aus dem Trennungszeichen zwischen Deutsch und Nichtdeutsch. Bevor der Eigenname *tiudisk* die festlandgermanische Spracheinheit oder einen Volkskörper in bestimmter räumlicher Umgrenzung kennzeichnet, steht er in seiner frühesten, westfränkischen Form *þeuðisk* ab etwa 700 u. Z. für alles, was im gemischtsprachigen Heeresverband »dem eigenen Stamm *(þeuðo)* zugehörig« ist. Er ist an den – älteren – Namen *walhisk* (welsch) gekoppelt, den Inbegriff der Andersartigkeit der romanischen Angehörigen in germanisch geführten Heeren und Reichen. Deutsche und Welsche sprechen gemeinhin – aber nicht durchweg – verschiedene Sprachen; sie entstammen meist – aber nicht durchweg – verschiedenen Siedlungsräumen. Namensstiftend ist allein der Wille zum Gegeneinander im Miteinander: Das, was nicht *walhisk* ist, erklärt sich durch das, was nicht *tiudisk* ist. Nach Westen blickend, hegen die Franken den Wunsch, ein Angestammtes zu unterscheiden; nach Osten blickend, gebrauchen die nachlateinisch sprechenden Mitbewohner das Kennwort *tieis* für diejenigen, die sich *diutisk* nennen.[1]

Weil nun aber die Nicht-Welschen erst beim Eindringen ins

Fremde ihr Selbstbild finden, während die Nicht-Deutschen an einer alten mittelmeerischen Kultursprache und Lebensordnung weiterbauen, ist das *Nicht*-Sagen den Deutschen teurer als den Welschen. Diese nennen sich selbst auch gar nicht *valois* oder ähnlich, jedenfalls nicht in größeren Bezirken, sondern geben sich Territorialnamen (französisch, italienisch u.a.). Die Deutschen sind in größerem Ausmaß nichtwelsch als die Welschen nichtdeutsch; die neuen Bewohner Galliens bezeichnen sich sogar als Franken und betonen auf diese Weise die Herkunft aus dem karolingischen Reichsverband. Von daher rührt die größere Abhängigkeit der Deutschen vom Unterschied, das heißt auch, vom Anderen. Der Anfang als Anderer des Anderen bedeutet aber zugleich, daß es sich die Deutschen vorbehalten haben, sich ihren wahren, bloße Negation übergreifenden Eigennamen noch zu geben. Der Eigenname Deutsch besagt ja bloß *dem Eigenen zugehörig.* Das Eigene ist das Eigene. Der Name stellt sich vor etwas hin, für das es (noch) keinen Namen gibt.

Die Deutschen reden von sich selbst weder tautologisch noch in unschuldiger Hybris (wie jene Urwaldvölker, die sich »Menschen« nennen), sondern so, als seien sie ein Menschenschlag, von dem sie wohl ahnten, was er sei, der sich aber dem Zugriff des Begriffs entziehe. Nahe liegt hier ein Kult des Eigenen, des innig Eigenen. Deutsch sein heißt etwas sein, dessen ich mir zwar sicher bin (so daß darüber nicht gesprochen werden muß und kann), dessen Vergewisserung ich jedoch anderem verdanke. Die Selbstverständigung bringt die Deutschen zur Adaption nachbarlicher Vorbilder, zur »geistigen Gütergemeinschaft mit allen Völkern« (Jean Paul) und zur Zurückweisung dieser Gemeinschaft. Verachtung des Herkommens, des »typisch Deutschen«, und Hinüberlaufen in die Manier der anderen – im Kern: die Frankophilie – sind urdeutsche Übungen, die als Massenphänomen den Abbruch der Beziehungen vorbereiten. Jeder Deutsche ist eigentlich gar nicht deutsch, sondern vielmehr – deutsch.

Daß jenes Eigene bar jeder mittelbaren Bestimmung ist, macht das fortwährende *Barbarentum* der Deutschen aus, hier keineswegs abwertend verstanden – die gewaltige Emporwölbung des Heiligen Römischen Reiches deutscher Nation (selbst Adaption), errichtet auf Gefolgschaftstreue, imperialer Tradition und Kirche, zusammengehalten durch Grenzkriege, zerfällt, und offenbar bleiben nur einzelne Deutsche zurück, mit ihrer im Zerfall geschaffenen Einheitssprache, ihren alle Grenzen und Konventionen verachtenden Gedanken und ihrer Tiefe (die sich dort auftut, wo die Worte nicht das letzte Wort haben). Das Leben an der Tiefe ist ebenso barbarisch wie die Welt der Stammeskriege, denn es ist nicht soziabel: eine Unkultur, die ihren Mangel beklagt und hütet, verheißt er doch: uns steht vieles bevor. Goethe, dem der Vergleich des deutschen Volkes mit anderen Völkern »peinliche Gefühle« erregt, äußert sich in einem Gespräch am 13. Dezember 1813 ganz im Geiste Fichtes: »Ja, das deutsche Volk verspricht eine Zukunft, hat eine Zukunft. Das Schicksal der Deutschen ist, mit Napoleon zu reden, noch nicht erfüllt. Hätten sie keine andere Aufgabe zu erfüllen gehabt, als das Römische Reich zu zerbrechen und eine neue Welt zu schaffen und zu ordnen, sie würden längst zu Grunde gegangen sein. Da sie aber fortbestanden sind, und in solcher Kraft und Tüchtigkeit, so müssen sie nach meinem Glauben noch eine große Zukunft haben, eine Bestimmung, welche um so viel größer sein wird, denn jenes gewaltige Werk der Zerstörung des Römischen Reiches und der Gestaltung des Mittelalters, als ihre Bildung jetzt höher steht. Aber die Zeit, die Gelegenheit, vermag ein menschliches Auge nicht vorauszusehen und menschliche Kraft nicht zu beschleunigen oder herbeizuführen.«[2]

Das Argwöhnen »alter und mürber Kulturvölker« (Nietzsche), was das Deutsche sei, ist den Deutschen ebenso verhaßt wie unverzichtbar. Deutschland ist das ethnisch und kulturell am wenigsten einheitliche Land Europas, »ein ganzes Volk von

Völkchen, ein Land voll Ländchen und ein Spielplatz von Himmelsstrichen« (Jean Paul in seinen *Politischen Fastenpredigten*) und ein »chaotisches Durcheinander aller Stile« (Nietzsche) des Lebens und der Kunst. Deswegen bedürfen die Deutschen der einigenden Namen und Urteile weitaus dringlicher als die Franzosen, die eine »wirkliche, produktive Kultur, gleichviel von welchem Werte, haben«[3]. An fast allen Verdikten, die von außen kommen, haben die Deutschen mitgearbeitet. Indessen: wer Deutschland als Sammelsurium darstellt, muß gut erklären können, wie es sich als Konnex erhalten konnte und was das Deutsche an ihm sei.

Unabhängig von der großen Auseinander-Setzung zwischen Deutschen und Welschen fällt es jedoch schwer, den Deutschen und ihren Vorfahren überhaupt Eigenschaften zuzusprechen. Des Dänen Wilhelm Grønbech 840 Seiten starkes Werk *Kultur und Religion der Germanen* enthält viel Erhellendes über Friede, Kampf, Ehre, Heil, Geburt, Tod, Sippe, Erbe, Tischgemeinschaft, Opfer, Spiel und Fest, doch keine einzige Bemerkung zum Stammescharakter (friedlich versus kampfeslustig und so weiter), obwohl Grønbech auch schriftliche Quellen ausgewertet hat.[4] Charakter bringt den Germanen aber der welsche Tacitus, indem er die Dekadenz der Römer tadelt. Und als Robert Musil 1923 nach dem deutschen Menschen sucht und die alltagskulturelle Physiognomie dieses Menschen betrachtet (»zwischen Ost und West eingeklemmt und im übrigen unter die Räder der Weltgeschichte geraten«), findet er keinen deutschen Menschen und sieht in dieser Fehlanzeige das Symptom einer europaweit heraufziehenden Gestaltlosigkeit. »Man wende nicht ein, die Engländer haben es nicht nötig, den englischen Menschen zu suchen, und die Franzosen den Franzosen: daß wir es nötig haben, ist ein Vorsprung. Wir sind vielspältig, die andren homogener? Ich will zeigen, daß die andren sie erwerben müssen, wenn sie nicht ganz gottverlassen sind.«[5] Als Nichtwelsche betrachtet, entbergen die Deutschen aber ihre Eigenschaften, und diese sind keineswegs weniger wirklich als die empirisch jederzeit ermittelbare Gestaltlosigkeit und Vielspältigkeit, ja überdies deren Bedingung und Folge.

Unter den Welschen haben die Franzosen die Position des genuinen Gegenübers der Deutschen. Sie sind jene geschichtlichen Anderen, in denen Ähnlichkeit und Fremdheit auseinandertreten und ineinanderfließen – allein der ganzen Ablehnung und Beachtung und der Anspannung aller Kräfte wert. (Und daran ändert sich nichts, wenn es stimmt, daß die Franzosen in gewisser Hinsicht deutscher als die Deutschen und diese französischer als die Franzosen sind.) Die Italiener, die Slawen und die Engländer waren den Deutschen stets nur sekundäre Kontrahenten – geliebt und verachtet zugleich, fremder als die Franzosen und zugleich näherstehend, jedenfalls weniger herausfordernd, somit geeignet, von Zeit zu Zeit dem Eignen zugeschlagen zu werden (unsere Italiener, unsere Nähe zur slawischen Seele, unsere englischen Vettern). Aus demselben Grund tritt das Deutsche im südlichen, einst römisch kultivierten Deutschland, der Schweiz, selbst in Österreich schroffer hervor als in Norddeutschland, im alten Ostdeutschland und in Sachsen. Einen Sonderfall stellt der hugenottisch durchsetzte Berliner Raum[6] dar, der einige preußische Jahrhunderte lang seine besonderen Spannungen zu Frankreich unterhielt.

Namloses Vaterland

Zu einer Befragung des Deutschen durch Deutsche kommt es zum erstenmal gegen Ende des 18. und zu Beginn des 19. Jahrhunderts – in politischer Interimszeit, als die Reichsidee auch formal verabschiedet wird und die deutschen Fürstenprovinzen zu Vasallenstaaten Frankreichs werden. Gewissermaßen am toten Punkt der Staatlichkeit Deutschlands räsonieren Philosophen, Publizisten und Literaten über die Idee des deutschen Vaterlands – über eine potentielle Nation, die politisch schon verspätet ist. Sie sind die im Auftrag sprechenden »Zungen« einer Bevölkerung, die noch nie, auch nicht im romantisch heraufbeschworenen Mittelalter, ein Staatsvolk war und erst seit dem 16. Jahrhundert über eine gemeinsame Volkssprache verfügt. Daß das Vaterland sich in politischer Bedenkzeit zu Wort meldet – und zunächst mit apolitischen Konturen, gleichsam nur als Inbegriff deutschen Wesens auf nicht näher bestimmtem Territorium –, ist eigentümlich deutsch. Heute wird sein Begriff (der ebenso Nichtbegriff ist) mit zwei deutschen Politikversuchen zusammengeworfen und verfemt, die das Defizit an Staatsgeschichte mit einer Art von globalem Endspiel kompensieren wollten – was aber der Idee des Vaterlandes von 1800 nicht angelastet werden kann. Wir stehen heute noch im Bann dieser ersten und einzigen Verhandlung des Deutschen. Eine andere noch nicht diskreditierte Auffassung von deutscher Nation als eine der damals entfalteten Ideen haben wir nicht, weder politisch noch philosophisch.

Hören wir, was sich in jener Zeit, die zugleich ein Ende und ein Anfang deutscher Geschichte und Geschichtslosigkeit ist, als das Deutsche ausspricht. Wir vergessen leicht, daß die Stimmen der »Klassiker« in einem Zustand kultureller Abstraktheit und politischer Ortlosigkeit anheben; Herder, Kant, Fichte, Goethe, Schiller, Kleist, Jean Paul und andere beklagen alle die vielfältigen Defizite der Deutschen – eines schon alten Volks, das auf das Jungsein, das Barbarentum, festgelegt scheint – und monieren Bildung. Vor allem ihre Deutungen, weniger ihre Entwicklungsprogramme, zeichnen sich durch die Unverfrorenheit von Gelehrten und Literaten mit unklarer Legitimation, teilweise ungesicherter Stellung und zersplittertem, uneinheitlichem Publikum aus. Und in dieser abstrakten Schar gibt es einige wenige, die nicht einmal mehr beschreiben, mahnen und erziehen, sondern nur noch Zeugnis ablegen, überwältigt von dem, was sich in die Sprache drängt. Allein die Poesie (insbesondere die Hölderlins), die am wenigsten repräsentative Literatur- und Kunstgattung, nicht die Philosophie, reflektiert rückhaltlos über das Rätsel des Deutschen, das sich hinter der römisch-christlichen Reichskonstitution verbarg. Offenbar ist das Deutsche selbst kein repräsentationsfähiger Gegenstand.

Wie ein Volk charakterisieren, das zuverlässig nur als Negativum zu definieren ist und sich bei näherem Hinsehen in Individuen und Kleingruppen aufzulösen scheint (die sich aber zeitweise zusammengehörig fühlen)? Hören wir zunächst Fichte im Jahr 1813, als die nationalen Regungen konkrete Bezüge zu gewinnen scheinen: »Und das ist eben die Merkwürdigkeit: der Charakter anderer Völker ist gemacht durch ihre Geschichte. Die Deutschen haben als solche in den letzten Jahrhunderten keine *Geschichte*; was ihren Charakter erhalten hat, ist darum etwas schlechthin *Ursprüngliches*; sie sind gewachsen, ohne Geschichte. Die *Literatur*, als das Vereinigende, ist noch jung.«[7] Hatten die Deutschen aber wenigstens im hohen Mittelalter geschichtlichen Charakter als Angehörige *eines* Staatsvolkes? Nein, nicht einmal dies, wie Fichte wenige Monate später erklärt: »Der Einheitsbegriff kam ihnen von außen (durch Unterscheidung von anderen, F. B.), im Innern blieben sie in ihrer Unabhängigkeit voneinander, in ihrer Sprache und Leerheit an Bildung. Indessen kam auch an sie Christenthum, und mit ihm Buchstaben, und mancherlei Verbesserung des Lebens, *wohlgemerkt* an Jeden für sich; der Mensch, die Person, die Familie höchstens ausgebildet, – nicht der Bürger: das Gute ohne Bürgerthum an den Freien.«[8]

Man möchte mehr wissen von diesem Ursprünglichen, das in Vertretung einer Geschichte den Charakter der nur negativ geeinten Deutschen gebildet und erhalten hat. Aber Fichte reduziert die Kategorien des Ursprünglichen, Gründlichen und Ernsthaften rasch auf das Transzendentale (ein absolut Erstes, die unvordenkliche Freiheit) und erläutert im übrigen ausführlich, daß und warum die deutsche Sprache eine lebendige Sprache, die anderen germanischen und die romanischen Sprachen hingegen tote Sprachen seien. Erläutert uns Fichte, auf welche Weise das Lebendige der deutschen Sprache Deutschland oder die Gemeinschaft der Deutschen zum Leben erweckt?[9] Nein. Charakter und Zusammengehörigkeit der deutschen Stämme erklären sich nicht mit der deutschen Sprache, diese erklärt sich nicht mit dem Deutschen; beide bestätigen einander nur und wirken günstig aufeinander ein. Immerhin wissen wir soviel, daß die Deutschen nunmehr ein Volk sind, das beständig nach sich selbst fragt und die Antwort auf diese Frage aufschiebt, letzteres aber wohl nicht mutwillig. Viele Antworten, die wir erhalten, sind keine und verschieben das Problem. Der weltzugewandte Goethe, der über reiche Erfahrungen mit dem deutschen Publikum verfügt, gelangt in seiner Deutschenbeobachtung wie Fichte zu dem Ergebnis, daß die Deutschen sich wechselseitig voneinander absonderten, ohne das Paradoxe dieser Erkenntnis zu bedenken. (Überhaupt lassen sich in Sachen der Nation die deutschen Empiriker nicht gegen die deutschen Systematiker ausspielen.)

Nach Goethe sind »die Deutschen erst ein Volk durch Luthern geworden«[10], aber obwohl sie nun ein Volk sind, ist ihnen »nichts daran gelegen, zusammen zu bleiben, aber doch, für sich zu bleiben. Jeder, sei er auch welcher er wolle, hat so sein eignes Fürsich, das er sich nicht gern möchte nehmen lassen.«[11] Unangenehm berührt, stellt Goethe vergleichsweise fest, daß man gerade den besten Deutschen immer die Einsamkeit anmerke.[12] Jeder suche »seine Individualität eifrig zu bewahren, er bildet sich im stillen von innen heraus, und wenn er sich zuletzt oben im Freien umzusehen glaubt, so findet er nur weniges, was ihm vollkommen antwortet, da ihm denn auch niemand etwas ganz recht macht«[13]. So gingen die Deutschen in einem Land ohne »allgemeine Nationalkultur« und ohne einen »Mittelpunkt gesellschaftlicher Lebensbildung« jeweils ihrer eigenen Wege. Nicht nur ist ihnen nach Goethes Urteil jede äußere Autorität verhaßt[14]; es fehlt ihnen auch »durchaus der Trieb, die Lust, das Bedürfnis, sich im geselligen Leben zu bilden«[15]. Nur der Haß gegen den äußeren Feind (Napoleon) führe sie zusammen; sobald die Nation sich vom fremden Druck befreit fühle, zerfalle sie wieder.[16] Der Vorzug dieser Nation sei freilich, daß in ihr »viele vorzügliche Individuen ... nebeneinander existieren«.[17]

Fichte und Goethe lassen offen, wie es vortreffliche Individuen geben kann, wenn doch die deutsche Nation noch wenig mehr ist als ein wiederholt gescheitertes Projekt. Und andersherum gefragt: Wenn die Deutschen immer noch Barbaren sind (viele Sentenzen Fichtes und Goethes lassen keine andere Deutung zu), wie ist es dann möglich, daß der einzelne Deutsche gewissermaßen die Nation im kleinen darstellt – und die Deutschen zusammen das »Urvolk, das Volk schlechtweg«[18]?

In diesem Zwiespalt befindet sich Hölderlin nicht; er sehnt sich nach der Wiederkehr der heiteren Götter Griechenlands und der vom Genius beseelten Natur und gerät daher nicht in die transzendentale Kreisbewegung. Unbekannt bleibt ihm, was dieses deutsche Vaterland ist und sein wird; sichtbar ist eine »ungestalte Rebe«, verhöhnt von Fremden (obwohl diese gern die Traube pflücken), »daß du/Schwankend den Boden und wild umirrest«. *(Gesang des Deutschen)* Die unzivilisierten Deutschen sind jammervoll anzusehen, und doch verkörpert dieses ungestalte, betäubte, verirrte Volk ein Geheimnis.

Denn das Vaterland erschließt sich nicht. Seine Verwilderung ist nicht einfach als brachliegendes Potential auszubildender Größe zu verbuchen. Es gibt Weissagungen (bis zu Fichte, Hegel und Schelling), die vieles verheißen, aber die Hoffnung knüpft sich nicht an das, was in der Misere unhaltbar geworden und noch zu leisten ist, ans Potential des Negativen, sondern eben an die Zurückhaltung des Vaterlands gegenüber dem, was ringsumher schon aufbricht. Verweigerung und Verstummen müssen selbst etwas besagen; der bis heute »namlos gebliebene« Geist des Vaterlands, »allduldend gleich der schweigenden Mutter Erd'«, bildet etwas Unabsehbares aus – »noch säumst und schweigst du, sinnest ein freudig Werk« (*Deutscher Gesang* und *Gesang des Deutschen*). In der Ode *An die Deutschen* stehen die Zeilen:

»Und das Schweigen im Volk, ist es die Feier schon
  Vor dem Feste? die Furcht, welche den Gott ansagt?
…
Schon zu lang irr' ich, dem Laien gleich,
  In des bildenden Geistes werdender Werkstatt hier,
    Nur was blühet, erkenn ich,
      Was er sinnet, erkenn ich nicht.«

Hölderlin schreibt Gedankenlyrik. Er versucht durch die Steigerung der Abstraktion und die Verdichtung des Gedankens zu einer metrischen Geste ins Einfache hinüberzukommen, das es in der Konvention nicht gibt (und er abstrahiert am Ende vom Diskurs zum Dingnamen). Einfach ist, was den Gegenstand, hier: das Deutsche, auf kürzestem Weg erreicht und von ihm ergriffen wird – und erreicht ist der Gegenstand an jenem Punkt, wo die bisherige Reflexion über ihn nicht weitergekommen ist: Was bedeutet es, daß die Wirklichkeit Deutschlands ein Rätsel ist? Hölderlins Direktheit zeigt sich verächtlich gegenüber allen Regeln der Verständigung (über Deutschland); seine – deutsche? – Anmaßung liegt im schlichten Ton. Im Gedicht *Germanien* spricht der Götterbote die kindliche Priesterin Germania an, die noch in den Wäldern träumt:

»O trinke Morgenlüfte,
Bis daß du offen bist,
Und nenne, was vor Augen dir ist,

Nicht länger darf Geheimnis mehr
Das Ungesprochene bleiben,
Nachdem es lange verhüllt ist;
Denn Sterblichen geziemet die Scham,
Und so zu reden die meiste Zeit
Ist weise auch von Göttern.
Wo aber überflüssiger, denn lautere Quellen
Das Gold und ernst geworden ist der Zorn an dem Himmel,
Muß zwischen Tag und Nacht
Einsmals ein Wahres erscheinen.
Dreifach umschreibe du es,
Doch ungesprochen auch, wie es da ist,
Unschuldige, muß es bleiben.«

Hölderlin sagt in der folgenden Zeile, wessen Tochter Germania ist (»der heiligen Erd«, an anderer Stelle auch »Natur« genannt), und hat doch schon vorgesorgt, daß auch damit Deutschland wie dessen Mutter nur umschrieben wird und »ungesprochen« bleibt. Sprache ist überhaupt nur zur Umschreibung des Geheimnisses fähig: über Deutschland zu sprechen hilft, das Rätsel zu erhalten. Die Deutschen benennen die Natur (was vor ihren Augen ist) und haben dazu offenbar eine besondere Begabung, weil sie der Natur, dem Nicht-Zivilisierten, noch angehören und doch, sprechend, aus ihr heraustreten. Und sie geben – selbst noch politikfern – »wehrlos Rat ... rings / Den Königen und den Völkern«. Doch benennend und Rat gebend, wissen sie nicht, was sie tun und was daraus entsteht.

Hölderlin unternimmt alle sprachkünstlerischen Anstrengungen, um zur Einfachheit zu gelangen, um einfältig die Einfalt, Deutschland, anzureden.[19] Germania nennt er »die Priesterin, die stillste Tochter Gottes, / Sie, die zu gern in tiefer Einfalt schweigt«. Ist dieses Schweigen Anmaßung oder Bescheidung? Oder beides in einem? »Einfalt« erweist sich als Schlüsselwort des deutschen Schriftstellers Hölderlin und der Befragung des Deutschen um 1800. Im Gedicht *Deutscher Gesang* »lächeln über des Mannes (des deutschen Dichters, F. B.) Einfalt / Die Gestirne«. In einem Brief an den enttäuschten deutschen Jakobiner Ebel in Paris schreibt Hölderlin 1797: »Je stiller ein Staat aufwächst, um so herrlicher wird er, wenn er zur Reife kömmt. Deutschland ist still, bescheiden, es wird viel gedacht, viel gearbeitet ... Gutmütigkeit und Fleiß, Kindheit des Herzens und Männlichkeit des Geistes sind die Elemente, woraus ein vortrefliches Volk sich bildet.«[20] Die Französische Revolution ist heftiges Menschenwerk; beim Wachsen Deutschlands ist Unverfügbares im Spiel: der auch in der Natur wirkende Geist. Wir sind fast bei Hegel, aber nur fast. Und im März 1804 schreibt Hölderlin an Seckendorf: »Das Studium des Vaterlandes, seiner Verhältnisse und Stände ist unendlich und verjüngt, daß uns die gute Zeit nicht leer von Geiste werde und wir uns wieder selber finden mögen. Ich denke einfältige und stille Tage, die kommen mögen.«[21] Einfalt und Stille erkennt er dem Dichter und dessen Thema, dem Vaterland, zu.

Wenn es so etwas gäbe, müßte man von einer Politik des Innehaltens, Vernehmens und Erhörens sprechen: Ein Volk spart sich auf und wartet auf seine Stunde, nicht um am Schluß das stärkste zu sein, sondern weil dies seine Art ist. Die Deutschen denken, arbeiten und streiten, auch politisch, aber die richtige politische Verfassung des Vaterlands werden sie erst erkennen, wenn diese als Gebot der Stunde, als Berufung, vor ihnen steht. (In diesem Punkt treffen sich Hölderlin und Goethe.) Bis es soweit ist, schlagen sie viele Scheinlösungen aus. Selbst Entscheidung und Kampf sind in diesem Sinne eine Art des Hinnehmens, und Hinnehmen ist kein passives Sich-Anbequemen, sondern »Männlichkeit des Geistes«. Deutsche Politik wäre demnach in letzter Instanz nicht das Ergebnis langwieriger Prozeduren des Interessenausgleichs und des Parteienkompromisses, sondern das Annehmen dessen, was dem Land zukommt. In der Zeit dieses Einverständnisses wird das Volk erfahren, was es ist. Bildung bereitet darauf vor, nimmt aber nicht vorweg.

Einfalt und Esprit

Die Mentalitätszuschreibung »einfältig« kehrt nahezu bei allen deutschsprachigen Schriftstellern seit dem Mittelalter, die sich dem Deutschen selbst zuwenden, mit großer Kongruenz und vielen Varianten und fast immer mit einem Schweif von Anschlußattributen wieder, obwohl diese Selbsteinschätzung im Lauf der Jahrhunderte eine Bewertungswende vom Positiven zum Negativen durchläuft. Sie grenzt französische und italienische, später auch englische Nachbarschaft aus und erscheint häufig wie ein trotziges Bekenntnis zu eigenen Schwächen, das zugleich gewissermaßen die gute Seite des Kulturdefizits benennt. Dies schließt nicht aus, daß die Bezeichnung zutreffend ist, aber das ist nicht ihr wesentlicher Aspekt, denn ein weitreichendes und lang währendes Kontinuum der Selbstzuschreibung stanzt unabhängig von den jeweiligen Benennungsmotiven mit an der Ordnung der Erkenntnis und Aufmerksamkeit, in der sich entscheidet, ob und wie die Frage nach der Stimmigkeit überhaupt gestellt wird.

Unsinnig wäre ein Realitätstest nicht allein deshalb, weil diese Zuschreibung wie eine sich selbst erfüllende Prophezeiung die Unstimmigkeiten längst verwischt hat, sondern auch und vor allem deshalb, weil die Zuschreibung mehr von den Deutschen erzählt, als es jede Richtigstellung tun könnte. Ähnliches gilt für den Gesichtspunkt, daß es auch anders hätte kommen können und daß sich die Dinge wieder ändern können. Die Polarität von Einfalt und Esprit konfrontiert verschiedene Stellungen zur Realität *und* übt Einfluß auf den Begriff des Nationalen und das Interesse an der Realität des

Nationalen aus. Bevor wir fragen, warum wir Deutschen ausgerechnet einfältig und nichts anderes sind und ob wir das ändern müssen, sollten wir versuchen einzusehen, was deutsche Einfalt heißt.

Einfalt bedeutet gegen Ende des 18. und in den ersten Jahrzehnten des 19. Jahrhunderts mehr und häufiger Verschiedenes als in der folgenden neuzeitlichen Vereinigungsgeschichte der Deutschen. Der Begriff zielt zunächst auf das Unausgebildete, Unentwickelte der Deutschen (im Sinne von schlicht, naiv, kindlich, grobschlächtig und weltfremd), die als nicht ganz geheure »Naturkinder« metaphorisch »aus den Wäldern« kommen. »*Einfältig* ist der«, definiert Kant, »welcher *nicht viel* durch seinen Verstand auffassen kann; aber er ist darum nicht dumm, wenn er es nicht verkehrt auffaßt.«[22] Hier spielt die Einfalt hinüber in die zunächst verdienstlose Tugend der Unschuld und Keuschheit (so bei Heinse, Hölderlin und Kleist). Aber auch die gelehrte Einfalt vertieft sich jeweils in *eine* Sache und schneidet dabei leicht deren Fäden zu anderen Dingen durch. Wenn die Einfalt dem berechnenden Wesen anderer Völker entgegengehalten wird, betonen die Autoren (Herder, Fichte, Jean Paul und andere) eine der rühmlichen Folgen des schlichten Wesens: ehrlich und wahrhaftig, arglos und redlich, treu und gutmütig, rechtschaffen und bieder, kurzum: nicht falsch zu sein, mit religiöser, politischer und juristischer Ausprägung (gläubig, loyal und rechtlich gesonnen). Von dieser opportunen Seite des Zurückgebliebenseins profitiert dann die auf den eigenen Vorteil bedachte übrige Welt. Außerdem offenbart der Einfältige dem, der ihm wohlgesonnen ist, eine stille Intensität der Zuwendung, die als »herzlich«, »warm« und »gut«, »innig« und »gefühlvoll« (etwa bei Heinse, Goethe und Jean Paul) umschrieben wird.

Alle diese Formeln eines treuherzigen Daseins erscheinen trivial, sofern sie in vergleichend-moralisierender Absicht die Selbstgerechtigkeit der Deutschen üben. Damals und heute unausgedacht ist die Einfalt aber, wenn anklingt, was sie den Deutschen eröffnet: warum die Einfältigen keine bedauernswerten Opfer sind. Würden die Deutschen auf der Einfalt beharren, wenn deren Überwindung ihnen – den Deutschen wohlgemerkt, nicht irgendwelchen anderen – als Befreiung erschiene? Übervorteilt erscheint der Einfältige auf jenem Parkett, wo soziale Geltung und sozialer Konsens ausgereizt werden; sein Reich beginnt, wo die Gegenstände, denen er geduldig zugewandt ist, ihn nach eigenem Recht, als Natur, ergreifen – und dieses Reich muß kein inneres ein. »Denn nur der ruhigen wellenlosen Seele offenbart sich das Recht am reinsten wie eine nachgespiegelte Sonne.«[23] Einfalt hält an sich fest, weil sie jene Stellung zur Welt ist, in der Hinnehmen und Handeln ineinander übergehen. Mitteilung und Verständigung ordnen sich dieser Stellung unter. Bei den Deutschen sind Sprache und Sprechen nicht nur Medien der Kommunikation, sondern auch Medien stiller Rezeption. Das einfältige Wort, das Andenken an die Dinge, genügt nicht immer den Regeln der Verständigung und spricht zugleich über sie hinaus. Deswegen auch führt gerade die geglückte Übersetzung bestimmter Texte aus dem Deutschen ins Französische und aus diesem in jenes ein gründliches Mißverständnis mit sich.

»Die Wörter: *Esprit* (statt *bon sens*), *frivolité, galanterie, petit maître, coquette, étourderie, point d'honneur, bon ton, bureau d'esprit, bon mot, lettre de cachet* – u. d. g. lassen sich nicht in andere Sprachen übersetzen: weil sie mehr die Eigenthümlichkeit der Sinnesart der Nation, die sie spricht, als den Gegenstand bezeichnen, der dem Denken vorschwebt.«[24] Diese Liste hat Kant zusammengestellt, der die französische Nation in erster Linie durch den »Conversationsgeschmack« charakterisiert sieht. Bis ins Detail zeichnet die deutsche Franzosenvorstellung das deutsche Selbstbild negativ nach. (Bemerkenswerterweise deckt sich mit dem deutschen Selbstbild weitgehend die französische Deutschenvorstellung. Man vergleiche z. B. Stendhals Briefe von seiner Deutschlandreise 1806-1808.) Nach dieser Vorstellung denken, sprechen und schreiben die Franzosen gleichsam auf Probe und schmiegen das Vorgebrachte dann der Resonanz an[25], so daß auch das Vorgebliche und Falsche durch allmähliche Annäherung der einander gefälligen Sprecher schließlich allgemeine Anerkennung finden kann[26] – Eigenwert und Primat der Redekunst; dagegen weiß der Deutsche, daß die Rede außer Konsens und Regel noch ein anderes Maß hat. Die Franzosen existieren »ganz allein von und für die Gesellschaft«, »haben Verstand und Geist, aber kein Fundament und keine Pietät«[27] (Goethe); die Deutschen bringen sich die Weltläufigkeit nachträglich bei und kehren immer wieder in die Einsamkeit der Treue zu den Dingen (der »Naturgemäßheit«) heim. Die Wurzeln ihrer Gemeinschaft sind daher »tausendästig« (Kleist). Was die Deutschen sind (einfältig), faltet die Analyse ihrer Schriften auseinander; doch antwortet auch Schweigen. Der geistreiche Witz *(esprit)* macht die Welt zu einem einzigen Opportunismus; das innehaltende Wort empfängt seinen Gehalt nicht allein von der wechselseitigen Hermeneutik der Begriffe und Wendungen und den Regeln der Verständigung, sondern auch vom sprachlosen Ansinnen der »Erde« – das sagt die Selbstzuschreibung. Das Verhältnis dieses Worts zum Gegenstand ist somit nur »einmal gefaltet«, nicht mehrfach durch viele Rücksichten auf Geschmack und Fortune. Für einen Franzosen wäre es (wir bleiben bei den Vorstellungen) vulgär, direkt zur Sache zu kommen, denn alle Angelegenheiten sind zunächst Anlässe für die Inszenierung des Gesellschaftsspiels; »wir Deutschen fallen mit unserer Meinung gerne gerade heraus und haben es im Indirekten noch nicht sehr weit gebracht«.[28] Diese deutsche Aufrichtigkeit ist allerdings für manchen Empfänger ein zweifelhafter Vorzug, da sie ihm demonstriert, daß er der Mühe, ihm etwas vorzumachen, nicht für wert befunden wird.

Blödigkeit

Entweder sind sie in der Stille der Dinge, entweder schaffen sie an dem, was unüberschaubar wächst und ihnen eines Tages zukommt, entweder sind sie im Kreis der Lieben und der Menschheit. Oder sie sind in fremder Gesellschaft, in der Ordnung der öffentlichen Repräsentation. Hier ist es die Sache der Deutschen, sich für ihresgleichen zu genieren. Was den Deutschen stets vorgehalten wurde, der Umschlag von der Selbstherrlichkeit zur Liebedienerei und zurück, hat den Grund, daß die Deutschen nicht nur in einer einzigen Welt leben. Daher ist es gut zu wissen, wer gerade spricht: der Deutsche, der sich schämt, oder der Deutsche, der die eigenen Maßstäbe anlegt. Vor dem Tribunal spricht jedenfalls immer der erste. Sobald sich die Deutschen aus der ästhetischen und moralischen Perspektive der anderen sehen – was ihnen nie schwergefallen ist, da Aneignung von Beginn an ihr Weltgeschäft war –, sind sie die unerbittlichsten Vollstrecker fremder (allgemeiner) Normen an den Landsleuten, und sie müssen dabei nicht heucheln: der Ernst der Betrachtung verwandelt sich in der Cour des Gefälligen unvermeidlich in Schwerfälligkeit, Eigenständigkeit in Gehemmtheit, Gründlichkeit in Unbeholfenheit, Hingerissensein in Dunkelheit.

Der linkische Deutsche ist hin- und hergerissen beim Anblick französischer »Leichtfüßigkeit« und Liebenswürdigkeit, dem »freundlichen Gleichgewicht eines schönen geselligen Scheins« (Jean Paul) und anmutig-anmaßender *tournure*[29]. In seine Bewunderung und Selbstverspottung mischt sich der Wunsch zu sehen, was eigentlich gespielt wird. Häufig wird unterstellt, die französische Art erinnere die deutschen Autoren (wie die Franzosen selbst) bisweilen an die Weiblichkeit. Doch es verhält sich umgekehrt – Frauen erinnern die Klassiker an Franzosen: »Weiber sind wie Franzosen geborene Weltleute«, schreibt Jean Paul[30], und Goethe äußert: »Weiber scheinen keiner Idee fähig – kommen mir sämtlich vor wie

Franzosen.«[31] Gemeint ist die oberflächliche Selbstverliebtheit. Kant bemerkt Entsprechendes hinsichtlich der Karriere des Französischen in der »weiblich großen Welt«.[32] Das Französische ist also stets im deutschen Dasein gegenwärtig, vielleicht gar ein hinausverwiesener Anteil des deutschen Wesens selbst.

So glaubwürdig die verbreitete deutsche Forderung nach »weniger Philosophie und mehr Tatkraft, weniger Theorie und mehr Praxis« (Goethe) ist, so durchsichtig ist die Behauptung, die Deutschen taugten nun einmal nicht dazu, einnehmend aufzutreten und den Vorteil des Augenblicks zu nutzen. Die Textanalyse zeigt, daß sich die Autoren dem, was sie als weltmännische Umsicht, Eleganz (französisch) und Tatkraft (englisch) preisen, zugleich verweigern. Mit der Bewunderung für die Franzosen ist es abgegolten; im übrigen fürchten die Deutschen, beim Übertritt ins Glücksspiel etwas zu verlieren. Was? Ich nenne es die Unverstelltheit der Natur: dessen, was ohne Zutun der Menschen anwesend ist und geschieht. Außerdem sind sich die deutschen Weltfreunde von Herder über Goethe und Heine bis Nietzsche unschlüssig, ob nicht der Parcours der Taten doch letztlich reine Theorie ist und das radikale *Werk* die Praxis, der Ernstfall, aus dem alles Weitere folgt. Die Deutschen sind unter beweglichen Menschen deplaziert, weil sie einen anderen Platz nicht räumen.

Damit ist freilich das Problem der deutschen Nation nicht aus der Welt. In der Ode *An die Deutschen* fragt Hölderlin ratlos, ob sich in den »Gedanken«, in der »stillen Schrift« der »tatenarmen und gedankenvollen« Dichter und Denker schon ankündigt, was Deutschland einmal sein kann. Er stellt die Frage in deutscher Dunkelheit (Nacht) dem unbekannten Genius des Volks – dem, was die schwerfälligen Deutschen so merkwürdig rastlos macht:

»Und zu ahnen ist süß, aber ein Leiden auch,
Und schon Jahre genug leb' ich in sterblicher
Unverständiger Liebe
Zweifelnd, immer bewegt von ihm,

Der das stetige Werk immer aus liebender
Seele näher mir bringt, lächelnd dem Sterblichen
Wo ich zage, des Lebens
Reine Tiefe zu Reife bringt.

Schöpferischer, o wann, Genius unseres Volks,
Wann erscheinest du ganz, Seele des Vaterlands,
Daß ich tiefer mich beuge,
Daß die leiseste Saite selbst

Mir verstumme vor dir, daß ich beschämt
Eine Blume der Nacht, himmlischer Tag, vor dir
Enden möge mit Freuden ...«

Dem Seufzer über die Tatenarmut im Jahr 1800 folgt nicht der Aufruf, für des »Lebens reine Tiefe« die stille Schrift zu opfern.

Im Deutschland des 18. Jahrhunderts ist der Begriff der *Blödigkeit* geläufig. Er meint die Verfassung eines Menschen, der das Gesellschaftsleben meidet und sich insbesondere der Konversation entzieht, weil er in ihr nicht mithalten kann oder weil er fürchtet, daß man ihn nach seiner Zurückhaltung, was immer sie bedeutet, als unfrei und weltfremd qualifiziert. (Der Literaturwissenschaftler Georg Stanitzek hat in einer Textanalyse den sozialkulturellen Topos der *Blödigkeit* erkundet.[33]) Das gesellschaftliche Ungeschick beschwört nicht nur Mißverständnisse und Peinlichkeiten herauf, sondern auch die Gefahr des sozialen Abstiegs, da gesellig sprechen zu können und auch wirklich mitzusprechen Merkmale gehobener Stellung sind; die unteren Stände machen keine Konversation und schweigen im Kontakt mit den oberen, während diese sprechen. Auf die Nationen übertragen, läßt dieser Befund ahnen, daß die *blöden* Deutschen vor und nach 1789 die Erfahrung machen, nach dem Maß französischer Eloquenz als subaltern abgetan zu werden – zumal das zerrissene Land »blöde die eigene Seele (leugnet)« (Hölderlin, *Gesang des Deutschen*), »allverkannt« und sein eigenes Schweigen verkennend. Nun hat aber, worüber Stanitzek ebenfalls berichtet, im 18. Jahrhundert bereits eine bürgerliche Gegenströmung eingesetzt, die im Protest gegen Konvention und Standesdünkel gerade die Haltung der *Blödigkeit* aufwertet und das Schweigen als Demonstration einer anderen Souveränität empfiehlt. Wir strapazieren diese auf Individuen und soziale Hierarchie bezogene Aussage nicht, wenn wir ihr entnehmen, daß das Autostereotyp der stillen Einfalt innerhalb der deutschen Verhältnisse und im Verkehr zwischen Deutschen und Franzosen zwei Seiten hat: die der Selbstvergewisserung (als Tiefe) und die der Verweigerung gegenüber den Folgen der politischen Vernunftrevolution, zu denen auch das Verdikt »rückständig« gehört (als Begriffsstutzigkeit im Bannkreis der Rhetorik und später als Referenzwechsel hin zum Mittelalter): nicht anders zu können und nicht anders zu wollen.

Es gibt eine Ode Hölderlins mit dem Titel *Blödigkeit*, in der der Dichter sich und seinesgleichen als »Zungen des Volks« und als »Entschlafende« bezeichnet. Die ersten beiden und die letzte der sechs Strophen seien hier ohne Kommentar wiedergegeben:

»Sind denn dir nicht bekannt viele Lebendigen?
Geht auf Wahrem dein Fuß nicht, wie auf Teppichen?
Drum, mein Genius! tritt nur
Bar ins Leben und sorge nicht!

Was geschiehet, es sei alles gelegen dir!
  Sei zur Freude gereimt, oder was könnte denn
    Dich beleidigen, Herz, was
      Da begegnen, wohin du sollst?

...
Gut auch sind und geschickt einem zu etwas wir,
  Wenn wir kommen, mit Kunst, und von den Himmlischen
    Einen bringen. Doch selber
      Bringen schickliche Hände wir.«

Deutsche Sprache und Politik

Auf die Frage, was die Deutschen seien, gebe ich nach der Lektüre deutscher Klassiker die Antwort, daß sie einfältig sind, genauer: sich beharrlich für einfältig halten, was (ein wenig) anders ist, als sich für nichtfranzösisch zu halten. Die beklagte und gehegte Einfalt erscheint nicht als Dauerzustand des Gemüts, eher als Hervorhebung des Gegensatzes von Direkt und Indirekt und als eine unausgesprochene Neigung, auf der die Gesprächs- und Wahrnehmungsgegenstände leicht in eine separierende Betrachtung gleiten – und in eine *dunkle* Sprache, in der *Tief*sinn und *Blöd*sinn schwer zu unterscheiden sind. Im stimulierenden Spannungsverhältnis zwischen der deutschen Auffassung von artifizieller Sprache und der französischen gibt es eine Zone des Unvereinbaren. Die deutsche Philosophie und Poesie des 17., 18., 19. und 20. Jahrhunderts enthält hermetische Passagen und Aussagen, die weniger einer Mitteilung an die Leser als den Gegenständen selbst zu Gebote stehen (sollen). Die Autoren solcher gleichsam konkaven Ausdrücke verkehren mit der Sprache so, als bringe sie etwas zu Gehör, das in ihr nicht aufgeht, als sei sie mehr als ein weltumspannendes Patchwork von Semen. Wenn sie Wörter und deren Verbindungen nach Klang, Sperrigkeit, Geläufigkeit, Assoziationspotential und Ein- bzw. Mehrdeutigkeit wählen, spielt das Vertrauen mit, das Wort wirke magisch als Schleuse für ein unbekanntes Stratum des Signifikats. »Schläft ein Lied in allen Dingen,/Die da träumen fort und fort,/Und die Welt hebt an zu singen,/Triffst du nur das Zauberwort« (Eichendorff) – das ist die Zuversicht in spätromantischer Version. Das Zauberwort ist Vehikel der Dinge, die zu sprechen beginnen, ohne sich zu präsentieren. Es ist nicht nur Zeichen und bedeutet nicht nur, verweist nicht nur kreuz und quer, sondern wird selbst zum veränderlichen Rätselding, zum Vorboten des Gegenstands. Dies, scheint mir, ist ein vom Charakter der Sprache selbst begünstigter Einschlag in sinnflimmernden Zeilen deutscher Gedankendichtung, die nach Simplizität strebt – Stellen erhöhten Risikos, bei dem sich viele Autoren übernehmen.

Wer nämlich den Begriff behandelt, als stehe sein Gehalt teils im Geheimnis, schreibt dunkel. »In keiner anderen Sprache hätte die Natur ihr geheimstes Wort offenbaren können, wie in unserer lieben deutschen Muttersprache.«[34] (Heinrich Heine) Deutscher kann man es nicht sagen, denn hier hat die Natur ihr eigenes Wort, und dieses tritt in die Wortreihe des Satzes ein. So gelangt die von Schopenhauer zornig verachtete deutsche Dunkelheit auch in nicht schlampig, vage oder schwülstig geschriebene Schriften. Hier soll sie die Wörter ja nicht interessant einnebeln (weil der Autor nicht weiß, was er sagen will), sondern gerechter, richtiger, wahrer, präziser und durchlässiger machen – nach Maßgabe des Gegenstands.

Diese Art des deutschen Wortesetzens hält die Sprache für das Wortlose, Unbesehene offen. Der einfältig Sprechende vertraut den Dingen und darauf, daß sie in der Sprache unterwegs sind, vertraut der Möglichkeit, vom Anderen der Sprache geradewegs berührt zu werden, ohne Instanz der Vermittlung (Hinausschiebung), heiße diese Instanz nun Kirche oder Bedeutungsanalyse.

Das ist die Tradierung des Barbarentums in die Neuzeit, ins Industriezeitalter und über dieses hinaus. Diskursanalytiker werden erkennen, daß dies vor allem sprachwissenschaftlich barbarisch ist, aber – da sollten sie sich nichts vormachen – das einfältige Denken hat es bisher stets verstanden, die Immanenz-Anordnungen der Linguistik, des Strukturalismus und der Textarchäologie einzubegreifen und sich mit ihrer Hilfe »hinaus ins Offene« zu versetzen – oder das Offene im Wechselbeziehungsgestrüpp des Textwaldes selbst zu finden. Der Name Heidegger liegt nahe, dessen ersten Buchstaben die Franzosen nicht aussprechen. Andere unaussprechliche Namen folgen.

Angenommen, die Deutschen sind ein einfältiges Volk – wird es ausreichen, nachdem man gerade die Welt vor ihnen gerettet hat, ihnen zu raten, daß sie endlich nachmachen, was andere ihnen vorgemacht haben: weltläufig, von allen Seiten her durchlässig und nach allen Seiten hin gewitzt zu sein und nicht mehr abgesondert zu verstummen und zu lauschen und wie aus heiterem Himmel etwas Unabgesprochenes zu tun? Die Deutschen sind heute kein begnadetes, sondern ein begnadigtes Volk. Ich habe den Eindruck, sie (wir) horchen immer noch, was dies zu bedeuten hat, und der hektische deutsche Wirtschaftsbetrieb ist eine Art von Betäubung. Wenn die Deutschen wieder eigene Politik machen, wird dies keine Anwendung transnationaler Weltklugheit sein. Damit meine ich, in Ansehung der Einfalt: die grundlegende Entscheidung, die eine nationale Politik (mitten in Europa) ausmacht, wird den Charakter eines Auftrags haben, oder es wird keine deutsche Politik sein. Dieser Auftrag, wenn er denn selbst erteilt ist, muß den Deutschen zugleich zukommen. Entgegen dem Stereotyp von deutscher Willkür und Gründlichkeit können die Deutschen nichts Beliebiges mit Überzeugung tun. Ein solcher Auftrag war die Nachfolge des Römischen Reiches, christianisierten Barbaren erteilt, die für seine Ausführung die Gnade Gottes und die Liebe der Welt erhofften. Der Kreuzzug des nationalsozialistischen Deutschlands gegen Judentum und Bolschewismus war ein fingierter, erschwindelter Auftrag – aber es mußte ein Auftrag sein –, an dem die Deutschen zweifelten und den sie sich glauben machten, indem sie die Führung symbolisch um Überwältigung baten, weswegen er nur nachträglich, nach der Umpflügung der Erde, hätte beglaubigt werden können und weswegen der Einsatz ständig erhöht und alle Deutschen zu Komplizen gemacht werden mußten.

Mit anderen Worten, deutsche Politik muß als gemachte einer den Deutschen geschickten, glaubhaft zugewiesenen Entscheidung folgen, der Aneignung eines Anderen, die ihnen sagt, was sie sind. Sonst halten die Deutschen politische Entscheidungen nur halbherzig für ihre Politik. Solche Halbherzigkeit ist, wie man sieht, durchaus möglich, sogar als Kontinuität, und sie ist berechenbar. Wer sagt, daß es eine genuin deutsche Politik geben muß? Ebensowenig wie einen deutschen Mythos und ein deutsches Schicksal kann man deutsche Politik als solche einfordern. Das Politische schlechthin ist ohnehin das Gegenteil von Politik. Den Analytikern jedenfalls bleibt die Arbeit, in deutschen Reden und Papieren einfältig, d. h. nichts voraussetzend, nachzulesen, was zur Entscheidung steht. Auf diese Weise überholen sie ihr Wissen.

Anmerkungen

1 Jahrelange Forschungsarbeit zusammenfassend, hat dies Leo Weisgerber am 9. März 1945 in einer Sitzung der Göttinger Akademie der Wissenschaften vorgetragen. Vgl. Leo Weisgerber, Deutsch als Volksname – Ursprung und Bedeutung, Darmstadt 1953, S. 278-286. Auf Weisgerber basieren die Thesen von: Eugen Rosenstock-Huessy, Frankreich – Deutschland. Mythos oder Anrede, Berlin 1957. Vgl. Dietmar Kamper, Frankreich – Deutschland: Mythos oder Anrede. Überlegungen nach Eugen Rosenstock-Huessy. In: Fragmente, Heft 32/33, Kassel, Juni 1990, S. 31-41.

2 Goethe im Gespräch mit H. Luden am 13. Dezember 1813. Band 22, S. 714. Vollständige Angaben s. hinten.

3 Friedrich Nietzsche, Unzeitgemäße Betrachtungen, Erstes Stück. Sämtliche Werke, Kritische Studienausgabe in 15 Bänden. Band I, Berlin 1967, S. 163.

4 Wilhelm Grønbech, Kultur und Religion der Germanen, zwei Bände, Darmstadt 1954.

5 Robert Musil, Der deutsche Mensch als Symptom. Essayistisches Fragment aus dem Jahr 1923. Gesammelte Werke. Band II, Reinbek 1978, S. 1361.

6 Der letzte Berliner Mauertote trug den altfranzösischen Namen Gueffroy.

7 Fichte, Aus dem Entwurfe zu einer politischen Schrift im Frühlinge 1813. Band VII, S. 565.

8 Fichte, Die Staatslehre. Band IV, S. 422.

9 Vgl. Wolfgang Ernst, Identität und Differenz. Johann Gottlieb Fichtes »Reden an die Deutsche Nation« und jenseits. In: Tumult, Zeitschrift für Verkehrswissenschaft, Heft 10 (Deutschland), München 1987, S. 141-161.

10 Goethe, Brief an Oswald Blumenthal vom 28. Mai 1819. Band 21, S. 333.

11 Goethe, Maximen und Reflexionen 1823. Band 9, S. 515.

12 Goethe, Brief an Karl Friedrich von Reinhard vom 12. Mai 1826. Band 21, S. 686.

13 Goethe, Entwurf eines Briefes an Varnhagen von Ense vom Oktober 1827. Band 21, S. 769.

14 Goethe, Brief an Nees von Esenbeck vom 17. Februar 1819. Band 21, S. 323.

15 Goethe, Entwurf eines Briefes an Varnhagen von Ense vom Oktober 1827. Band 21, S. 768.

16 Goethe, Brief an Sara von Grotthus vom 7. Februar 1814. Band 19, S. 723.

17 Goethe, Brief an Franz Bernhard von Buchholtz vom 14. Februar 1814. Band 19, S. 725.

18 Fichte, Reden an die deutsche Nation. Band VII, S. 374.

19 Die »edle und ungekünstelte Einfalt« wurde bereits im 18. Jahrhundert von der deutschen Kritik unter Verweis auf Griechen und Römer den Schriftstellern anempfohlen. Doch schon Lichtenberg bemerkt 1768 in seinen »Sudelbüchern« (Schriften und Briefe, Erster Band: Sudelbücher I, München 1968, S. 52), daß sie mißlingt, wenn sie aus Gefallsucht gewollt wird und der Autor nicht »eine ganz eigne Art« hat, »die Dinge in der Welt zu betrachten«. Er muß seinerseits vom Gegenstand ergriffen sein; sonst droht der Sturz ins Manierierte, den Schlichtheitskitsch.

20 Friedrich Hölderlin, Brief an Johann Gottfried Ebel (Paris) vom 10. Januar 1779. In: Werke und Briefe, hrsg. von Friedrich Beißner und Jochen Schmidt, Zweiter Band, Frankfurt am Main 1969 (Insel), S. 864.

21 Friedrich Hölderlin, Brief an Leo Seckendorf vom 12. März 1804. In: Ebenda (s. Anmerkung 19), S. 950.

22 Kant, Anthropologie in pragmatischer Hinsicht. Band VII, S. 204.

23 Jean Paul, Friedens-Predigt an Deutschland. Band 10, S. 888.

24 Kant, Anthropologie in pragmatischer Hinsicht. Band VII, S. 314.

25 Fichte, Reden an die deutsche Nation. Band VII, S. 470.

26 Fichte, Aus dem Entwurfe zu einer politischen Schrift im Frühlinge 1813. Band VII, S. 566f.

27 Goethe, Entwurf eines nicht abgesandten Briefes an Varnhagen von Ense vom Oktober 1827. Band 21, S. 768f. – Johann Peter Eckermann, Gespräch mit Goethe am Mittwoch, dem 24. November 1824. Band 24, S. 125.

28 Johann Peter Eckermann, Gespräch mit Goethe im Juli 1827. Band 24, S. 260.

29 Goethe notiert 1821 in seinen »Maximen und Reflexionen«: »Was die Franzosen tournure nennen, ist eine zur Anmut gemilderte Anmaßung. Man sieht daraus, daß die Deutschen keine tournure haben können; ihre Anmaßung ist hart und herb, ihre Anmut mild und demütig, das eine schließt das andere aus und sind nicht zu verbinden.« (Band 9, S. 514).

30 Jean Paul, Vorschule der Ästhetik. Band 9, S. 342.

31 Goethe im Gespräch mit Riemer am 30. Mai 1809. Band 22, S. 552.

32 Kant, Anthropologie in pragmatischer Hinsicht. Band VII, S. 312f.

33 Georg Stanitzek, Blödigkeit. Beschreibung des Individuums im 18. Jahrhundert, Tübingen 1991.

34 Heinrich Heine, Über Deutschland. Sämtliche Schriften, Dritter Band, München 1971 (Carl Hanser), S. 573.

Verkürzte Angaben in den Fußnoten beziehen sich auf:

Johann Gottfried Herder, Werke, zwei Bände, Band I, hrsg. von Wolfgang Pross, München 1984 (Carl Hanser).

Immanuel Kant, Werke, Akademie-Textausgabe der Preußischen Akademie der Wissenschaften (1920ff.), neun Bände, Nachdruck Berlin 1968 (Walter de Gruyter).

Johann Gottlieb Fichte, (Sämtliche und nachgelassene) Werke, hrsg. von Immanuel Hermann Fichte, acht und drei Bände. Band I-VIII (»sämtliche Werke«), Berlin 1845/1846. Band IX-XI (»nachgelassene Werke«), Bonn 1934/1835. Nachdruck Berlin 1971 (Walter de Gruyter).

Johann Wolfgang Goethe, Gedenkausgabe der Werke, Briefe und Gespräche, hrsg. von Ernst Beutler, 24 Bände, Zürich 1949 (Artemis).

Jean Paul, Werke in zwölf Bänden, hrsg. von Norbert Miller, München 1975 (Carl Hanser).

Judenvernichtung

»Blon-de Jüdin vom Kirchweg!
Blon-de Jüdin vom Kirchweg!«[1]

Schmährufe von Kindern 1933 in Kassel gegen die Jüdin Lisel Goldschmidt

Im September 1935 identifizierten die Nürnberger Gesetze 500000 Reichsbürger als Juden und 200000 Reichsbürger als jüdische Mischlinge. Ersteren wurde bescheinigt, sie seien weder deutschen noch artverwandten Blutes. Als aber im Herbst 1941 die Deportationen von Juden in Ghettos und Vernichtungslager begannen, verwandelten sich Tausende von verzweifelten Angehörigen »dieser wurzellosen internationalen Rasse« (Adolf Hitler) von einer Stunde zur anderen in Nichtjuden.

Lothar Orbach, ein achtzehnjähriger Berliner Lehrling, zwang sich dazu, probeweise ohne Judenstern durch die Straßen zu gehen und Offiziere der Wehrmacht forsch mit »Heil Hitler!« zu grüßen. Am Heiligen Abend 1942 entkamen er und seine Mutter mit knapper Not den Häschern an der Wohnungstür. Gefälschte Papiere wiesen ihn als den Ingenieurstudenten Gerhard Peters aus, der vom Militärdienst zurückgestellt war. Die Mutter heftete sich das Deutsche Mutterkreuz in Bronze an die Brust. Peters alias Orbach schlitterte in eine abenteuerliche Existenz als blonder Ganove und Gigolo. Mit zunehmender Unbekümmertheit frequentierte er Gartencafés und Billardsäle, lieferte Kohlensäcke an und tätigte Schwarzmarktgeschäfte.[2]

Ein anderer Berliner »Taucher« stahl eine komplette SS-Uniform mit Pistole. Er hatte große Auftritte in schutzbedürftigen Etablissements und stolzierte mit Freundinnen über den Kurfürstendamm.[3]

Der Akt des Untertauchens bestand darin, das Wohnviertel zu verlassen und die soziale Rolle zu wechseln. Einer ging in den Wald, trennte den Judenstern von der Jacke ab, ersetzte ihn durch ein Abzeichen der Deutschen Arbeitsfront und unternahm den ersten Versuchsbummel als Nichtjude.[4] Dann galt es, der neuen Identität eine Bleibe und eine Tätigkeit zu verschaffen. »Sich verstecken« ist dafür das falsche Wort. Man verschwand aus dem Gesichtskreis der Nachbarn, Kollegen und Bekannten und nahm anderswo neue Gestalt an.

Als die Gestapo am 27. Februar 1943 den größten Teil der noch in Berlin lebenden Juden verhaftete, wurde die Jüdin Charlotte Joseph im Bürgermeisteramt Schöneberg als »Elsa Hohberg« vorstellig. Sie gab an, in einem anderen Berliner Bezirk ausgebombt worden zu sein und dabei alle Personalpapiere verloren zu haben. Anstandslos erhielt sie den sogenannten Bombenschein und eine Aufenthaltserlaubnis in der brandenburgischen Provinz. Mittels einer Anzeige in der »Deutschen Allgemeinen Zeitung« fand sie eine Stelle im Haushalt eines prominenten Nazi-Ehepaars in Zoppot. »Zu den vielen Gesellschaften, die sie gaben, kamen hauptsächlich hohe SS-Offiziere und andere Größen der Partei und der Staatsverwaltung«, erzählte sie später. »Auch Gauleiter Forster war ein Freund des Hauses. Ich mußte mich mit allen meinen Äußerungen sehr vorsehen, um nicht Anstoß zu erregen, kam aber nie in den Verdacht, nicht ›Arierin‹ zu sein.«[5]

Auch in den von deutschen Truppen besetzten Ländern tauschten unzählige von Deportation und Tod Bedrohte ihre jüdische Existenz gegen eine andere aus. Beispielsweise floh im November 1941 ein jüdischer Schneidermeister aus Paris in ein Dorf an der Somme und eröffnete dort eine kleine Werkstatt. Vornehmlich Offiziere der örtlichen deutschen Garnison freundeten sich mit ihm an. Prompt malte man nach der Befreiung das Zeichen für »Kollaborateur« an seine Werkstattür, und seiner Schwester wären beinahe die Haare geschoren worden. Mit Mühe gelang es ihnen nachzuweisen, daß sie Juden seien.[6]

Das Leben vieler Juden im arischen Untergrund nahm ein abruptes Ende durch Verrat oder Mißgeschick, aber nicht aufgrund ihres Äußeren.

Die beste Tarnung der Juden war ihr eigenes Gesicht. Zu ihrer Erleichterung merkten die Untergetauchten den Blicken der Leute an, daß sie »nicht typisch jüdisch« oder, im Zweifelsfall, nicht jüdischer als die anderen aussahen. Vielen kam es nun zupaß, »blauäugig, blond und kräftig« oder gesamteuropäisch-dunkelhaarig zu sein oder ein »perfektes arisches Profil« zu haben – was auch immer das sein mochte.

Die jüdische Studentin Edith Hahn borgte sich 1942 in Wien die Identität einer Freundin (die bestimmte Papiere als verloren meldete und neue erhielt) und siedelte vorsichtshalber nach München um. Dort absolvierte sie beim Roten Kreuz einen Schwestern-Lehrgang und schwor den Treue-Eid auf den Führer. Später heiratete sie in Norddeutschland einen überzeugten Nationalsozialisten mit niedriger Parteimitgliedsnummer. Zwar stutzte der Standesbeamte, weil die junge Frau keinen Ahnenausweis vorlegte: »Sie könnten schließlich Jüdin sein.« Das freilich war nur ein Scherz, denn der Augenschein sprach für sich selbst: »Aber das sieht ja jeder, daß Sie keine sind.«[7]

Eher noch an ihrer Art, sich fortzubewegen, als an ihrem Äußeren fürchteten die Verfolgten, erkannt zu werden. In Deutschland und Frankreich hielt sich das Gerücht, Experten könnten Juden von hinten am Gang erkennen.[8] Folglich übten der frischgebackene Gerhard Peters und seine Mutter eifrig »andere Körperhaltungen« (vermutlich selbstsichere) ein, um zu überleben.[9] Schließlich befand Lothar, nun unterscheide ihn nichts mehr von einem Arier, abgesehen davon, daß er beschnitten sei.

Über das Rätsel des Judeseins machten sich auch die Kinder Gedanken. 1933 vertraute eine deutschjüdische Mutter ihrem Tagebuch an, ihr siebenjähriger Sohn habe wissen wollen, wieso denn die Ägypter gewußt hätten, daß Moses ein Jude gewesen sei: »So dumm wird er doch nicht gewesen sein, daß er's ihnen selbst erzählt hat.«[10]

Jedenfalls erkannten sich die Juden inkognito auch gegenseitig nicht, weder am Aussehen noch am Verhalten – und das unterschied sie sowohl von Japanern und Chinesen und Schwarzafrikanern als auch von anderen Opfergruppen des Naziregimes, etwa Zigeunern und Homosexuellen. Gerhard Peters alias Lothar Orbach hegte gegenüber einem älteren, »Opa« genannten Komplizen lange Zeit den Verdacht, dieser sei ebenfalls ein abgetauchter Jude (und erhielt niemals Gewißheit). 1941 wurde ein jüdischer Junge in einem Kinderheim im belgischen Jamoigne untergebracht. Er war davon überzeugt, unter den 123 Heimkindern der einzige Jude zu sein. Nach Kriegsende erfuhr er, daß 83 dieser Kinder jüdisch waren – und die anderen 82 ebenfalls nicht daran gezweifelt hatten, jeweils das einzige jüdische Kind zu sein.[11]

Aber wie war das möglich?

Das Scheitern der antisemitischen Praxis

Die Nationalsozialisten erachteten es für eine Binsenweisheit, daß die Angehörigen der »jüdischen Rasse« auf den ersten oder spätestens den zweiten Blick identifizierbar seien, auch dann, wenn sie nicht im ostjüdischen Habitus mit Kaftan, Bart und Hut daherkamen. Nach Hitlers Überzeugung war das Judentum seit jeher und auch gegenwärtig »ein Volk mit bestimmten rassischen Eigenarten«, das sich als »Religionsgemeinschaft« tarnte, um sein »Dasein als Völkerparasit« zu verschleiern.[12] Rassenbiologen schulten die physiognomische Wachsamkeit mit folgendem jüdischem Steckbrief: Herabhängen des unteren Drittels der Nase bei gleichzeitiger Verplumpung und Verschwommenheit der feineren Nasenkonturen, breite, fleischige, weiche Nasenflügel und rundlicher, leicht nach außen gebogener Nasenrücken. Fleischige, ein wenig hängende Unterlippe über fliehendem Kinn. Spitzgesicht. Henkelohren. Krauses oder stark welliges Haar. Kleinwüchsigkeit.[13]

Noch während des Nürnberger Prozesses bestand der ehemalige »Frankenführer« und »Stürmer«-Herausgeber Julius Streicher darauf, daß es typische jüdische Körpermerkmale gebe. In die Enge getrieben, nannte er die deckfaltenlosen und basedowoiden Augen und den »weibischen Hintern« jüdischer Männer.[14] Anläßlich der Sonderschau »Die rassischen und seelischen Eigenschaften des jüdischen Volkes« im Wiener Naturhistorischen Museum versicherte das »8-Uhr-Blatt« am 8. Mai 1939: »Bilder aus dem anthropologischen Institut der Universität Wien beweisen, daß bei jüdischen Kindern *schon am ersten Tag* ihres Lebens durch die äußeren Erscheinungsformen die Zugehörigkeit zur jüdischen Rasse feststellbar ist.«[15]

Das ist der Wunschtraum des Judenerkennungsdienstes. Er kann aber nicht in Erfüllung gehen, weil die Juden ihrem Stereotyp nicht entsprechen. Und er soll sich auch gar nicht erfüllen. Denn eine jüdische Gefahr, die durch die Aussonderung der Träger bestimmter, öffentlich erkennbarer Körpermerkmale zu bannen wäre, erheischte nicht das Eingreifen einer erlöserähnlichen Rettergestalt, als die sich Adolf Hitler feiern läßt. Wie ernst die NSDAP die Lage einschätzt, zeigt sie, indem sie ihre Bevölkerungspolitik auf die *Entmischung* des jüdischen und des deutschen (und artverwandten) »Blutes« konzentriert.

Der Begriff des »deutschen und artverwandten Blutes« löst 1935 in Gesetzestexten und im offiziellen Sprachgebrauch den Terminus »arisch« ab. »Arier« werden fortan als Angehörige von Völkern der indogermanischen Sprachengruppe definiert, die sich ja in einigen Fällen, z. B. in Indien, mit »fremdrassischen« Völkern vermischt haben, so daß »arisch« zu sein strenggenommen nichts über die Rassenzugehörigkeit aussagt. Der Begriff »arisch« wird jedoch, weil er sich 1933 eingeprägt hat, insbesondere von deutschen und österreichischen Exilanten weiterhin als Kennmarke des nationalsozialistischen Autostereotyps gebraucht – aber auch von Parteiführern wie Joseph Goebbels in privaten Niederschriften, offenbar deshalb, weil er als Kurzwort aus einer terminologischen Verlegenheit heraushilft. Den neuen, präziseren Begriff definieren Wilhelm Stuckart und Hans Globke in den »Kommentaren zur deutschen Rassengesetzgebung« wie folgt: »Das deutsche Volk setzt sich aus Angehörigen verschiedener Rassen (der nordischen, fälischen, westischen, dinarischen, ostischen und ostbaltischen Rasse) und ihren Mischungen untereinander zusammen. Das danach im deutschen Volk vorhandene Blut ist *deutsches Blut*. – Dem deutschen Blute *artverwandt* ist das Blut derjenigen Völker, deren rassische Zusammensetzung der deutschen verwandt ist. Das ist durchweg der Fall bei den geschlossen in Europa siedelnden Völkern und denjenigen ihrer Abkömmlinge in außereuropäischen Erdteilen, die sich artrein erhalten haben. – Der Begriff ›deutsches oder artverwandtes Blut‹ tritt an die Stelle des bisher üblichen Begriffs der ›arischen Abstammung‹. Personen deutschen und Personen artverwandten Blutes werden unter der Bezeichnung ›deutschblütig‹ zusammengefaßt.«[16] Als »deutschblütig« werden demnach nicht nur die Angehörigen germanischer, baltischer, slawischer, keltischer und romanischer Völker sowie die Griechen und Albaner bezeichnet, sondern auch die Angehörigen »nichtarischer« Völker in Europa (Finnen, Esten, Ungarn, Lappen und Basken).

Vor dem Standesbeamten sollen jeder Bräutigam und jede Braut dokumentieren, daß sie »Deutschblütige« oder Juden oder Mischlinge sind. Der Hauptzweck des »Gesetzes zum Schutze des deutschen Blutes und der deutschen Ehre« vom 15. September 1935 ist es, aus den Nachkommen von »Halb«-

und »Vierteljuden« entweder »Volldeutsche« oder »Volljuden« zu machen und die Geburt weiterer Mischlinge zu verhindern, so daß die Rassenscheidung total und endgültig ist.

Daher soll künftig jede(r) Verlobte vor der Eheschließung seine/ihre Abstammung offenlegen: »Zum Nachweis der Abstammung sind beim Aufgebot außer den Geburtsurkunden der Verlobten die Heiratsurkunden ihrer Eltern, bei unehelichen Kindern die Geburtsurkunden der Mutter und, falls der Vater bekannt ist, auch dessen Geburtsurkunde vorzulegen. Die Verlobten haben ferner schriftlich oder zu Protokoll zu versichern, was ihnen über die Rassenzugehörigkeit und die Religion ihrer Großeltern bekannt ist ...« Der Standesbeamte kann darüber hinaus »verlangen, daß weitere Urkunden, insbesondere die Heiratsurkunden ihrer Großeltern, vorgelegt werden, wenn ihm bestimmte Tatsachen bekannt sind, die für eine andere als die von den Verlobten behauptete Abstammung sprechen«.[17]

Somit stehen jeder Deutsche und jeder sonstige Europäer (»Artverwandte«) im Verdacht, Jude beziehungsweise Judenmischling zu sein, solange sie nicht das Gegenteil glaubhaft gemacht haben. Mit der gesetzlichen Verpflichtung zum Abstammungsnachweis gesteht die nationalsozialistische Führung ein, daß Juden durch bloßen Augenschein nicht kenntlich sind. Seltsamer Rassismus, der auf Wahrnehmbarkeit besteht und sie zugleich anzweifelt.

Die nominierten Juden ihrerseits unterliegen im »Dritten Reich« einer wachsenden Zahl von Kennzeichnungspflichten. Sie sollen nicht länger als Deutsche oder deren Artverwandte auftreten dürfen. Im Juli 1938 werden Kennkarten für Juden eingeführt. Im Oktober desselben Jahres wird verordnet, daß Reisepässe von Juden »mit einem vom Reichsminister des Innern bestimmten Merkmal versehen werden, das den Inhaber als Juden kennzeichnet« – dem großen *J*-Stempel. Soweit die Voll- und Geltungsjuden nicht ohnehin Vornamen führen, die allgemein als jüdisch bekannt sind, »müssen sie vom 1. Januar 1939 ab zusätzlich einen weiteren Vornamen annehmen, und zwar männliche Personen den Vornamen Israel, weibliche den Vornamen Sara«.[18] Schließlich verbietet es eine Polizeiverordnung vom 1. September 1941 den Juden, die das sechste Lebensjahr vollendet haben, sich in der Öffentlichkeit ohne Judenstern zu zeigen. (»Der Judenstern besteht aus einem handtellergroßen, schwarz ausgezogenen Sechsstern aus gelbem Stoff mit der schwarzen Inschrift ›Jude‹. Er ist sichtbar auf der linken Brustseite des Kleidungsstücks fest aufgenäht zu tragen.«[19])

Juden sind demnach nicht die Träger von jüdischen Nasen, Augen und Ohren, sondern die durch einen obrigkeitlichen Ernennungsakt stigmatisierten Personen. Wenn es Verdienste zu würdigen gilt, läßt der Führer in einigen Fällen Gnade vor Recht ergehen. So verwandelt er etwa den Staatssekretär im Luftfahrtministerium, Erhard Milch, aus einem »Mischling zweiten Grades« in einen »Volldeutschen«. Verdienten Kämpfern der Partei und Prominenten mit zweifelhafter Herkunft händigt man »Deutschblütigkeitserklärungen« aus, nachdem sie schriftlich oder mündlich versichert haben, keine Juden beziehungsweise keine Mischlinge zu sein (etwa: aus einer unehelichen Verbindung mit einem »Deutschblütigen« zu stammen).

Viele Millionen deutscher Familien durchforsten nach dem Inkrafttreten der Nürnberger Gesetze ihre Stammbäume nach dubiosen Ahnen. Unzählige Heiratswillige meinen (unnötigerweise), Urgroßmütter mit jüdisch anmutenden Vornamen verschweigen zu müssen, und lassen entsprechende Dokumente verschwinden. Der Lyriker Gottfried Benn gerät bereits 1934 wegen seines undeutschen Namens in Verlegenheit und ersucht seinen Gönner F. W. Oelze, gelegentlich in England (wo der Name verbreitet ist) nachzuforschen, »ob diese englischen Benns ... Juden oder Arier sind«. In Bedrängnis bringt ihn ein alter Literaten-Rivale, Borries von Münchhausen, der ihn öffentlich als »reinblütigen Juden«

beziehungsweise »Mischling« verschreit. In einem Brief vom 25. April 1934 rekapituliert Benn die Indizien, die ihn verdächtigen: »Mein Name, der überhaupt nicht deutsch sei und überhaupt kein Name, sondern eine jüdische Verwandtschaftsbezeichnung. Dann kommt mein Aussehen, dann meine tragische Grundhaltung, die die typische Grundhaltung des jüdischen Mischlings sei, dann meine Gedichte, die Meisterwerke typischer jüdischer Kunst seien ...« Der Brief schließt mit der Versicherung: »Meine Papiere sind vom Rassenamt alle geprüft, ich bin natürlich *reiner* Arier.«[20] Gleichwohl liegt Benn viel an Auskünften aus England. Sicher ist sicher.

Ein beträchtlicher Teil der Deutschen hält sich für möglicherweise jüdisch kontaminiert und scheut nähere Nachforschung. (Auch dies motiviert dazu, nicht auffällig zu werden.) Gedrungene Gestalten mit dichtem und dunklem, mit welligem oder gekräuseltem Haar gehen nie ganz ohne ein mulmiges Gefühl auf die Straße, und die Ehepartner und Eltern solcher Gestalten hoffen darauf, mit Hilfe ihrer einwandfreien Papiere ungeschoren zu bleiben.[21] Alle »sehr südlichen europiden Rassenmerkmale« erwecken Verdacht auf jüdischen Einschlag.[22] (In der Nachkriegszeit wagen sich dann im Familienkreis die Abstammungsgerüchte hervor wie die überlebenden »Taucher« aus ihren Tarnexistenzen und Verstecken.)

Der Verdacht macht auch vor den höheren Rängen der Beamtenschaft, der Wehrmacht und der Partei nicht halt. Wer es vermag, weist seine untadelige Abstammung bis zur Mitte des 18. Jahrhunderts nach.[23] Von Himmler, Heydrich und Bormann munkelt man, sie seien jüdisch-nordische Bastarde mit typischem Tarn- und Verkriechinstinkt. Im April 1936 bezichtigt Wilhelm Kube, Gauleiter der Kurmark, in einem anonymen Brief an die Parteikanzlei Martin Bormanns Schwiegermutter – somit auch Bormanns Frau – und die Frau von Walter Buch, dem Leiter des Parteigerichts, jüdischer Abstammung zu sein.[24] Es leuchtet ein, daß die Säuberer denen, auf die sie versessen sind, selbst nahestehen.

Der aus Wien stammende, heute in Yale lehrende Psychoanalytiker Fritz Redlich vertritt in seinem jüngsten Buch[25] die Ansicht, Adolf Hitler habe geglaubt, daß sein Vater Halbjude gewesen und an Syphilis gestorben sei. Fest steht jedenfalls, daß der Initiator der Verpflichtung zum Nichtjuden-Nachweis selbst nicht imstande war, über Person und Herkunft seines Großvaters väterlicherseits Klarheit zu schaffen.

Die These vom jüdischen Großvater Adolf Hitlers wird von der Forschung heute verworfen. Hitler selbst hatte jedoch Grund zu bangen. Der ehemalige Reichsminister und Generalgouverneur von Polen, Hans Frank, behauptet in einem in der Nürnberger Gefängniszelle geschriebenen Buch, »seinerzeit den Beweis dafür gefunden zu haben, daß Hitlers Vater Alois der uneheliche Sohn des jüdischen Kaufmanns Frankenberger aus Graz gewesen sei, in dessen Haushalt Hitlers Großmutter Maria Anna Schicklgruber gearbeitet habe«.[26] Hans Frank zufolge hat Hitler ihn Ende 1930 zu sich gebeten und von einer »ekelhaften Erpressung« durch einen seiner »widerlichsten Verwandten« berichtet.[27]

Die Verpflichtung, in der Öffentlichkeit einen Judenstern zu tragen, sollte jede unkontrollierte Bewegung der Juden verhindern. Der Erfolg dieser Maßnahme war aber zwiespältig, denn für viele Deutsche traten nun erstmals reale Juden an die Stelle von phantasierten. Und manche bemerkten, daß sie, ohne es zu wissen, jüdische Nachbarn gehabt hatten. Sichtbar wurde die Nichtsichtbarkeit des Jüdischen.

Der »Geltungsjude« Michael Wieck aus Königsberg war dreizehn Jahre alt, als ihm die Mutter das Judenkennzeichen annähen mußte. Er bezeichnete sein Aussehen als »typisch deutsch«, das heißt, als »unjüdisch«. »Jetzt, da es den Stern gab, brauchte man keine gebogene Nase mehr zu haben«, erzählt er. »Der gelbe Fleck genügte, um Haßreaktionen auszulösen.«[28] Jude war, wer verfolgt wurde.

Der Rassentheoretiker Ludwig Ferdinand Clauss vertrat in der NSDAP eine abweichende Auffassung vom Unterschied zwischen Juden und Deutschblütigen. 1941 äußerte er sich in einem Parteiverfahren zu den Auswirkungen der Kennzeichnungspflicht: »Ich stütze mich dabei nicht nur auf eigene Beobachtungen, sondern auch auf solche, wie sie u. a. von SS-Leuten gemacht wurden. Plötzlich werden Juden als solche erkennbar, die kein Deutscher dafür gehalten hätte, weil sie in ihrem körperbaulichen Typus von Ariern kaum unterscheidbar sind. Das Volk urteilt nun: ›Wenn das Juden sind, dann können die Juden doch gar nicht so schlimm sein.‹«[29] Clauss sah sich durch diese Beobachtung in seiner Annahme bestätigt, daß »Judentum vor allem ein Erb-Charakter als Ergebnis der Ghetto-Auslese ist, der wesentlich am Ausdruck erkennbar wird und nicht an der Nase«.[30]

Die mysteriöse Unfaßlichkeit der jüdischen Rasse in der jüdischen Erscheinung spornte die nationalsozialistische Rassengesetzgebung zu Differenzierungskünsten und Tabubrüchen an. Juden, Judentum, Rassengemisch, Stimme des Blutes, Beischlaf, beischlafähnliche Handlungen zwischen Juden und Deutschblütigen – nichts sollte unausgesprochen und im Zwielicht der Mutmaßung bleiben. Die rechtliche Bestimmung des Juden-Begriffs mußte erschöpfend sein und stieß doch immer wieder an Grenzen. So entstand eine ebenso scharfsinnige wie bizarre Literatur der Darstellung ausgeklügelter Grenz- und Sonderfälle der Rassenbegegnung. Zugleich wuchs der Auslegungsbedarf.

Wer Jude war und wer keiner war, hätten die Experten des Innen- und des Justizministeriums gern ausschließlich mit Kategorien der Rassenbiologie festgelegt; schließlich war die Mischlingsfrage die größte Herausforderung der artbewußten Volksgemeinschaft. »Jude ist, wer von mindestens drei der Rasse nach volljüdischen Großeltern abstammt«, lautet die zentrale Bestimmung der Nürnberger Gesetze. Die Mischlingsdefinitionen waren Ableitungen aus diesem Grundsatz. Doch woraus ergab sich das Ausmaß an Jüdischkeit der Großväter und Großmütter? Aus den Familiennamen? Aus alten

Registern? Gegebenenfalls aus Lichtbildern? Oder aus den Erklärungen der Nachkommen? Anstatt Polizei- und Standesbeamte zu Ahnenforschern umzuschulen, nahm man Zuflucht zu einem relativ leicht ermittelbaren Kriterium: der Religionszugehörigkeit der Großeltern. (Man *operationalisierte* auf diese Weise den verwirrenden Tatbestand des Judeseins.) »Diese Regelung erleichtert die rassische Einordnung erheblich«, kommentierten Stuckart und Globke. »Ein volljüdischer Großelternteil wird sehr häufig der jüdischen Religionsgemeinschaft angehört haben, so daß sich Feststellungen über seine Rasse erübrigen. Es erledigen sich damit aber auch die bisher in zahlreichen Fällen aufgestellten, vielfach schwer nachprüfbaren Behauptungen, daß ein Großelternteil zwar der jüdischen Religionsgemeinschaft angehört habe, aber dennoch deutschblütig oder Mischling gewesen sei. Die Regelung erscheint auch nicht unbillig; denn die Zugehörigkeit zur jüdischen Religionsgemeinschaft muß in der Regel als ein solch starkes Bekenntnis zum Judentum angesehen werden, daß mit einer Weitergabe der jüdischen Einstellung an die Nachkommen gerechnet werden kann.«[31]

Die Sache ist diffus. Offensichtlich konkurrierte die »jüdische Einstellung« mit der »Rasse« um den Rang des ausschlaggebenden Juden-Merkmals. Die Verfänglichkeit einer Rückführung von Rasse auf Religion wurde der Ministerialbürokratie schnell bewußt. Bereits am 26. November 1935, gut zwei Monate nach dem Inkrafttreten der Nürnberger Gesetze, erläuterte das Reichsinnenministerium in einem Runderlaß: »Bei der Beurteilung, ob jemand Jude ist oder nicht, ist grundsätzlich nicht die Zugehörigkeit zur jüdischen Religionsgemeinschaft, sondern zur jüdischen Rasse maßgebend. Um Schwierigkeiten bei der Beweisführung auszuschließen, ist aber ausdrücklich bestimmt, daß ein Großelternteil, der der jüdischen Religionsgemeinschaft angehört hat, ohne weiteres als Angehöriger der jüdischen Rasse gilt; ein Gegenbeweis ist nicht zulässig.«[32]

In der Zuordnungspraxis, bei der es für die Betroffenen um Leben oder Tod ging, siegte stets die Absicht, Juden dingfest zu machen, über die »Schwierigkeiten bei der Beweisführung«, daß es Juden, »völlig fremd nach Blut und Wesen«, gebe. Die Kämpfer für Rassereinheit fahndeten nach dem fremden Bluteinschlag im Volkskörper und sicherten als einzige Indizienbeweise die Religion der Vorfahren. Um zu ergründen, was Juden sind, fehlte den Nationalsozialisten die Zeit. Zunächst wollten sie die Juden beseitigen.

Um die Verwirrung in Grenzen zu halten, behalfen sich die Rechts- und Rassenkundler des Regimes mit provisorischen Thesen (die aber neue Verwirrung schufen). Strenggenommen gebe es keine jüdische Rasse, erklärten Stuckart und Globke in der Einleitung ihrer Kommentare. »Die Juden stellen ein Rassengemisch dar, das jedoch in seiner heutigen Zusammensetzung üblicherweise als jüdische Rasse bezeichnet wird.«[33] Diese Relativierung erschien den Experten wohl insofern unproblematisch, als am jüdischen Rassengemisch »in der Hauptsache außereuropäische Rassen« mitwirkten. Stuckart und Globke beriefen sich auf Hans F. K. Günther, der in seiner »Rassenkunde des jüdischen Volkes« (zweite Auflage 1930) »vorderasiatische, negerische, orientalische und nordische Formelemente« ausfindig gemacht hatte. Aber erklärte eine »Beimischung europider Rassen« zur Genüge, daß es »viele Juden« gab, »die wenig ›jüdisch‹ aussehen, und einzelne Deutsche, die den Verdacht eines jüdischen Vorfahren erwecken, ohne daß sich in ihrer Erbgeschichte ein solcher Einschlag tatsächlich befindet«?[34] Der Rassenbiologe Gerhard Friese warnte 1936 vor den Anpassungsleistungen des Judentums in Europa.[35] Bewirkten diese Leistungen auch körperliche Veränderungen?

Auf der Suche nach dem Judentum

Die der NSDAP dienstbare Bevölkerungs- und Rassenwissenschaft verfertigte ihre Gutachten unter selbstherrlicher Mißachtung der Ergebnisse anthropologischer Forschung. Für das Versagen der parteiamtlich beschworenen Rasseninstinkte – einschließlich der visuellen Wahrnehmung – boten sich solide Erklärungen an; diese aber hätten der Vorstellung von einem physisch unterscheidbaren Todfeind widersprochen. Seit der Öffnung der Judenghettos im frühen neunzehnten Jahrhundert suchten deutsche, polnische, russische, englische und französische Anthropologen herauszufinden, ob das kulturelle und religiöse Anderssein der Juden einem spezifischen Rassetypus entsprach. Zwar entdeckte man immer nur das, was man interessehalber fragte und begriff. Am Ende jeder anthropometrischen Untersuchungsreihe jedoch stellten sich neue, unvorhergesehene Fragen.

1896 beispielsweise untersuchte der österreichische Arzt Leopold Glück die Haut- und Haarfarbe und die Kopfform von 55 bosnischen *Sephardim* (spaniolischen Juden, d. h. Nachkommen der 1492 aus Spanien vertriebenen Juden, unterschieden von der Gruppe der *Aschkenasim*, der Jiddisch sprechenden Juden Deutschlands und – später – Osteuropas). Glück bezweifelte, daß es sich bei den Spaniolen und den Ostjuden um zwei schroff voneinander abgegrenzte Gruppen von Juden handelte. Sein wichtigster – und richtungweisender – Befund war, daß von der autonomen Entwicklung einer semitischen Rasse nicht die Rede sein konnte, vielmehr andere Faktoren die Hauptrolle bei der Differenzierung jüdischer Gruppen spielten: »Meines Dafürhaltens sind alle Juden Mischlinge, in denen wahrscheinlich mehr nichtsemitische als semitische Elemente vertreten sind.«[36]

1890 stellten die beiden jüdischen Naturwissenschaftler Joseph Jacobs und Isidor Spielman Vergleiche zwischen den Pigmenttypen und Kopfformen von 142 Londoner Sephardim und Aschkenasim an. Sie fanden keine signifikanten Unterschiede zwischen den beiden Gruppen, wohl aber viele physische Übereinstimmungen zwischen den untersuchten Juden und der englischen Bevölkerung. Diese Übereinstimmungen waren größer als die zwischen den englischen Juden und den Juden des Kontinents. Jacobs und Spielman schlossen aus ihren Ergebnissen auf einen »hohen Durchmischungsgrad von Juden und Nichtjuden«.[37]

Die hinsichtlich Literaturbasis, Methodik und Probandenzahl sorgfältigste Untersuchung physischer Charakteristika der Juden aus verschiedenen Erdteilen führte der amerikanische Arzt Maurice Fishberg zu Beginn des zwanzigsten Jahrhunderts durch. Die Ergebnisse wurden 1911 in englischer und 1913 in deutscher Sprache publiziert[38] und sowohl in Arthur Koestlers »The Thirteenth Tribe« (1976) als auch in Annegret Kiefers Dissertation über das Problem einer »jüdischen Rasse« (1990) abgehandelt. Selbstverständlich paßte sie den Nationalsozialisten nicht ins Konzept. Aber warum ignoriert man sie in der gegenwärtigen Debatte über die Identität und die Lage des Judentums?

Maurice Fishberg praktizierte in New York. Diese Stadt hatte jüdische Einwanderer aus Europa, Asien und Afrika angezogen. Dem Arzt fiel es nicht schwer, bei seinen jüdischen Patienten vergleichende anthropometrische Untersuchungen anzustellen. An jeder Einzelerhebung wirkten mehr als 3000 Probanden mit. Außerdem berücksichtigte Fishberg die Befunde der bisherigen »Forschungen über die Anthropologie der Juden«.

Nach Auswertung seiner Messungen kommt Fishberg zu dem Schluß, »daß die ›Rassentypus-Homogenität der Juden‹ nichts als Mythe ist«. Man könne »von ethnischer Einheit der modernen Juden oder von einer jüdischen Rasse so wenig wie von ethnischer Einheit der Christen oder Mohammedaner reden«.[39] Hierdurch werde »nicht nur die Einbildung der altgläubigen Juden, daß sie ein ›auserwähltes Volk‹ seien ..., zerstört, sondern auch die Position ihrer Feinde, der Antisemiten«.[40]

In Fishbergs Stichprobe sind fast alle Hautfarben der Erde vertreten. Die Juden Europas weisen alle Schattierungen der weißen Hautfarbe auf wie die anderen Europäer. Die Juden Nordafrikas, Palästinas, Syriens und Arabiens sind dunkel. Die Falaschas aus Abessinien »haben eine rötlich-braune oder schokoladenfarbige Haut; einige sind sogar kohlschwarz; dann in Indien die sogenannten ›schwarzen Juden‹ – sie haben einen dunkelbraunen oder selbst schwarzen Teint wie die dravidischen Sprachstämme und andere, unter denen sie leben; ferner haben die in K'ai-fung Foo aufgefundenen Reste Israels eine gelblich-weiße Hautfarbe wie andere Mongolen«.[41] Entsprechend variieren die Haar- und Augenfarben. Von 4235 untersuchten europäischen Juden sind 54 Prozent brünett, 10 Prozent blond – überdurchschnittlich häufig in den Ländern mit slawischer, baltischer und germanischer Mehrheitsbevölkerung – und 36 Prozent »Mischtypen«. Auch treten die Probanden ebenso kurzköpfig und rundschädelig beziehungsweise langköpfig vor Fishberg, wie es die Kopfform der Bevölkerungsmehrheit des jeweiligen Herkunftslandes erwarten läßt. »In Litauen, dessen Hauptbevölkerung ziemlich langköpfig ist, zeigt sich bei den Juden der nämliche Typus, während in Kleinrußland und Galizien, wo die Hauptbevölkerung – die der Kleinrussen, Ruthenen und Polen – durch rundere Köpfe sich charakterisiert, bei den Juden dieselbe Erscheinung zutage tritt. (...) In Arabien, Mesopotamien und Nordafrika sind (die Juden) so langköpfig wie die eingeborenen Rassen dieser Gegenden.«[42]

Daher vertritt Fishberg die Ansicht, daß Mischheiraten und Rassenkreuzung durch Übertritt zum Judentum (Proselytentum) die Hauptfaktoren der Gestaltung jüdischer Kopfformen gewesen seien.[43] Nach Fishberg integrierten die semitischen Israeliten schon in früher Zeit Angehörige anderer Stämme – Hethiter, Amoriter, Kanaaniter. Zur Zeit des Hellenismus und des römischen Imperiums habe in der jüdischen Diaspora der Proselytismus sein größtes Ausmaß erreicht; dies sei durch schriftliche Quellen hinreichend belegt. Nicht einmal die Ghettoisierung der Juden im Mittelalter habe Mischehen und Bekehrungen zum Judentum verhindert. Gerade die mehrfach erneuerten Mischehenverbote auf christlicher *und* jüdischer Seite ließen darauf schließen. Zudem hätten Christen, die in den Dienst von Juden traten, auf Anordnung der Obrigkeit das Glaubensbekenntnis ihrer Herren annehmen müssen. Und schließlich seien bei Kriegshandlungen und Pogromen viele jüdische Frauen vergewaltigt und geschwängert worden.[44]

Besondere Mühe verwendet Fishberg auf die Sichtung des »Rassenmerkmals Judennase«. Unter 4120 Juden aus aller Welt findet er gerade, »griechische« Nasen bei 58 Prozent, Stumpfnasen (»spitze, vorwitzige, kecke« Stupsnasen) bei 20 Prozent, Platt- und Breitnasen bei 9 Prozent und »krumme, Habichtsnasen und Adlernasen« bei knapp 14 Prozent. Und selbst unter den letzteren kommt nur ein kleiner Teil dem antisemitischen Schmähideal der großen, konvex gebogenen und hängenden Nase nahe (die zugleich »bei vielen Rassen in den verschiedenen Teilen der Welt...ebensooft und noch öfter vorkommt«).[45]

Die Juden weisen demnach große Ähnlichkeit mit den Merkmalen der Völker ihrer jeweiligen Umgebung auf. Als Bewohner Palästinas, Syriens, Persiens und des Jemen haben sie körperliche Merkmale, die deutlich von denen der europäischen Juden abweichen, ohne jedoch untereinander einheitlich zu sein. Wohl aber zeigen sie große Ähnlichkeit mit den Merkmalen der nichtjüdischen Bewohner Vorderasiens und Arabiens. Der »afrikanische Judentyp« erweist sich als »entschieden afrikanisch« und differenziert sich in einen nordafrikanischen Untertypus (dunkel pigmentiert, langköpfig, hochgewachsen, mit arabisch-nomadischem Einschlag) und einen abessinischen Untertypus (mit negroiden Zügen). Aus

Indien kommen weißhäutige Juden (Angehörige höherer Kasten) und sehr dunkelhäutige Juden (Angehörige niederer Kasten). Und so weiter.[46]

Wie die Ergebnisse älterer Studien relativieren Fishbergs Befunde die vertraute Aufteilung der europäischen Juden in Aschkenasim und Sephardim. Die in ihrer Mehrheit brünetten, mittelgroßen und langköpfig-schmalgesichtigen Sephardim repräsentieren den in Südeuropa vorherrschenden »mittelländischen Typus« der Europiden. Die nach Holland und England eingewanderten Sephardim freilich haben sich offenbar mit Aschkenasim und der dortigen Christenbevölkerung vermischt, die Nachkommen der nach Nordafrika Geflohenen mit Arabern, die nach Italien und auf den Balkan gelangten Sephardim mit den Bewohnern dieser Halbinseln. Noch weniger einheitlich sind die körperlichen Merkmale der aschkenasischen Juden. Fishberg ermittelt, je nach dem Herkunftsland der Probanden, slawische, innerasiatische, nordeuropäische, ostasiatische und afrikanische Einflüsse. In einer dritten großen Gruppe, den grusinischen und Bergjuden des Kaukasus, erkennt Fishberg in Übereinstimmung mit anderen Forschern ausschließlich Kaukasier.[47]

Bei aller rassenanthropologischen Relativierung hält Fishberg doch auch denen einiges zugute, die behaupten, Juden unter Nichtjuden unfehlbar herauszukennen. Es gebe allerdings einen »jüdischen Typus«, sagt Fishberg, doch kombiniere sich dieser nicht aus Teint, Statur, Körpergröße, Nasenform, Backenknochen, Lippen und Kinn. Den religiösen Juden verrate vielmehr sein »Ghettogesicht«. Jahrhunderte der Absperrung, Beleidigung und Verfolgung hätten einen »charakteristischen psychischen Typus« mit eigentümlich leidendem Gesichtsausdruck geformt. Er artikuliere sich auch in der sprichwörtlichen Nervosität der Juden und ihrer körperlichen Hinfälligkeit. Der als speziell jüdisch geltenden Duldermiene begegne man auch anderswo, beispielsweise bei religiösen Minderheiten, die jahrhundertelang grausamer Behandlung unterworfen waren. Die Gesichtszüge der Armenier etwa seien schwer von denen der Juden zu unterscheiden. Die eingeborenen Christen Ägyptens, die Kopten, aber auch die Basken in Frankreich und Spanien sähen, so sage man, wie Juden aus.[48] Fishberg zitiert Forscher, die »jüdische« Physiognomien bei Japanern entdeckten und bei nordamerikanischen Indianern, Indonesiern, Papuas, Negerstämmen, den Eingeborenen Afghanistans und Beludschistans, den Hindus von Kaschmir, bei Griechen und Sizilianern. Daher zeigt sich Fishberg »geneigt, in der jüdischen Gesichtsbildung ein Produkt sozialer Auslese zu sehen, die seit Jahrhunderten während der Isolierung der Juden in den Ghettos vor sich gegangen ist«.[49]

Die Einfühlung ins typisch Jüdische also begünstigt den Irrtum. Und sie versagt bei Juden ohne die Miene »schlaffer« Schicksalsergebenheit gänzlich. »Seitdem die Isolierung der Juden aufgehört hat«, bemerkt Fishberg, »verschwindet ... auch jene eigentümliche Gesichtsbildung allmählich«, die ja nur die Folge künstlicher Auslese und genetischer Drift war. Spätestens seit etwa 1860 ist die Inzucht nicht mehr jüdisches Schicksal. Auch die Schönheitsideale gleichen sich an. In Westeuropa und Amerika gibt es nun viele Juden, die nicht nur nicht jüdisch aussehen, sondern auch stolz darauf sind. Fishbergs detaillierte Darstellung »jüdischer anthropologischer Typen« endet mit einer physiognomischen Prognose: »Arthur Ruppin, der die Juden in Deutschland sehr gut kennt, hebt hervor, daß unter dem auserwählten Volke des Deutschen Reiches eine starke Abneigung gegen den jüdischen Gesichtstypus obwaltet: ›Das wird am besten dadurch bewiesen, daß die Juden selbst bereits anfangen, bei der Wahl des Ehegatten den jüdischen Typus zu meiden und den sogenannten arischen zu bevorzugen. In jüdischen Heiratsannoncen wird oft die blonde Haarfarbe hervorgehoben und sogar die geschmackvolle Bemerkung »nicht jüdisch aussehend« ist nicht allzu selten.[50] Für England und Amerika gilt das nämliche. Und wenn soziale Auslese irgendeine Wirkung hat, dürfte die Zukunft der sogenannten jüdischen Gesichtsbildung schwerlich eine dauernde sein.‹«[51]

Wenn nun also das neuzeitliche Judentum weder eine Rasse noch eine Mischrasse ist, sondern ein loser Verbund von Minderheiten höchst unterschiedlicher ethnischer Zusammensetzung – was verbindet diese Minderheiten untereinander? Ausschließlich der mosaische Glaube, erklärt Fishberg. »Das Judentum war und ist eine Religion – *aber niemals eine Rasse.*«[52]

Dieser Ansicht neigt in den letzten Jahrzehnten des zwanzigsten Jahrhunderts die große Mehrheit der außerhalb Israels lebenden jüdischen Intellektuellen zu. Blättert man etwa, um die einst Verfolgten über Judentum und Jüdischsein sprechen zu hören, in den »Jüdischen Porträts«, einer Dokumentation von Gesprächen, die Herlinde Koelbl 1988 mit achtzig älteren, aus Deutschland und Österreich stammenden Künstlern, Literaten, Wissenschaftlern, Unternehmern und Politikern geführt hat, stößt man durchweg auf Aussagen von passionierter Nüchternheit. (Und die großen Porträtaufnahmen der Gesprächspartner kann jeder in Muße auf das typisch Jüdische hin mustern – er wird typisch europäische Gesichter finden.) »Was habe ich mit einem tunesischen Juden gemeinsam, was mit einem Berberjuden?« fragt sich der ehemalige österreichische Bundeskanzler Bruno Kreisky und antwortet: »Nur die Religion. Die Juden sind eine Religionsgemeinschaft, die in Europa zur Schicksalsgemeinschaft geworden ist.«[53] Kreiskys Fazit lautet: »Es gibt keine jüdische Rasse. (...) Die rothaarigen Berberjuden haben mit den osteuropäischen Juden sicher überhaupt nichts zu tun. (...) Orientalische Juden sind nach Abstammung und Kultur etwas ganz anderes als osteuropäische Juden. (...) Nicht zu vergessen die Negerjuden in Äthiopien. Daß die orthodoxen Rabbiner den Negerjuden das Judentum absprechen, weil diese Kain und Abel nicht kennen, ist ein fauler Trick.«[54]

Maurice Fishbergs Reihenuntersuchungen fanden im ersten Jahrzehnt des zwanzigsten Jahrhunderts statt. Der genetische Austausch zwischen den europäischen Juden und der jeweiligen anders- oder nichtgläubigen Bevölkerungsmehrheit nahm zwischen 1910 und 1933 seinen beschleunigten Fortgang. Auch statistische Daten belegen diese Entwicklung. Nach einer detaillierten demographischen Erhebung der Zeitung des Zentralvereins der deutschen Juden (»C.V.-Zeitung«) im April 1935 lebten damals in Deutschland etwa 450000 Personen jüdischen Glaubens mit drei oder vier jüdischen Großeltern, etwa 50000 »Voll«- und »Dreivierteljuden«, die zum christlichen Glauben konvertiert waren, und etwa 200000 »Halb«- und »Vierteljuden«.[55] Unterstellt, daß sich in der erstgenannten Gruppe etwa 150000 »Dreivierteljuden« befanden, war unter den volljüdischen Großeltern und Eltern der Gezählten jeder zweite mit einem Nichtjuden beziehungsweise einer Nichtjüdin verheiratet (gewesen). Mit der »Reinhaltung der Rasse«, die Hitler bei den Juden fortwirken sieht, war es nicht weit her.

Davon abgesehen darf man sich auch die Generation der jüdischen Großeltern nicht als in irgendeiner Weise »semitisch« vorstellen, sondern muß in ihnen das Ergebnis jahrhunderte- und jahrtausendelanger ethnischer Vermischung sehen. Zwar wirkte das von den Propheten Esra und Nehemia eingeführte Mischehenverbot, das den Fortbestand der Glaubensgemeinschaft sichern und mit ihr zugleich das von den Urvätern abstammende Volk der Israeliten vor einer »mit Verrat verbundenen Überfremdung« bewahren sollte.[56] Doch nach der unwiderruflichen Auflösung der Judenghettos verhieß die Mißachtung des Verbots mehr als seine Beachtung. Seit der Mitte des neunzehnten Jahrhunderts nahm die Zahl jüdisch-christlicher Ehen rasch zu, und beide Seiten hatten ihre Gründe, darüber zu schweigen. So verhielt es sich in Deutschland, aber auch in Südrußland, auf dem Balkan, in Italien und Frankreich – Ländern, in denen das Judentum seit annähernd zweitausend Jahren verwurzelt war.

Jene Schädelvermesser und Nasenbegutachter, die in den europäischen Juden ein überwiegend außereuropäisches Rassengemisch erkennen wollten, waren auf dem Holzweg. Dies zu wissen, ist nicht nur für eine immanente Kritik des Nationalsozialismus von Belang. Denn wenn sich Abstammungslinien kreuzen, mischen sich auch Traditionen. Manches vom Herkommen der christlichen Gattin lebte im jüdischen Haushalt fort, manches vom »Gewese und Gehabe« der jüdischen Gattin im christlichen. Gewöhnlich verstärkte sich in solchen Fällen die Anziehung der Mehrheitskultur. Assimilation schmälerte die Reibungsflächen und sicherte über Jahrzehnte hinweg die Chancengleichheit vieler jüdischen Geschäftsleute, Politiker und Künstler.

Die bürgerliche Gleichstellung der Juden im neunzehnten Jahrhundert begünstigte und erforderte die Erosion eigener Lebensart und Selbstgewißheit. Der hebräische Dichter Chajim Nachman Bialik resümierte 1932 in Berlin, im »Jahrhundert der Emanzipation« habe sich »das Judentum im Westen aus gelebtem Leben in eine Wissenschaft, eine Archäologie verwandelt«.[57] Die jüdische Bildung wurde von Rabbinern betreut, die sich auf die historische »Wissenschaft des Judentums« spezialisiert hatten.[58] In billigen Ausgaben und prunkvoll-kitschigen »Brautausstattungen« von Bibel- und Thora-Texten, klassischen Kommentaren, Gebet- und Gesangbüchern und erbaulichen Familien- und Kleinstadtgeschichten, verbreitet von konfessionellen Verlagen, nahm die jüdische Tradition einen musealen und zugleich kleinbürgerlich-provinziellen Charakter an. Das Publikum solcher Brauchtumspflege gehörte »innerhalb des jüdischen Bürgertums eher zu den unteren und mittleren als zu den wirtschaftlich und gesellschaftlich führenden Schichten«.[59] Jüdische Autoren, die neue Wege gingen, brachten keine jüdische, sondern deutsche (französische, russische, italienische) Literatur hervor und publizierten in nichtjüdischen Verlagen, sieht man von einem winzigen Kreis nationaljüdisch gesinnter Intellektuellen um Martin Buber und Franz Rosenzweig ab.[60] So etwas wie jüdische Musik und jüdisches Theater oder gar jüdische Wissenschaft gab es in Mittel-, Süd- und Westeuropa überhaupt nicht und in Osteuropa nur dort, wo in geschlossenen jüdischen Gemeinschaften (*sztot, sztätl*) eine eigene Sprache, das Jiddische, gesprochen wurde. Sigmund Freud, Albert Einstein, Paul Ehrlich, Alfred Kerr, Rudolf Borchardt, Franz Kafka, Stefan Zweig, Karl Kraus, Walter Rathenau, Fritz Kortner, Gustav Mahler, Arnold Schönberg, Erwin Panofsky, Aby Warburg, Georg Simmel, Franz Oppenheimer, Karl Mannheim, Henri Bergson, Modigliani und Chagall reüssierten als Einzelpersönlichkeiten, nicht als Vertreter der jüdischen Kultur.

Man nannte sich »deutsche Staatsbürger jüdischen Glaubens« und unterlag dabei einer frommen Selbsttäuschung, denn die große Mehrheit der deutschen Juden war zwischen 1800 und 1933 unreligiös geworden. »Der typische deutsche Jude im ersten Drittel des zwanzigsten Jahrhunderts ging an den hohen Feiertagen in die Synagoge und pflegte aus Pietät die Gräber der Eltern auf dem israelitischen Friedhof«; mehr tat er nicht. Oder er trat, wie Kurt Tucholsky, amtlich beglaubigt aus dem Judentum aus.[61] Erlaubte es das formelle Bekenntnis einer Gruppe deutscher Staatsbürger zum jüdischen Glauben, noch von der Fortexistenz einer eigenständigen jüdischen Kultur auszugehen? Der Talmud, die Kabbala und die voluminösen Werke der biblischen Auslegungen waren dem jüdischen Publikum schon im neunzehnten und erst recht im zwanzigsten Jahrhundert nahezu unbekannt. Nach Arthur Koestler waren auch die philosophischen, wissenschaftlichen und künstlerischen Leistungen der nahezu zweitausend Jahre währenden jüdischen Diaspora nichts anderes als Beiträge zur Kultur der jeweiligen Gastvölker – weder gemeinsames Kulturerbe noch eigenständig gewachsene Tradition.[62]

Was berechtigt und verpflichtet uns dennoch dazu, von

europäischen *Juden* zu sprechen? Auch unter den assimilierten Juden Mittel-, Süd- und Westeuropas blieb das Bewußtsein wach, einer offen oder latent bedrohten Herkunftsgemeinschaft anzugehören. Dabei lieh ihnen der mosaische Glaube Begriffe, Bilder und Denkfiguren. Selbst ungläubige und zum Christentum konvertierte Juden erblickten in ihm eine geistige (Ur-)Heimat. Die Bindungen an diese waren teils noch lebendig, teils ruhten sie, aber sie lösten sich nicht völlig auf. Ihnen verdankten die Juden in der Diaspora einen »pseudo-nationalen Status« (Arthur Koestler). Überliefert wurden zudem bestimmte minoritäre Fähigkeiten und Verhaltensweisen, in denen die jahrhundertelange Ghetto-Existenz gleichsam nachlebte, von der bei vielen Juden auffallenden geistigen Gewandtheit bis hin zur Alkohol-Abstinenz.

Das Gefühl, bei den Vorfahren im Wort zu stehen, hielt viele deutsche (französische, italienische, britische) Juden davon ab, das Judentum ad acta zu legen. Doch andere zogen die Konsequenz. »Es war dieses Gefühl, daß die jüdische Identität auf einer künstlich geschaffenen Konstruktion beruht, das viele assimilierte Juden, unter anderem meine Eltern, dazu bewegte, ihre Religion zu wechseln und damit den Prozeß der Assimilation abzuschließen«, erinnert sich der aus Wien stammende britische Kulturhistoriker Ernst H. Gombrich im Jahr 1996. »Oft unterließen es die Eltern, den Kindern die wenigen Fakten ihres jüdischen Erbes weiterzugeben, an die sie sich noch erinnerten.«[63] Gombrich geht sogar so weit zu erklären, der Begriff der jüdischen Kultur sei »von Hitler und seinen Vor- und Nachläufern erfunden worden«.[64] Unter »Kultur« hätten die jüdischen Angehörigen der österreichischen und deutschen Bourgeoisie die Tradition des deutschen Humanismus verstanden, nicht etwa die jüdische. Mit den – von ihnen verachteten – Ostjuden habe sie weniger verbunden als mit ihren nichtjüdischen Landsleuten.[65]

Fishberg und viele andere Juden definieren das Judentum notgedrungen als Religion; Gombrich entzieht dieser Bestimmung den Boden. Er sieht in diesem Dilemma eine der Ursachen für das Wiederaufleben »rassistischer Terminologie« bei den Antisemiten und den Juden selbst: »Ich glaube nämlich, daß es genau die Verschiedenartigkeit von Sprache und Kultur unter den Juden der Diaspora war, die die Rasse zum einzigen Unterscheidungsmerkmal machte, nachdem die Religion nicht mehr diesen Zweck erfüllte.«[66] Die Zionisten begrüßten es 1934 als »Denkzettel für alle Verräter am Judentum«, daß in nationalsozialistischen Boykottaufrufen auch »katholisch oder protestantisch getaufte Geschäftsleute oder Dissidenten jüdischer Rasse« uneingeschränkt der »jüdischen Rasse« zugeordnet wurden.[67]

Der Fremdheitsverdacht der Deutschen und Österreicher gegenüber den Juden findet seit der Mitte des neunzehnten Jahrhunderts immer weniger empirische Nahrung. Bestärkt wird er durch den Anblick von Kleidung, Barttracht und Schläfenlocken der ostjüdischen Einwanderer in Wien und im Berliner Scheunenviertel; doch um dieser Kenntlichkeit willen nimmt man die Unkenntlichkeit der großen Mehrheit der Juden in Kauf. Nur eine sehr kleine Gruppe der Religions- beziehungsweise Abstammungsjuden entspricht den Projektionen der christlichen Bevölkerung physiognomisch. Die als primäres Judenmerkmal denunzierte Adlernase scheint, wie Arthur Koestler, Fishberg zitierend, feststellt, »unter echten Semiten, etwa bei den reinblütigen Beduinen ... überhaupt nicht vorzukommen. Andererseits ist sie sehr häufig anzutreffen unter verschiedenen kaukasischen Stämmen und auch in Kleinasien ... Bei den Völkern, die in den Mittelmeerländern Europas leben, etwa den Griechen, Italienern, Franzosen, Spaniern und Portugiesen, findet sich die Adlernase auch wieder häufiger als unter den Juden Osteuropas. Die nordamerikanischen Indianer haben ebenfalls sehr häufig ›jüdische‹ Nasen.«[68]

Auch andere Merkmale der stigmatisierten Judengestalt sind unter den realen Juden nicht häufiger verbreitet als in ihrer jeweiligen Umgebung: sinnliche Lippen, gewellte oder gekräuselte dunkle Haare, melancholische oder wissende oder hervorquellende Augen.[69] Hans Mayer, dessen jüdischer Vater ein »blonder, blauäugiger Rheinländer« war, erzählte, daß der fränkische Gauleiter Julius Streicher in den Jahren vor 1933 einmal einen Band mit deutschen Porträtfotografien betrachtet und die Abgebildeten nach ihren rassischen Attributen begutachtet habe. »Hier ist endlich mal ein schöner deutscher Rassekopf!« habe er nach längerer Suche ausgerufen – doch dieser Kopf gehörte dem Juden Friedrich Gundolf. Verbürgt sei auch, daß Adolf Hitlers Lieblingsschauspielerin in München die Volljüdin Therese Giehse gewesen sei. Hitler habe sie als Jüdin nicht erkannt.[70]

Woran wurden Juden im Dritten Reich überhaupt erkannt? Gewöhnlich erübrigte sich ein Belauern und Nachforschen. Nachbarn, Kollegen, Mitschüler und Kunden wußten Bescheid, weil die Betreffenden ihre Religionszugehörigkeit nicht verbargen oder einen mehr oder weniger »jüdisch klingenden« Namen trugen oder das Wissen von ihrer Identität im Wohnviertel überliefert wurde. Mit der Zuteilung freigewählter »neutraler« Vornamen und Familiennamen (z. B. »Moritz Silberstein«) für Juden mit hebräischen Rufnamen (z. B. Joseph ben Nathan) initiierte die deutsche Obrigkeit zu Beginn des neunzehnten Jahrhunderts ein fragwürdiges Versteckspiel. Die Behörden neigten dazu, den Wünschen nach Änderung unliebsam gewordener Namen zu entsprechen, wenn die neugewählten Namen die Erkennbarkeit der »Judenpersonen« weiterhin erlaubten oder zu erlauben schienen. Auch und gerade die neuen Namen (Salomon, Rosenthal, Hirsch, Cohn usw.) waren anrüchig, weil sie den Anschein erweckten, der Träger wolle sich tarnen. Doch legten die Namen allein noch kein Geständnis ab, denn die jahrhundertealte Verschränkung jüdischer, antiker und deutsch-europäischer Geschichte spiegelte sich auch in der Namenwelt.[71] Ebendiese Verschränkung leugneten die antisemitischen Bewegungen seit etwa 1870. »Sie bestärkten vielmehr bei sich und anderen den Glauben, daß es ›jüdische‹ Namen geben müsse. Diese Überzeugung, agitatorisch immer wieder unters Volk gebracht, malte alsbald im Kopf der meisten eine Kartographie – oft negativ besetzter – Namen, die als jüdisch *galten*, mochten sie sprachlich hebräischer oder deutscher Herkunft sein und auch noch so oft von alt-deutschen Familien getragen werden.«[72] Die Folge war, daß im »Dritten Reich« wie schon in den Jahren zuvor viele Nichtjuden die Arisierung ihrer jüdisch klingenden Namen beantragten.

In den Jahren nach 1933 fuhren jüdische Eltern häufig mit ihren Kindern aufs Land, zum Beispiel zehn, fünfzehn oder zwanzig Kilometer weit zu bestimmten Badeseen, wo niemand sie kannte und sie stundenweise keine Juden waren. Verschlug es ein jüdisches Ehepaar etwa nach einer Autopanne in eine fremde Gastwirtschaft, wurde es höflich und gleichgültig behandelt. Doch sobald der Familienname publik wurde – etwa durch den eintreffenden Mitarbeiter einer Reparaturwerkstatt –, betrachtete man die beiden mit empörtem Argwohn, als hätten sie sich unter Vorspiegelung falscher Tatsachen eingeschlichen.[73]

Juden im Blut

Die Nationalsozialisten waren Rassisten. Als Hauptübel jedoch erkoren sie sich eine »Artfremdheit«, die unkenntlich war beziehungsweise unkenntlich zu werden drohte. Zur Vernichtung bestimmt wurden auch die Zigeuner, ein Volk mit indogermanischer (»arischer«) Sprache, und große Teile der slawischen Völker, die nach nationalsozialistischer Terminologie »artverwandt«, das heißt »deutschblütig«, waren. Offensichtliche Fremdheit hingegen wurde toleriert.

Außerehelicher sexueller Kontakt zwischen Juden und

»deutschblütigen Personen« galt als Rassenschande und wurde mit drakonischen Strafen geahndet. Geschlechtsverkehr zwischen Deutschblütigen und Japanern oder Chinesen oder Schwarzafrikanern oder Indianern blieb straffrei. Zwar waren die deutschen Standesbeamten gehalten, Ehen zwischen Deutschblütigen und nichtjüdischen »Angehörigen einer artfremden Rasse« zu verhindern. Wurde die Ehe aber dennoch geschlossen, blieben die Eheleute ungeschoren.[74] Man hielt sich den Rücken frei, um die vordringliche Rassenfrage zu lösen.

Ende August 1938, zwei Wochen vor dem Nürnberger Parteitag, setzte sich der Stellvertreter des Führers, Rudolf Heß, mit der Forderung durch, man möge aus Rücksicht auf die semitischen Völker den Begriff »antisemitisch« durch den Begriff »antijüdisch« ersetzen.[75] 1936 berichtete die deutsche Gesandtschaft in Bangkok, daß auf manchen deutschen Schiffen in Ostasien diskriminierende Maßnahmen gegen Japaner, Chinesen und Siamesen ergriffen worden seien. Daraufhin forderte das Reichsverkehrsministerium die deutschen Reedereien auf, solche Dummheiten künftig zu unterlassen. Im selben Jahr versicherte das Reichsaußenministerium den ägyptischen Behörden, die deutsche Rassengesetzgebung blockiere keineswegs die Heirat einer deutschen Nichtjüdin mit einem ägyptischen Nichtjuden. Die beunruhigte türkische Regierung ließ man wissen, daß die Türken in Deutschland als »artverwandt« (!) klassifiziert würden.[76] Was deutsche Rassebiologen davon hielten, war ohne Belang.

In der Gesetzgebung und Propaganda des Dritten Reiches war der Begriff der Rasse in aller Regel eine Chiffre für den Gegensatz von »Deutschblütigen« und »Juden«. »Die Judenfrage ist in Deutschland die Rassenfrage schlechthin«, schrieben Ministerialrat Bernhard Lösener und Oberregierungsrat Friedrich A. Knost aus dem Reichsjustizministerium in der Einleitung eines Kommentarbandes zu den Nürnberger Gesetzen.[77]

Mit welcher Art von Rassismus haben wir es beim Judenhaß der Nationalsozialisten zu tun? In fünfzig Jahren des Studiums von Nazi-Pamphleten haben wir uns auf bestimmte Deutungsroutinen geeinigt. Wir lesen diese Pamphlete als Absichtserklärungen oder als Beweismittel oder als Material für die Ursachenforschung oder als Beispiele totalitärer Ideologie oder als politische Pornographie. Sie wörtlich zu nehmen, dem Wortsinne nach aufzufassen, scheint sowohl das Aufklärungsinteresse antifaschistischer Zeitzeugen als auch das nachgeborene Entsetzen der heute Zwanzig- und Dreißigjährigen zu düpieren. Belehrt und gewappnet, besichtigen wir die Hybris und die Propaganda von Hitler, Goebbels und Streicher und die Unmenschlichkeit ihrer Vollstrecker. Doch es hilft nichts: Wenn es uns zu Beginn des einundzwanzigsten Jahrhunderts nicht zufriedenstellt zu hören, das Geschehene sei letztlich unbegreiflich[78], müssen wir die Zuflucht der Verantwortungsethik verlassen und nachsehen, welche Worte die Nationalsozialisten wählen, wenn sie von den Juden sprechen. Wir brauchen dabei nicht etwa vorzugeben, ahnungslos zu sein. Denn sobald wir aufhören, die Judenvernichtung mittels immer derselben Fragen zum *Lehrstück* zu machen, begreifen wir von ihr tatsächlich fast nichts mehr.

Wie konnte es so weit kommen? Wer trägt die Schuld? Welche politischen und erzieherischen Konsequenzen ergeben sich daraus, daß unsere Großeltern und Eltern zu so etwas fähig waren? Diese Fragen stellen sich unvermeidlich. Doch sich auf sie zu fixieren, ist eine Methode, der Sache selbst auszuweichen. Diese Sache ist so ungeheuerlich, daß Täter und Opfer 1945 in eine Didaktik der Ursachen und Folgen geflohen und später bei ihr geblieben sind. (Die Reihe der Dokumentationen, die in den fünfziger Jahren mit »Nacht und Nebel« von Alain Resnais begonnen hat, hält das Grauen vor dem Genozid als einem Unsäglichen wach und ist Bestandteil jener Didaktik. Auch die »Auschwitzlüge« der sogenannten Revisionisten gibt ihr Auftrieb. Sie verpflichtet zu dem permanenten Nachweis, daß

»es tatsächlich geschehen ist«. Wer die Schuld leugnet, kann die Schuldzuweisung nicht ertragen, erkennt den Alpdruck der Schuld somit an. Wäre ein trotziges Bekenntnis zur Judenvernichtung etwa das kleinere Übel? Nun, die Verfolgung der Leugner ist geeignet, diesen Trotz zu provozieren.)

Welche Andersartigkeit also bekämpfte das NS-Regime, indem es die Juden aussonderte und vernichtete? Für eine Antwort ist nicht Einfühlung in die Psyche der Täter erforderlich. Sie wäre nicht einmal hilfreich. Wir müssen nur aufhören, Zeitgeschichtsforschung als Wiedergutmachung zu betreiben. Lesen wir statt dessen die Reden und Diktate der Parteiführer, diese »Abrechnungen« mit allgegenwärtigem Verrat, und lesen wir sie mit fremdem Blick, als kämen sie uns zum erstenmal vor Augen. (Und meist ist es ja tatsächlich so.) Sie teilen uns zutraulich mit, worauf die Erteilung der Lizenz zum Töten gründet. Sie teilen es zudem nichtsahnend mit, denn sie sind – wie die Ursachenforscher von heute – gebannt von Absichten und Strategien und können nicht wissen, was Rezipienten fünfzig bis hundert Jahre später auffallen wird. Zu erkennen ist das unverborgene Exposé der Judenvernichtung. Die Institutionalisierung der Schuldfrage, die das Erinnern strukturiert, hat die Deutschen nach Kriegsende davor bewahrt, das Offensichtliche aushalten zu müssen, das noch peinigender ist als die abstrakte und angelernte Befragung des Gewissens nach Mitverantwortung in nahezu unübersichtlichen Kausalzusammenhängen. Das Schuld-und-Sühne-Syndrom verdrängt das Unverborgene durch die Frage, *was dahintersteckt* beziehungsweise *wie es möglich war*.

Lassen wir einmal die Lehren der Geschichte außer acht – verführt zu werden, ist die geringste Gefahr, die uns droht – und lesen wir, was da geschrieben steht.

Der Jude sei kein Nomade, kein Ruheloser, kein Umhergetriebener, beteuert Adolf Hitler in »Mein Kampf«. »Er ist und bleibt der ewige Parasit, ein Schmarotzer, der wie ein schädlicher Bazillus sich immer mehr ausbreitet, sowie nur ein günstiger Nährboden dazu einlädt. Die Wirkung seines Daseins aber gleicht ebenfalls der von Schmarotzern: wo er auftritt, stirbt das Wirtsvolk nach kürzerer oder längerer Zeit ab. (…) Im Leben des Juden als Parasit im Körper anderer Nationen und Staaten liegt eine Eigenart begründet, die Schopenhauer einst zu dem … Ausspruch veranlaßte, der Jude sei der ›große Meister im Lügen‹. Das Dasein treibt den Juden zur Lüge, und zwar zur immerwährenden Lüge, wie es den Nordländer zur warmen Kleidung zwingt. (…) Er muß, um sein Dasein als Völkerparasit führen zu können, zur Verleugnung seiner inneren Wesensart greifen. Je intelligenter der einzelne Jude ist, um so mehr wird ihm diese Täuschung auch gelingen. Ja, es kann so weit kommen, daß große Teile des Wirtsvolkes endlich ernstlich glauben werden, der Jude sei wirklich ein Franzose oder Engländer, ein Deutscher oder Italiener, wenn auch von besonderer Konfession.«[79]

An anderer Stelle klagt Hitler: »Man halte sich die Verwüstungen vor Augen, welche die jüdische Bastardisierung jeden Tag an unserem Volk anrichtet, und man bedenke, daß diese Blutvergiftung nur nach Jahrhunderten oder überhaupt nicht mehr aus unserem Volkskörper entfernt werden kann; man bedenke weiter, wie die rassische Zersetzung die letzten arischen Werte unseres deutschen Volkes herunterzieht, ja oft vernichtet. (…) Diese Verpestung unseres Blutes, an der Hunderttausende unseres Volkes wie blind vorübergehen, wird aber vom Juden heute planmäßig betrieben. Planmäßig schänden diese schwarzen Völkerparasiten unsere unerfahrenen, jungen blonden Mädchen und zerstören dadurch etwas, was auf dieser Welt nicht mehr ersetzt werden kann.«[80]

Wer setzt dem jüdischen Drängen nach Weltherrschaft noch Grenzen? Nicht mehr die Europäer, fürchtet Hitler: »Nun weiß der Jude zu genau, daß er in seiner tausendjährigen Anpassung wohl europäische Völker zu unterhöhlen und zu geschlechtslosen Bastarden zu erziehen vermag, allein einem asiatischen Nationalstaat von der Art Japans dieses Schicksal kaum zuzufügen in der Lage wäre. Er mag heute den Deutschen und den Engländer, Amerikaner und Franzosen mimen, zum gelben Asiaten fehlen ihm die Brücken. So sucht er den japanischen Nationalstaat noch mit der Kraft ähnlicher Gebilde von heute zu brechen, um sich des gefährlichen Widersachers zu entledigen, ehe in seiner Faust die letzte staatliche Macht zu einer Despotie über wehrlose Wesen verwandelt wird. Er scheut in seinem tausendjährigen Judenreich einen japanischen Nationalstaat und wünscht deshalb seine Vernichtung noch vor Begründung seiner eigenen Diktatur.« Das Judentum ist demnach eine *europäische* Blutvergiftung.[81]

Bereits im September 1919 schreibt Hitler in einer Art Gutachten (über die Haltung der Mehrheitssozialisten gegenüber dem Judentum) an seine vorgesetzte militärische Dienststelle in München: »Seine (des Juden) Macht ist die Macht des Geldes, das sich in Form des Zinses in seinen Händen mühe- und endlos vermehrt und den Völkern jenes gefährlichste Joch aufzwingt, das sie seines anfänglichen goldigen Schimmers wegen so schwer in seinen späteren traurigen Folgen zu erkennen vermögen. Alles, was Menschen zu Höherem streben läßt, sei es Religion, Sozialismus, Demokratie, es ist ihm alles nur Mittel zum Zweck, Geld- und Herrschgier zu befriedigen. – Sein Wirken wird in seinen Folgen zur Rassentuberkulose der Völker. – Und daraus ergibt sich folgendes: Der Antisemitismus aus rein gefühlsmäßigen Gründen wird seinen letzten Ausdruck finden in der Form von Pogromen. Der Antisemitismus der Vernunft jedoch muß führen zur planmäßigen gesetzlichen Bekämpfung und Beseitigung der Vorrechte der Juden, die er zum Unterschied der anderen zwischen uns lebenden Fremden besitzt (Fremdengesetzgebung). Sein letztes Ziel aber muß unverrückbar die Entfernung der Juden überhaupt sein.«[82] Der Jude ist der Fremde, der nicht unter die Fremdengesetzgebung fällt. Er ist die Tuberkulose, deren Therapie eine Radikalkur noch unbekannten Ausmaßes erfordert.

Am 7. August 1920 sagt Hitler in Salzburg, man könne den jüdischen Geist nicht bekämpfen, ohne »den Erreger zu töten, ohne den Bazillus zu vernichten«, und die »Rassentuberkulose« nicht bekämpfen, »ohne zu sorgen, daß das Volk frei wird von dem Erreger der Rassentuberkulose. Das Wirken des Judentums wird niemals vergehen und die Vergiftung des Volkes nicht enden, solange nicht der Erreger, der Jude, aus unserer Mitte entfernt ist.«[83] Andere frühe Bezeichnungen Hitlers für »den Juden« oder »die Juden« oder »Juda« sind: »Pestilenz«, »Made im faulenden Leibe«, »Drohne, die sich in die übrige Menschheit einschleicht«, »ewiger Blutegel«, »Verführer«, »Nachäffer«, (nicht faßbarer) »qualliger Schleim«, »Rasse ohne Grund« und »Spaltpilz«.

In einer im Januar 1939 verteilten Wehrmachtsbroschüre finden sich die Sätze: »Das Weltjudentum aber bekämpfen wir, wie man einen giftigen Parasiten bekämpfen muß ... Der Kampf gegen das Judentum ist ein sittlicher Kampf für Reinheit und Gesundheit des gottgeschaffenen Volkstums ...«[84] Joseph Goebbels diktiert am 6. März 1942 für sein Tagebuch: »Die Juden sind das europäische Unglück; sie müssen auf irgendeine Weise beseitigt werden, da wir sonst Gefahr laufen, von ihnen beseitigt zu werden.« Am 27. März 1942 geht Goebbels auf die systematische Vernichtung der Juden in den Konzentrationslagern im Osten ein: »An den Juden wird ein Strafgericht vollzogen, das zwar barbarisch ist, das sie aber vollauf verdient haben. (...) Man darf in diesen Dingen keine Sentimentalität walten lassen. Die Juden würden, wenn wir uns ihrer nicht erwehren würden, uns vernichten. Es ist ein Kampf auf Leben und Tod zwischen der arischen Rasse und dem jüdischen Bazillus. Keine andere Regierung und kein anderes Regime konnte die Kraft aufbringen, diese Frage generell zu lösen.« Am 30. Mai desselben Jahres taxiert Goebbels die Loyalität der deutschen Arbeiterschaft und kommt zu dem Schluß: »Die Deutschen beteiligen sich an subversiven Bewegungen immer nur, wenn sie die Juden dazu verführen. Deshalb muß man die jüdische Gefahr liquidieren, koste es, was es wolle.«[85]

Ein deutscher Arzt in Auschwitz entgegnet auf die Frage einer Häftlingsärztin, ob er den Massenmord mit seinem hippokratischen Eid vereinbaren könne: »Ich bin Arzt und möchte dem Leben dienen. Gerade aus Respekt vor dem menschlichen Leben entferne ich einen entzündeten Blinddarm aus einem kranken Körper. Der Jude ist der entzündete Blinddarm im Körper der Menschheit.«[86] Und Julius Streicher schließt sich der Therapie des Arztes Dr. Bayly an, nach der die Diphtherie von keinem Erreger, sondern durch eine »Verseuchung des Bodens und des Blutes« verursacht werde.[87]

Inwieweit diese Aussagen wahnhaft und wie sie zu bewerten sind, soll hier dahingestellt bleiben. Dem Wortsinne nach umschreiben sie keinen politischen oder kulturellen Konflikt, auch keinen Kampf einander fremder Rassen, sondern eine innere Krise: Der Volkskörper ist erkrankt und von Verfall bedroht. Die Krankheit wird von Parasiten beziehungsweise Bazillen ausgelöst oder hat – in Streichers Version – bereits das Blut verseucht. Zwar ist sie exogen, nämlich jüdisch eingeschleppt. Doch nun sitzt sie im eigenen Körper, breitet sich in ihm aus, bedient sich seiner Organe und wird durch ihn weiter übertragen. Der Jude hat sich im deutschen Inneren eingenistet. Er täuscht vor, dem Volkskörper anzugehören. Schon ist er (fast) nicht mehr zu unterscheiden. Das fremde Blut, das Gift, wandelt sich dem eigenen Blut an.

Die nazistische Parasiten-Metapher deuten wir gewöhnlich schlicht als Diskriminierung: Ihr Gebrauch habe die vollständige Entrechtung der Juden vorbereitet. Hitler bringe mit ihr zum Ausdruck, daß der vaterlandslose Jude keinen eigenen Stand in der Welt habe (und an nichts hänge), sondern überall schmarotze. Doch diese Deutung übergeht das intime Verhältnis, das die Metapher einräumt. Der Parasit, gutartig oder bösartig, ist zum Bestandteil des eigenen Organismus geworden.

Der Jude ist der schlechte, kranke Teil des Deutschen. Was vom eigenen Körper abzustoßen ist, heißt Jude.

Nach diesem Befund gibt ein Volk, das den Juden gewähren läßt, sich selbst auf. Hitler zufolge haben die Deutschen die Ursache für den Ausgang des Weltkriegs ausschließlich bei sich selbst zu suchen. »Leider ist die militärische Niederlage des deutschen Volkes nicht eine unverdiente Katastrophe, sondern eine verdiente Züchtigung der *ewigen Vergeltung*«, grollt Hitler 1924. »Wir haben diese Niederlage mehr als verdient. Sie ist nur die größte äußere Verfallserscheinung unter einer ganzen Reihe von inneren …«[88] Die höheren Mächte haben den Deutschen die »Quittung« erteilt für »innere Fäulnis, Charakterlosigkeit, kurz Unwürdigkeit«.[89] Und damit ein jeder versteht, was »Fäulnis« bedeutet, erläutert Hitler: »Dieser militärische Zusammenbruch war selber nur die Folge einer ganzen Reihe von Krankheitserscheinungen und ihrer Erreger, die schon in der Zeit des Friedens die deutsche Nation heimgesucht hatten.«[90]

Zu sühnen ist das Versagen im Krieg durch tiefgreifende Selbstreinigung. Die erste Säuberungsaktion im Dritten Reich besteht in einer rassenhygienischen Musterung aller deutschen Staatsbürger und einer »Ausmerzung« kranker Elemente im eigenen Volk. »Erbkranke«, Kriminelle, Prostituierte, Hilfsschüler, Nichtseßhafte, Auffällige, Unberechenbare, Quertreiber, Arbeitsscheue, Bettler, Verwahrloste, Spieler, Zigeuner und andere »Asoziale« werden durch Sterilisation an der Fortpflanzung gehindert. 1935 wird außer dem Blutschutzgesetz ein »Gesetz zum Schutze der Erbgesundheit des deutschen Volkes« erlassen und fortan allen Heiratswilligen ein »Ehetauglichkeitszeugnis« abverlangt.[91] Wenige Jahre später folgen die Euthanasiemorde.

Das deutsche Volk steht unter Bewährung. Durch »Chirurgie am Volkskörper«, Straffung des Gemeinschaftswillens,

Ertüchtigung und Aufrüstung soll es die Niederlage wiedergutmachen. Versagt es erneut, wird, so droht Hitler, die Vergeltung fürchterlich sein. Denn nach seiner Überzeugung hilft der »Herr« dem Starken allein.

Doch obwohl das »barbarische Strafgericht« einige Millionen Menschen tötet, mißlingt die Identifizierung des rassischen Todfeinds. Hitler wird nicht müde, seinen Gefolgsleuten einzuschärfen, daß die Juden keine Religionsgemeinschaft, sondern eine Rasse seien, doch die Schergen fassen nur Glaubensjuden, und selbst diese nur nach willkürlichen, bürokratischen Kriterien. Deutsches Blut läßt sich nicht mehr vom jüdischen scheiden. Bald ist dies den Nationalsozialisten bewußt. Dennoch beharren sie auf der Diagnose »Verseuchung durch Judentum«. In einem Monolog am 22. Februar 1942 preist Hitler in Gegenwart von Himmler die Entlarvung der »Juden, wie sie wirklich sind«, als »eine der größten Revolutionen, die es je gegeben hat«, und verspricht seinen Zuhörern: »Der Jude wird erkannt werden! Der gleiche Kampf, den Pasteur und Koch haben kämpfen müssen, muß heute von uns geführt werden. Zahllose Erkrankungen haben die Ursache in einem Bazillus: dem Juden! Japan würde ihn auch bekommen haben, wenn es dem Juden weiter offengestanden hätte. Wir werden gesunden, wenn wir den Juden eliminieren.«[92]

Die innere Reinigung muß, »koste es, was es wolle«, fortgesetzt, die Identität des Parasiten muß weiterhin unterstellt werden, auch wenn er sich nicht nachweisen läßt. Im totalen Rassenkrieg der Deutschblütigen gegen die eigene schuldhafte Schwäche ufert die Bestimmung des Judentums ins Grenzenlose aus.

Am 3. Februar 1945, ein Vierteljahr vor seinem Ende, im Vollbesitz seiner geistigen Kräfte, diktiert Adolf Hitler seinem Vertrauten Martin Bormann sein letztes Wort zur Judenfrage. (Da Bormann diesen Äußerungen seine eigene Diktion gibt, ist die Niederschrift das Produkt des Gespanns Hitler-Bormann, was sie um so aufschlußreicher macht.) In dieser Botschaft an die antisemitische Nachwelt bezeichnet Hitler die Judenvernichtung als »lebensnotwendige und in allerletzter Minute unternommene radikale Entgiftungskur«.[93] Die Juden bleiben auch am Ende Hitlers einziger Rassenfeind. (Ich zitiere ausführlich aus diesem Exkurs, der auf erstaunliche Weise Hitlers Paradoxie, eine Art von geschmeidigem Starrsinn, verdeutlicht.)

»Mir erscheint es nur normal, daß jeder seinen Rassenstolz besitzt, und das heißt noch lange nicht, daß er die anderen mißachtet. Ich war nie der Meinung, daß etwa Chinesen oder Japaner rassisch minderwertig wären. Beide gehören alten Kulturen an, und ich gebe offen zu, daß ihre Tradition der unsrigen überlegen ist. (...) Einen auf der Rassenzugehörigkeit beruhenden Stolz kannte der Deutsche im Grunde genommen nicht. (...) Der Rassenstolz ist, wenn er sich beim Deutschen bemerkbar macht und gar aggressive Formen annimmt, nur eine ausgleichende Reaktion auf die Minderwertigkeitsgefühle zahlreicher Deutscher. (...) Der Nationalsozialismus wird wie in einem Schmelztiegel alle Eigenheiten der deutschen Seele rein erstehen lassen. Der Typus des modernen Deutschen wird daraus hervorgehen: arbeitsam, gewissenhaft, selbstsicher, aber einfach, stolz nicht auf das, was er als Einzelner ist, sondern auf seine Zugehörigkeit zu der großen Gemeinschaft, der die Welt ihre Bewunderung zollen wird. Dieses deutsche Überlegenheitsgefühl verlangt durchaus kein Verachtungsgefühl gegenüber den anderen. Wir haben dieses Gefühl zuweilen absichtlich etwas übertrieben, weil wir es im Anfang als treibende Kraft für notwendig erachteten, um die Deutschen raschestens auf den rechten Weg zu bringen. Übertreibung nach einer Seite hat ja fast immer eine Reaktion nach der Gegenseite zur Folge. (...) Unser nordisches Rassebewußtsein ist nur gegenüber der jüdischen Rasse aggressiv.«[94]

Aber um welche Gemeinschaft handelt es sich bei der »jüdischen Rasse«? Hitler fährt fort: »Dabei reden wir von jüdischer Rasse nur aus sprachlicher Bequemlichkeit, denn im eigentlichen Sinn des Wortes und vom genetischen Standpunkt aus gibt es keine jüdische Rasse. Die Verhältnisse zwingen uns zu dieser Kennzeichnung, denn die Realität ist die Existenz einer rassisch und geistig zusammengehörigen Gruppe, zu der die Juden in aller Welt sich bekennen, ganz gleichgültig, welche Staatsangehörigkeit der Paß für den einzelnen ausweist. Diese Menschengruppe bezeichnen wir als die jüdische Rasse. (...)

Die jüdische Rasse ist vor allem eine Gemeinschaft des Geistes. Wenn ihr auch die hebräische Religion zugrunde liegt und wenn sie auch teilweise durch diese geformt wurde, so ist sie doch in ihrem Wesen nicht rein religiöser Art, denn sie umfaßt gleicherweise erklärte Gottlose wie fromme Gläubige. Dazu kommt eine Art von Schicksalsverbundenheit als Folge der im Laufe der Jahrhunderte erlittenen Verfolgungen, von denen die Juden stets übersehen und vergessen, daß sie sie ausnahmslos selbst verschuldet haben. Anthropologisch weisen die Juden allerdings nicht jene gemeinsamen Merkmale auf, wodurch sie als einheitliche Rasse gekennzeichnet würden. Dennoch birgt zweifellos jeder Jude in seinen Adern einige Tropfen dessen, was wir spezifisch jüdisches Blut nennen. Anders wäre bei ihnen die Beständigkeit gewisser körperlicher Merkmale nicht zu erklären, die nur ihnen eigen sind und die man unweigerlich bei sonst so verschiedenartigen Juden wie beispielsweise den Ostjuden und den Spaniolen vorfindet – ihre vorspringende Nase mit den vom Laster gezeichneten Nüstern. (...) Geistige Rasse ist härter und dauerhafterer Art als natürliche Rasse. Verpflanzt einen Deutschen nach den Vereinigten Staaten und er wird bald zum Amerikaner. Der Jude, wohin er auch geht, er bleibt ein Jude. Er ist seiner Natur nach ein Wesen, das sich nicht einverleiben läßt. Und gerade dieses Merkmal der Nichtassimilierbarkeit ist bestimmend für seine Rasse und muß uns als ein trauriger Beweis für die Überlegenheit des ›Geistes‹ über das Fleisch erscheinen!«[95]

Eine weltweit ihr Unwesen treibende Geistesrasse mit einigen Tropfen jüdischen Blutes – und hier und da eine vorspringende Nase... Das Fiasko der Judenerfassung von 1935 hatte sich in den folgenden zehn Jahren noch vergrößert. Abhängig von der Beschwörung einer jüdischen Gefahr, die mit ihrer Bekämpfung wächst, formierten die Nationalsozialisten eine Verdachtsgemeinschaft, in der jeder Deutsche, jeder Europäer des Jüdischseins überführt werden oder zum Juden entarten konnte. In einer »moralisch mehr und mehr durch das jüdische Gift verseuchten Welt« hatte sich das deutsche Volk – so lautete das unvermeidliche Urteil der Nationalsozialisten – abermals als zu schwach erwiesen. Im Krieg gegen den inneren Juden war es unterlegen. Am Ende opferte Hitler das eigene Volk der Judenvernichtung. Einbußen an Wahrnehmbarkeit der Feindrasse wurden durch Fanatisierung des Rassenkampfes wettgemacht. Der letzte Satz des »politischen Testaments«, das Hitler am 29. April 1945, einen Tag vor dem Selbstmord, diktierte, lautet: »Vor allem verpflichte ich die Führung der Nation und die Gefolgschaft zur peinlichen Einhaltung der Rassegesetze und zum unbarmherzigen Widerstand gegen den Weltvergifter aller Völker, das internationale Judentum.«

Nicht daß der Jude fremd, vielmehr, daß er den Deutschen und ihren Nachbarn so nahe war, machte ihn zum Hauptziel der Säuberungsmaßnahmen. Der Jude wurde so leicht mit Deutschen verwechselt, weil er Deutscher war. Für seine Verfolger verkörperte er eine flottierende alltagskulturelle und imaginäre Abweichung. Sie wechselte von der Rasse zur Religion, von dieser zur Kleidung, von dieser zum Gesichtsausdruck, von diesem zum Geist und von diesem wieder zur Rasse. Die Abweichung verlor sich und kehrte wieder. »In den unverhüllt hervortretenden Abneigungen gegen nahestehende Fremde«, sagte Sigmund Freud 1921, »können wir den Ausdruck einer Selbstliebe, eines Narzißmus, erkennen, der seine Selbstbehauptung anstrebt und sich so benimmt, als ob das Vorkommen einer Abweichung von seinen individuellen Ausbildungen eine Kritik derselben und eine Aufforderung, sie umzugestalten, mit sich brächte.«[96]

Die Nationalsozialisten jedoch bestanden darauf, daß die jüdische Abweichung unüberwindbar sei, und machten das Überleben des deutschen Volkes von dieser Bedingung abhängig. Ihre besondere Abneigung gegen die Juden war kein fanatisierter christlicher Antisemitismus, sondern Ausdruck des deutschen Selbsthasses. In der Judenvernichtung – und in der deutschen Niederlage – fand dieser Haß Erfüllung und neue Nahrung. Die Erkenntnis, von der uns die Fixierung an die Schuldfrage abhält, ist, daß die Judenverfolgung der Beginn einer unbeendbaren Selbstzerstörung war.

Der höchste Einsatz

Um sich und den Seinen Mut zu machen, gedachte Hitler zuweilen des Aufstiegs der NSDAP von der Sekte im Hinterzimmer zur Massenbewegung und zur Einheitspartei des Reiches. Ein solcher Aufstieg »aus nichts« sei unmöglich, brüllte er auf dem Reichsparteitag 1934, wenn ihm nicht »ein großer Befehl« zugrunde liege. »Und den Befehl gab uns kein irdischer Vorgesetzter. Den gab uns der Gott, der unser Volk geschaffen hat.«[97]

Nach Auffassung der Überlebenden des Dritten Reiches waren Berufungen auf Gott aus diesem Munde nichts als Blasphemie und Demagogie. Dem Verführer irgendeine Art von Gläubigkeit, also Moralität, zuzusprechen, wirkte peinlich auf eine kritische Intelligenz, die sich darin übte, Ideologie und Wirklichkeit auseinanderzuhalten. Erst aus größerem Abstand zur Zeit der Verstrickungen trat zutage, daß diejenigen auf

Hitler hereingefallen waren, die seine Tira-den *nicht* wörtlich genommen hatten. Hitlers Wahn zeigte sich gerade in der Unfähigkeit, seine Überzeugung rhetorisch zurückzuhalten. Selbst wenn er taktierte, finassierte und schmeichelte, stand er unter Geständniszwang. (Doch Psychopathologie gehört nicht hierher. Auch sie ist eine der Tröstungen, von der die Erforschung der NS-Zeit Abschied nehmen mußte.)

Die Arbeiten von Friedrich Heer[98], Claus-Ekkehard Bärsch[99], Julius H. Schoeps[100] und Michael Ley[101] enthalten eine Fülle von Belegen dafür, daß Hitler in höherem Auftrag zu wirken glaubte. Wohl zeigte er sich oft zaghaft und unentschlossen, neigte zu Verstimmungen und fürchtete, erfolglos zu bleiben oder nur der Vorläufer eines Stärkeren zu sein.[102] Doch zweifelte er nicht daran, als Vollstrecker des Naturgesetzes im Überlebenskampf des deutschen Volkes eine »vom Schicksal übertragene Aufgabe« zu erfüllen.[103] Die »ewige Natur« räche unerbittlich die – jüdisch-marxistische – Ablehnung des »aristokratischen Prinzips der Natur«, dozierte er in »Mein Kampf«.[104] Indem der Stärkere den Schwächeren besiege, sorge er für »Auslese«.[105] Indessen war Hitler weder Sozialdarwinist im Sinne des neunzehnten Jahrhunderts noch Kirchenchrist. Er sah sich als gottergebener Agitator in Deutschlands Ringen um Selbsterhaltung: »So glaube ich heute im Sinne des allmächtigen Schöpfers zu handeln: *Indem ich mich des Juden erwehre, kämpfe ich für das Werk des Herrn.*«[106]

Mit großen Anhängermassen teilt der Führer frenetisch sein Erstaunen darüber, wozu die Vorsehung ihn hat werden lassen. Nach dem triumphalen Einzug in Wien am 9. April 1938 eröffnet er der Menge: »Ich glaube, daß es auch Gottes Wille war, von hier einen Knaben in das Reich zu schicken, ihn groß werden zu lassen, ihn zum Führer der Nation zu erheben.«[107] Die ihm zuteil gewordene Gnade deutet er als Mission der »Allmacht« zur Rettung Deutschlands und des gesamten Abendlands aus Todesnot. Im Dezember 1941, ein halbes Jahr nach dem Beginn des Angriffs auf den bolschewistischen Todfeind, verkündet er vor dem Reichstag: »Angesichts der uns vielleicht im ganzen Umfang aber wirklich erst heute bewußt gewordenen Größe der Gefahr kann ich dem Herrgott nur danken, daß er mich zur richtigen Stunde erleuchtet hat und mir die Kraft schenkte, das zu tun, was getan werden mußte …«[108]

Heer, Bärsch und Ley erkennen im Nationalsozialismus eine »echte Glaubensbewegung« mit gnostischem, messianischem und apokalyptischem Charakter. Hitler hat, so zeigen sie, das Auserwähltsein nicht für sich allein beansprucht, sondern dem deutschen Volk insgesamt und dessen Artverwandten zugesprochen – so wie der mit »Heil Hitler« Grüßende nicht nur seinem Führer huldigt, sondern auch dem Gegrüßten wünscht, Hitlers und des Allmächtigen Heil möge über ihn kommen.[109] Und Hitlers Paladine (Goebbels, Streicher, Himmler und andere) verehren ihren Herrn als den »vom Herrgott gesandten Führer«, ja sogar als kämpfende und siegende Christusgestalt.[110]

Das Auserwähltsein gibt den Deutschen freilich keinen Anlaß zu frohlocken. Erbarmungslos um Selbsterhaltung kämpfen zu dürfen, ist ein Privileg, das mit ständiger Züchtigung des eigenen Fleisches verdient werden muß. Die Erlösung vom »Blutsauger Alljuda« schließt für die Nationalsozialisten erklärtermaßen die unablässige Reinigung des Blutes ein, das ja möglicherweise vom Blutsauger infiziert worden ist, zumal das Böse unter der Maske des Vertrauten steckt. Das Aufspüren und Austilgen der jüdischen »Dämonen des Verfalls« bedeutet Kampf für tausend und abertausend Jahre. Das wäre ein Satan, der durch einen einzigen Feldzug zu vertreiben wäre! Hat sich doch – aus christlicher wie aus nationalsozialistischer Sicht – der »Widersacher jedes Menschentums« (Hitler) dauerhaft als Versucher eingenistet. Wenn also der Jude die Katastrophe Europas ist, braucht Europa Katastrophenschutz für alle Zeit. Dann sind die Gene und Gedanken seiner Bewohner je wieder aufs neue zu prüfen. Nicht nur aus

Verdammungsgründen werden die Juden zur Gegenrasse und wird das Judentum zur »Gegenidee« (Eric Voegelin) erklärt.[111] Der Nationalsozialismus fürchtet die Selbstzufriedenheit von Menschen, die sich mit ihrer Blondheit und Blauäugigkeit auf ihren ererbten oder eroberten Gütern behaglich einrichten. Der Stachel soll im Fleisch, die Elite kampfeslustig, die »Bewegung« in Bewegung bleiben.

Hitler ermißt schaudernd die Zahl der Jahrhunderte, in denen das deutsche Volk – als Herz des Europäertums – jüdisch bastardisiert worden ist, und an diesem Zeitschlund die Dauer der bevorstehenden Blutwäsche. Unabsehbar lange wird das Volk sich zu bewähren haben. Der jüdische Intimfeind gilt dabei als rassische Konstante. Er verkörpert das Gegenprinzip, das in allen Vermischungsepochen wunderbarerweise »rein« geblieben ist, sei's als Blutrasse, sei's als Geistesrasse. Selbst in millionenfach potenzierter Verdünnung bleibt das Böse virulent.

Wissenschaftlich läßt sich das nicht erklären, und nach Auffassung mancher Naziführer ist dafür nicht einmal die Weltanschauung zuständig. »Mit dem Antisemitismus ist es genauso wie mit der Entlausung. Es ist keine Weltanschauungsfrage..., sondern eine Reinlichkeitsangelegenheit«, sagt Himmler im April 1943 in einer Rede vor SS-Korpsführern.[112] Er meint damit, man brauche, um Judenfeind zu sein, keine Theorie, der Instinkt reiche aus. Doch auch der entlauste Körper muß jeden Tag aufs neue gereinigt werden. Die »Blutsfrage« ist durch Schädlingsbekämpfung nicht zu lösen. Reinhaltung und Beschmutzung erfordern sich gegenseitig. In letzter Instanz ist der »Kampf für Reinheit und Gesundheit des gottgeschaffenen Volkstums« sittlicher Natur[113] und daher grundsätzlich und daher unbeendbar. Schon 1924 kündigt General Erich Ludendorff als Abgeordneter der Deutschvölkischen Freiheitspartei in einem Vortrag eine »unermeßliche unermüdliche Läuterung« des Volkes im kommenden »völkischen Großdeutschland« an. Der prophezeite »Endkampf«

ist eine ähnlich ferne Verheißung wie die Wiederkehr des Goldenen Zeitalters und die klassenlose Gesellschaft.[114] Nicht nur »allseits«, sondern auch allezeit wird »Juda seines Verwesungsamtes walten«.[115]

Nach Überzeugung der nationalsozialistischen Führung genügt es nicht, den Volkskörper vom Schmutz zu befreien. Dieser träge Körper soll sich »ewig« im »Kampf zur Auslese« erneuern. [116] Er sei bis ins Innerste von der »Erbsünde wider Blut und Rasse« verdorben, heißt es. »Der Arier gab die Reinheit seines Blutes auf und verlor dafür den Aufenthalt im Paradies, das er sich selbst geschaffen hatte«, predigt Hitler in »Mein Kampf«. »Er sank unter in der Rassenmischung, verlor allmählich immer mehr seine kulturelle Fähigkeit, bis er endlich nicht nur geistig, sondern auch körperlich den Unterworfenen und Ureinwohnern mehr zu gleichen begann als seinen Vorfahren.«[117] In Anbetracht der Erbsünde ist es demnach mit Judenvernichtung allein nicht abgetan. Die deutsche Selbstbeschmutzung im besonderen enthüllte sich laut Hitler erst durch die Niederlage im Weltkrieg als – weltweit verspottete – Rassenschande. Schuld haben die Juden, aber schuldfähig wurden die Deutschen selbst durch Verkommenheit. Daher beginnt mit dem Tag der Machtergreifung die Ära der deutschen Sühne. »Wir müssen wieder gutmachen, was die Zeit von gestern verbrochen hat!« donnert Hitler am 24. Februar 1933. »Wir haben die Aufgabe, dafür zu sorgen, daß die Blätter, die in der deutschen Geschichte von unserem Verfall künden und melden, durch uns zerrissen werden und daß einst die deutsche Jugend das neue Reich erleben kann.«[118]

Wehe der deutschen Schwäche. Wehe den Gedemütigten, die ihre Schmach nicht verhindert haben.

Der nationalsozialistische Königsweg zur Wiedergutmachung des fortgesetzten deutschen Sündenfalls ist die Aufopferung. Die Massenveranstaltungen der Partei gleichen den Ritualen eines Totenkults. Bei nächtlichen Fackelzügen und politischen Liturgien werden die Gefallenen des Weltkriegs und der »Bewegung« als Opfer derer, die ihnen in den Rükken fielen, *und* als Opfer für das kommende Dritte Reich aufgerufen. Hitler schreckt nicht davor zurück zu sagen, daß zwei Millionen deutsche Soldaten im Krieg »umsonst gefallen« seien[119], und feiert sie zugleich als heroische Bürgen des späteren Sieges. Ihr Tod ist »fürchterlich« zu *rächen* an deutschen Gegnern, Schwächlingen und Juden und zu *ehren* durch »unsägliche Opfer« im bevorstehenden »unendlich schweren Kampf« um Deutschlands Zukunft. Das ganze Volk ist zum aktiven und passiven Opfer ausersehen, damit es seine Schuld abbüße und sich vor der Allmacht rechtfertige. 1927 gerät Joseph Goebbels bei diesem Thema in einen religiösen Taumel: »Opfer! Im Opfer liegt die Reinigung von Schuld! Geht den harten Opfergang um der Zukunft willen. (...) Das Opfer ist alles. Es macht uns zu Helden der Tat, von deren berauschendem Atem das Alte stürzt und das Neue sich formt wie von selbst.«[120] Durch höchsten Einsatz wirbt man um Gottes Gunst.

Getrieben vom Willen zur Macht und der Gier nach Selbsterlösung, vollzog – Bärsch und Ley zufolge – die politische Religion des Nationalsozialismus schließlich den »Ritus des Menschenopfers« an den Juden in ihren »heiligen Kultstätten«, den Vernichtungslagern.[121] Bärsch und Ley nennen dies »Fremdopfer«. Sie würdigen damit die im Genozid millionenfach bestätigte Erfahrung von Todfeindschaft. Doch ungeachtet dessen, was die Opfer wahrnehmen mußten und die Täter wahrhaben wollten, waren die deutschen Juden nicht die Fremden der Deutschen beziehungsweise die europäischen Juden nicht die Fremden der Europäer. Verfolgt – und bis in den Tod hinein verfehlt – wurde in den deutschen Vernichtungslagern ein aus dem Eigenen hinausbefohlenes unfaßbares Fremdes. Die Ausrottung dieser Art Fremdheit hat im übrigen den Verdacht der Deutschen gegen sich selbst noch verstärkt.

An die Vorsehung appellieren die Nationalsozialisten ab 1933 durch eine Reihe von »chirurgischen« Eingriffen in den Volkskörper: Formierung der Volksgemeinschaft – Absonderung der Juden – Disziplinierung des Alltags – Ausmerzung von Erbkranken und »Asozialen« – Judenverfolgung – Rekrutierung – Eingliederung der Gesellschaft in die Kriegswirtschaft. Dabei setzen sie, von der Zeit der Olympiade 1936 abgesehen, von Jahr zu Jahr mehr aufs Spiel: die Rechtssicherheit – die Nachkriegsordnung – den Frieden – den Bestand von Volk und Reich. Hitler macht mit dem eigenen Volk seinen Einsatz vor dem Allmächtigen, so wie er es in den zwanziger Jahren prophezeit hat: »Ich glaube, daß ich genug Tatkraft besäße, unser Volk auch zum blutigen Einsatz zu führen, aber nicht für eine Grenzregulierung, sondern zur Rettung in fernste Zukunft hinein, damit es so viel Boden und Grund erhält, daß ein Vielfaches des Bluteinsatzes der Nachwelt zurückgegeben werden kann.«[122] Er will die Blutopfer des Weltkriegs in einem zweiten Entscheidungskampf überbieten und einem dann zufriedengestellten Schöpfer den Antrag machen, das deutsche Gesamtopfer mit Lebensraum zu entgelten.

Als er 1939 den Krieg vom Zaun bricht, hat er diesen Handel im Sinn. Während des Krieges vergewissert er sich bei allen möglichen Anlässen des Tauschwerts einer bedingungslosen Selbstaufopferung: »Im übrigen glaube ich eines: Es gibt einen Herrgott! (...) Je tapferer wir waren, um so mehr kam auch der Segen der Vorsehung.« – »In diesem gewaltigsten Kampf aller Zeiten dürfen wir nicht erwarten, daß die Vorsehung den Sieg verschenkt. Es wird jeder einzelne und jedes Volk gewogen, und was zu leicht befunden wird, muß fallen.« – »Der Allmächtige wird der gerechte Richter sein. Unsere Aufgabe aber ist es, unsere Pflicht so zu erfüllen, daß wir vor ihm, als dem Schöpfer aller Welten, nach dem von ihm gegebenen Gesetz des Kampfes um das Dasein zu bestehen vermögen, daß wir, ohne jemals zu verzagen, kein Leben schonen und keine Arbeit scheuen, um das Leben unseres Volkes für die Zukunft zu erhalten.« – »Die Aufgaben, die ich stelle, sind ungeheure, aber denken Sie dabei an den alten Spruch: Die Götter lieben den, der von ihnen Unmögliches verlangt. Doch wenn wir das Unmögliche schaffen, dann werden wir die Zustimmung der Vorsehung wohl bekommen.«[123]

Hitler lockt das Schicksal mit Kanonendonner, buhlt mit Hekatomben und erhöht nach jedem Rückschlag den Einsatz. Der Gott, der den Handel begann, indem er ihn über alle Menschen erhob, wird, so hofft Hitler, schließlich die Schicksalswaage zugunsten der Entschlossensten senken und damit alle Opfer rechtfertigen.

Aber eine Gewähr gibt es nicht. Die Anwartschaft des Tapferen auf Sieg und Heil kann durch eine Laune des Schicksals zunichte werden. Der Angriff auf Großbritannien und die Sowjetunion und die Kriegserklärung an die Vereinigten Staaten sind Hasardspiele. Einem abenteuernden und bisweilen blinden Kriegsgott gegenüber schwankt Schicksalsgläubigkeit zwischen Wagemut und Fatalismus. Selbst in Bedrängnis besteht Hitler darauf, »daß der Mensch der Schmied seines Glücks oder seines Unglücks ist«, behält sich aber vor, auch ohne Siegeszuversicht »mit allen Waffen« weiterzukämpfen, »ganz gleich, wem das Schicksal dann seinen Segen in die Waagschale senkt«.[124] Diesem Schicksal ist auch ein Sieg des Bolschewismus zuzutrauen. Und dann wäre es eben Deutschland, das, so wie es ist, den Untergang verdient hat: »Wenn das deutsche Volk in diesem Kampf unterliegen muß, dann ist es zu schwach gewesen, hat es seine Probe vor der Geschichte nicht bestanden und ist daher zu nichts anderem als zum Untergang bestimmt.«[125]

In solchen Haltungswechseln verrät sich kein Höllensturz des Triumphators in die Verzweiflung. Schicksalsstumpfheit begleitet auch die Angriffswut. Als Sieger und als Geschlagener äußert Hitler, er habe nicht anders handeln können, als er gehandelt habe. Das Schicksal, die heilige Pflicht, das

Volk, die Arglist der Feinde, je nachdem, verlangt die Entscheidung. Was auf dem Feld des Unausweichlichen dann aus den Deutschen wird, ist von tragischer Beliebigkeit. In einem höheren Sinn geschieht ja ohnehin alles für sie, haben die Deutschen selbst als Sklavenvolk die Chance, durch »noch größeres Leid« neuen Lebenswillen zu gewinnen. Anders gesagt, die Deutschen werden unter Hitler auf einen totalen Sieg eingestimmt, der nur durch das Einverständnis mit der Möglichkeit des totalen Untergangs zu erringen ist.

Außerdem beteuert Hitler, nicht nur den Deutschen etwas schuldig zu sein. Die nationalsozialistische Bewegung soll »auch den anderen Völkern den Weg weisen ... zum Heil einer ringenden arischen Menschheit«.[126] Bis zu ihrem Ende insistiert diese Bewegung auf ihrem Stellvertretertum. Falls sie unterliege, versinke die ganze Erde in den Polypenarmen des »blut- und geldgierigen« jüdischen Völkertyrannen, erklärt Hitler. Befreie sich Deutschland aus dieser Umklammerung, sei die Gefahr für die ganze Welt gebannt.[127] Früher oder später werde die Menschheit den »unschätzbaren Dienst« (Goebbels) des deutschen Ausrottungswerks zu danken wissen, insbesondere Europa, das nach Hitler »kein geographischer, sondern ein blutsmäßig bedingter Begriff« ist.[128]

Tatsächlich finden die deutschen Säuberungskommandos in der Bevölkerung der besetzten Länder jeweils Scharen von Komplizen, die beim Deportieren und Töten der Juden behilflich sind. Feindmächte und Neutrale wiederum gewähren indirekten Beistand durch hartnäckige Blindheit gegenüber dem, was sich vor allen Augen vollzieht, und durch das Ignorieren zuverlässiger Schreckensmeldungen. Die Hybris der Nazis, sich als Exekutive aller weißen Völker einzusetzen, wird jedenfalls erst am Kriegsende in die Schranken gewiesen.

Wahrscheinlich seit dem Herbst 1941, spätestens seit August 1942, sind Präsident Roosevelt, das State Department und die britische Regierung über die deutschen Massendeportationen, Massaker und Ausrottungspläne im Bilde. Sie wissen, was »Endlösung« heißt und daß in den Konzentrationslagern Osteuropas blausäurehaltige Durchgasungsmittel zum Einsatz gelangen. Jüdische Organisationen verlangen in London und Washington, die Rettung der bedrohten Juden zum alliierten Kriegsziel zu erklären und die Deutschen mit Flugblättern über den Völkermord aufzuklären.

Was tun die Westmächte? Sie halten die Vertreter und Boten der Todgeweihten hin, verschleiern das Geschehen oder spielen es herunter und verhindern bewußt die Einleitung von Rettungsmaßnahmen. Die nach Auschwitz führenden Eisenbahnlinien bleiben unbeschädigt, obwohl das Industriegebiet rund um Auschwitz mit Tausenden von Bombern angegriffen wird. Für die Emigranten und Kriegsflüchtlinge bringen die Vereinigten Staaten beträchtliche Hilfsmittel auf, nicht aber für Juden. Die nichtjüdische Presse berichtet über den Judenmord beiläufig in den Gerüchtespalten, die christlichen Kirchen wenden sich ab, das State Department ist nicht einmal bereit, die Nachricht offiziell zu bestätigen. Diese Gleichgültigkeit hat System.

Ob die deportierten Juden noch zu retten gewesen wären, ist umstritten, nicht aber der Hauptgrund für die Untätigkeit: »Die westlichen Alliierten wollten bei ihren eigenen Bürgern unter keinen Umständen den Eindruck entstehen lassen, der Krieg werde geführt, um die Judenheit zu befreien. Nichts durfte den Anschein erwecken, alliierte Soldaten kämpften als Söldner für die Sache der Juden.«[129] Als sei das nicht weiter verwunderlich, wird heute lakonisch festgestellt, die amerikanische Bevölkerung sei bei Kriegseintritt 1941 großenteils antisemitisch eingestellt gewesen. Wäre der Krieg gegen Nazideutschland in den Geruch der Judenrettung geraten, hätte das die Kriegsbereitschaft der Amerikaner nachhaltig gedämpft.

Zwei weitere Kalküls lassen die Herzen der westlichen Führer verhärten: Wie wird wohl Stalin reagieren, wenn Truppen zur Rettung der Juden von den Fronten abgezogen werden?

Verweigert er sich dann womöglich einer gemeinsamen Strategie? Noch schlimmer ist die Vorstellung, Hitler könnte, durch Kommandounternehmen zur Rettung der Juden gereizt, diese aus seinem Machtbereich *vertreiben*. Zur selben Zeit nämlich versuchen die Briten mit allen Mitteln, die Einwanderung von Juden nach Palästina zu drosseln, um die Araber zu befrieden.[130]

Der Papst schweigt sich zur Ermordung der Juden standhaft aus. Er reagiert auch nicht auf die Deportation der italienischen Juden und auf die Erschießung jüdischer Geiseln.

In Frankreich, den Niederlanden, Belgien und Norwegen arbeitet ein großer Teil des öffentlichen Dienstes einschließlich der Polizei und der Eisenbahnverwaltung beim Abschieben der Juden beflissen mit den Deutschen zusammen. Uniformierte und zivile Kollaborateure liefern jeweils die Mehrheit der einheimischen Juden aus.

In Ungarn, Rumänien, der Slowakei, Polen, der Ukraine, Estland, Lettland und Litauen assistieren viele Zuträger, Schläger und Kapos den deutschen Sondereinsatzgruppen. In Polen wie in der Ukraine weigert sich die »arische« Bevölkerung meist, umherirrende Juden aufzunehmen. Ukrainer sind mit Eifer dabei, Juden in Städten und Wäldern aufzuspüren. Manche Formationen der im Untergrund operierenden polnischen Heimatarmee machen mit jüdischen Flüchtlingen kurzen Prozeß. Das Gros der polnischen Bevölkerung betrachtet die Juden als nicht assimilierbare Fremdkörper. Der in Auschwitz ermordete (und 1982 heiliggesprochene) Franziskanerpater Maximilian Kolbe profiliert sich in den dreißiger Jahren als Wortführer der Antisemiten. In katholischen Massenblättern, die er herausgibt, steht zu lesen, daß Polen das »biologische Hauptreservoir« des Weltjudentums sei, das sich »wie ein Krebsgeschwür in den Volkskörper« fresse. Der einzige Ausweg sei die Emigration der Juden.

Im neutralen Schweden werden 1937 Maßnahmen zur Abwehr jüdischer Flüchtlinge getroffen. In diesen sehen konservative und liberale Kreise eine größere Gefahr als im Nationalsozialismus. Im Herbst 1938 veranlassen Schweden und die Schweiz beim Reichssicherheitshauptamt in Berlin, daß ein »J« in die Pässe von Juden eingestempelt wird, damit ihre Besitzer an der Grenze erkannt und zurückgewiesen werden können. Nationalsozialistisches Gedankengut ist im Bürgertum weit verbreitet. Schwedische Geschäftsleute entlassen jüdische Mitarbeiter. Der schwedische Ableger der NSDAP erfaßt vorsorglich die Wohnorte, Berufe und Vermögen von jüdischen Bürgern, um für den Fall eines deutschen Einmarsches gerüstet zu sein.

Auf solche antisemitischen Grundströmungen im Ausland verläßt sich Hitler, als seien sie arische Reserven, die im Ernstfall von ihren deutschen Vorkämpfern mobilisiert werden können. Wie der Glaube an die Vorsehung befähigt der rassistische Avantgardismus zu einer gleichmütigen Haltung im wechselhaften Kriegsgeschick: Aus Hitlers Sicht haben selbst die erbitterten Feinde des Reiches, die Juden betreffend, verhohlene Wünsche, die der Nationalsozialismus erfüllt. Demnach obsiegt Deutschland auch in der Niederlage und kann nach vollbrachter Tat in eine glorreiche Götterdämmerung sinken, die eine nationale Wiedergeburt einleitet. Obwohl es um Deutschlands Heil geht, sind Wohl und Wehe der Deutschen nur Nebenaspekte, nicht etwa der Hauptgesichtspunkt des kathartischen Kampfes. Als Hitler zwischen Judenvernichtung und Deutschlands Rettung zu wählen hat, entscheidet er sich für erstere (und verklärt sie als Rettung).

Heute, am Ende des zwanzigsten Jahrhunderts, kennen wir Dutzende von Genozid-Theorien, aber begreifen nicht, was bei der Liquidierung aller Juden, deren Gestapo und SS habhaft werden konnten, vorgefallen ist. Wir Deutsche bekennen uns dazu, dem Tätervolk anzugehören, aber schließen die Augen davor, daß die verhängnisvolle Neigung, Niederlagen durch Selbstreinigungsexzesse zu sühnen, den Genozid anbahnte. (Dieser war somit anderes und mehr als eine Folge von fanatischem Antisemitismus und Kadavergehorsam). Wir wissen, daß der seit Kriegsbeginn reifende »Endlösungs«-Plan im Winter 1941/42 zu einer Handlungsanweisung ausgearbeitet und im Frühjahr 1942 in die Tat umgesetzt wurde. Wir kennen die Entscheidungsprozesse und die scheußlichen Einzelheiten. Durch das Erforschen von Absichten und das Verknüpfen von Faktorenketten jedoch läßt sich die Realität einer Industrie der Judenbeseitigung nicht erfassen, geschweige denn fassen. Im Gegenteil, die Routine der Vernichtung in den Jahren 1942 bis 1945 erhält ein nahezu unirdisches Gepräge, wenn man sie in einen Kausalzusammenhang von einzeln nachvollziehbaren Konflikten, Aktionen und Reaktionen stellt. Weil ein Geschehen immer mehr ist als die Mündung der Wege, die zu ihm führen, endet auch die – notwendige – Klärung der Umstände des Massentötens jeweils in einer analytischen Sackgasse.

Das demonstriert sogar die Problemauffassung Hans Mommsens, eines der souveränen Denker unter den auf die Naziherrschaft spezialisierten Forschern. »Die jüngere Forschung«, schreibt er im Juli 1996 in einem Beitrag zur Debatte über Daniel Goldhagens Buch »Hitlers willige Vollstrecker«, »hat tiefe Schneisen in das Dickicht des nationalsozialistischen Entscheidungsprozesses geschlagen und klargemacht, daß der Weg zur ›Endlösung‹ auf eine Interaktion zwischen den lokalen SS-Apparaten und dem Reichssicherheitshauptamt, aber auch zwischen dem Generalgouvernement und dem Reichskommissariat für die Festigung deutschen Volkstums zurückging, die in Form einer kumulativen Radikalisierung den systematischen Genozid aus sich heraus gebar, der an die Stelle der ursprünglich angestrebten Auswanderungslösung beziehungsweise Reservatslösung trat.«[131] Da möchte man doch einbezogen wissen, daß und wieso eine »Endlösung« überhaupt in Betracht kam. Jene Interaktion konnte den Genozid nicht »aus sich heraus gebären«, stand vielmehr ihrerseits komplett in seinen Diensten – im Dienste der Idee, im Sinnhorizont und in der eigentümlichen Eskalationsbewegung der deutschen Selbsterlösung vom Judentum. Zwar ist es wichtig zu wissen, daß es Alternativen gab. Doch auch die Internierung der Juden auf Madagaskar oder sonstwo hätte die »Abschaffung« (Goebbels) und potentielle Vernichtung von Millionen Europäern bedeutet. Wie auch immer – nachdem es zur Problemlösung in den Gaskammern gekommen ist, zählen alle Stationen des »nationalsozialistischen Entscheidungsprozesses« wenig gegenüber dem Umstand, *daß* der millionenfache Mord sich ereignen konnte. Es ist auch kaum von Belang, ob es einen ausdrücklichen Vernichtungsbefehl aus Hitlers Mund gab oder tatkräftige Mitarbeiter ihrem Führer in seinem Geiste »zuarbeiteten«.

Mit der Entscheidung, alle greifbaren Juden zu internieren und alle internierten Juden sterben zu lassen, erhöhte die NS-Führung ein weiteres Mal den Einsatz im Schicksalsspiel um die Entfesselung der den Gang der Geschichte lenkenden Kräfte. In den Lagern im eroberten Ostraum machte man nun zwischen Ostjuden und Westjuden keinen Unterschied mehr. Das unkoordinierte Nebeneinander von Zwangsghettoisierung, Einrichtung von Arbeitslagern und Massenerschießungen wurde durch eine einheitliche und effiziente Tötungsmethode abgelöst.

Für die Reichsführung waren das Ziel der Entjudung des deutschen Lebensraums und das Kriegsziel völlig gleichrangig. 1941 kam es jedoch zu ersten gravierenden Verzögerungen im Terminplan der Blitzkriege: Die Luftoffensive gegen England scheiterte; der Angriff im Osten geriet ins Stocken; die Vereinigten Staaten traten in den Krieg ein (so daß dieser nun endgültig zwei Fronten hatte und die Juden ihren Wert als »Geiseln« verloren). Diese Rückschläge waren nicht die Ursachen der »Endlösung«, aber verschafften ihr strategischen Vorrang. Zumindest die Judenvernichtung sollte um jeden Preis zum Abschluß gebracht werden. Sie wurde vorverlegt, der militärische Sieg nicht mehr abgewartet. Nach der Niederlage von Stalingrad setzte man beträchtliche Transportkapazitäten der Reichsbahn, die das Heer dringender denn je benötigte, zusätzlich für den Transport der Juden zu den Gaskammern ein.[132] Bis wenige Tage vor der Kapitulation hatte die militärische Lage nahezu keinen Einfluß auf die Organisation und den Ablauf der Judenvernichtung im schrumpfenden deutschen Herrschaftsraum. An den Juden wurde keine Rache für die Niederlagen der Wehrmacht geübt (wie manche Autoren meinen). Im Gegensatz zu den Pogromen etwa in Rußland und Polen ging der Judenmord in den deutschen Lagern in Polen meist völlig emotionslos vonstatten – »Ausrottung um der Ausrottung willen«.[133]

Angesichts der vollständigen Niederlage klammerte man sich mehr denn je an den »geschichtlichen Auftrag« und wollte ihn »im Namen einer göttlichen Vorsehung« bis zur letzten Stunde ausführen. So wenig wie die Glaubensartikel der Führung hatte sich die politische Liturgie verändert. Noch am 19. April 1945 setzte Goebbels in einer Rundfunkansprache den fanatischen Widerstand der Wehrmacht mit der Bekämpfung des Judentums gleich: »Noch einmal stürmen die Heere der feindlichen Mächte gegen unsere Verteidigungsfronten an. Hinter ihnen geifert als Einpeitscher das internationale Judentum, das keinen Frieden will, bis es sein satanisches Ziel der Zerstörung der Welt erreicht hat. Aber es wird vergeblich sein! Gott wird Luzifer wie so oft schon, wenn er vor den Toren der Macht über alle Völker stand, wieder in den Abgrund schleudern, aus dem er gekommen ist.«[134] Weil es nur noch ums Prinzip ging, versprach sich Goebbels von der Aufopferung der Volksgenossen die gleiche Heilswirkung wie von der Opferung der Juden. Eine tadellose Selbstvernichtung sollte die Judenvernichtung krönen, um den »späten Segen« der Vorsehung herbeizuzwingen.

Doch nicht einmal in letzter Stunde konnte er sich eine Drohung gegen die deutsche Resthörerschaft verkneifen:

»Würde unser Volk sich diesen Auftrag nicht zu eigen machen und für ihn nicht eintreten wie für einen Spruch Gottes – es verdiente kein weiteres Dasein mehr, es würde mit dem Anrecht darauf auch jede Möglichkeit dazu verlieren.«[135] Ein Daseinsrecht hatte dieses Volk nach Überzeugung der schicksalsgläubigen Nationalsozialisten freilich nicht schon dadurch, daß es das Rechte tat. Es mußte sich schließlich auch als das stärkere erweisen. Wem Gott nicht mehr half, war der Hilfe nicht würdig. Die gottgefällige Judenaustreibung war Selbstzweck nur so lange, als zu hoffen war, daß sich die Allmacht erkenntlich zeigte. Gewiß erlegte der höchste »Vorgesetzte« seinen Favoriten Prüfungen auf, doch schenkte er ihnen – wie Friedrich II., mit dem Hitler sich verglich – am Ende den Sieg oder wenigstens den Zwist seiner Feinde. Das waren die Gesetze des religiösen Sozialdarwinismus.

Daß Großbritannien standhielt und Leningrad, Moskau und Stalingrad nicht eingenommen werden konnten, ließ auch die Deutung zu, daß die Deutschen eines Sieges (noch) nicht würdig waren. Daher erhöhten die Naziführer mehrmals den Opfereinsatz: Auschwitz, totaler Krieg, verbrannte Erde, V-Waffen, Volkskrieg mit Greisen und Kindern, Zertrümmerung von Land, Volk und Nation. Mit jeder Steigerung der Brutalität gegenüber dem Feind verschärfte der Nationalsozialismus beziehungsweise Deutschland die Strafe für das eigene Versagen. (Volk und Führung stimmten zumindest in den Jahren 1940, 1941 und 1942 fast völlig überein.) Jede neue Stufe der Feindschädigung war unmittelbar auch Selbstbestrafung. Im Überbietungswettbewerb der Drohpotentiale konnte das nationalsozialistische Deutschland nur dadurch mithalten, daß es alles, was es seinen Feinden antat, zugleich sich selbst antat. In gewisser Weise nahm es sich selbst als Geisel und rächte jede Niederlage mit einer Schwächung seiner Überlebensfähigkeit. Es schindete Zeit für die Fortsetzung der Judenvertilgung heraus und bezahlte sie mit langsamem Selbstmord.

Nach Stalingrad berechneten viele Deutsche ihr weiteres Schicksal mit Vergeltungsgleichungen. So wurden »die alliierten Bombenangriffe unversehens als alliierte Sanktion für die Judenvernichtung aufgefaßt«.[136] Als Geiseln einer Doktrin des Endkampfs gegen Luzifer gerieten die Deutschen in die Alternative, entweder den totalen Untergang der Feinde oder den totalen Untergang ihrer selbst zu betreiben, und machten zugleich die Erfahrung, daß das eine nicht ohne das andere möglich war.

Den Rächern ausgeliefert

Nach der Niederlage von Stalingrad, einem Menetekel, das die deutsche Propaganda als Nibelungendrama nachinszenierte, und der Formierung einer zweiten Front in Europa war der Krieg für die Nationalsozialisten um keinen Preis mehr zu gewinnen. Die letzte Chance für einen »Siegfrieden« war 1941 vergeben worden. (»Nationalsozialisten« nenne ich über die Mitglieder der NSDAP hinaus all jene Deutschen, die der Bevölkerungs- und Kriegspolitik des Regimes im großen und ganzen zustimmten. Die Unschärfe des Begriffs erscheint mir hinnehmbar, weil die Alternative, pauschal von »den Deutschen« oder »Deutschland« zu sprechen, irreführend wäre. Nichtsdestoweniger handelten die Nationalsozialisten für Deutschland, und zwar als der geschäftsführende Teil der deutschen Nation in den Jahren 1933 bis 1945. Die europäischen Mitkämpfer vernachlässige ich.)

Dem Untergang entgegensehend, machten die Nationalsozialisten ihren Einsatz auf dem Altar der Geschichte nicht nur mit den europäischen Juden, sondern auch mit der Bevölkerung Großdeutschlands. Und das ist nicht nur eine Metapher.

Für Hitler agierte *der Jude* im Jahr 1944 wie schon zwanzig

Jahre zuvor als »Schöpfer und Antreiber der bolschewistischen Weltbestie« und zugleich als »Drahtzieher der Demokratie«.[137] In seinem Neujahrsbefehl vom 1. Januar 1945 war es ebenfalls der »jüdische Kapitalismus«, der im Verein mit dem »jüdischen Bolschewismus« die freien Völker zu versklaven trachtete. Das internationale Judentum habe ein unnatürliches Bündnis zwischen beiden gestiftet, um mit ihrer Hilfe die Welt zu ersticken, hörten die Parteimitglieder am 24. Februar 1945 in einer Proklamation zum 25. Jahrestag des Programms der NSDAP.[138] Doch wenn Hitler ins Detail ging, machte er Unterschiede zwischen dem »Judenknecht« Franklin D. Roosevelt und dem »Realisten« Stalin. Großen Respekt zollte er der »Brutalität, mit welcher (in der Sowjetunion) die jüdische Intelligenz liquidiert wurde, nachdem sie den Zweck, das zaristische Reich zu zersetzen, erfüllt hatte«.[139] Demzufolge war der Bolschewismus zwar eine jüdische ideologische Waffe, jedoch nicht stark genug, um den Panslawismus, die völkische Idee Osteuropas, auf Dauer zu unterdrücken. In einem Telegramm Hitlers an den Duce vom 20. April 1945 lautete die präzisierte Feind-Formel konsequenterweise: »Bolschewismus und die Truppen des Judentums«. Bei letzteren handelte es sich exklusiv um die US-Army. Als mächtigstes Bollwerk des Weltjudentums hatte Hitler Regierung und Wirtschaft der Vereinigten Staaten enttarnt.

Präsident Roosevelt sei, »von Juden getrieben, ohnehin zum Krieg zur Vernichtung des Nationalsozialismus« entschlossen gewesen, äußerte Hitler im Februar 1945 gegenüber Martin Bormann. Der Verlauf des Krieges habe an diesem Entschluß nichts ändern können. Roosevelt habe zunächst Frankreich und England vorgeschickt und dann selbst eingegriffen. Seit dem Beginn der zwanziger Jahre sei der jüdische Einfluß in den Vereinigten Staaten unaufhörlich gewachsen. Wie Roosevelt und sein »jüdischer Gehirntrust« dann, unter Ausnutzung des japanischen Überfalls auf Pearl Harbour, das große

Land in den Krieg gezogen hätten, sei ein »jüdischer Meistertrick« gewesen.[140]

Hitler zufolge hatte die verjudete »Plutokratie« jenseits des Atlantiks schon zu Beginn des Krieges auf die Niederwerfung und Knechtung des unabhängigen Deutschlands hingearbeitet. Doch eine Eroberung Nordamerikas sahen auch die kühnsten Pläne des deutschen Generalstabs nicht vor. Die Judenvernichter gingen also davon aus, daß die mächtigsten Juden der Erde in jedem Fall überleben würden. Selbst nach Siegen über die Sowjetunion und Großbritannien wäre Hitler, seiner eigenen Prognose nach, mit einer unnachgiebigen und rächenden Judengroßmacht in Übersee konfrontiert worden. Nun hatte er aber nicht nur dieser Großmacht den Krieg erklärt, sondern überdies alles darangesetzt, Europa »judenrein« zu machen. Es konnte nach Hitlers Weltanschauung nicht anders zugehen, als daß die Drahtzieher des Weißen Hauses und des Pentagons alle Potentiale des Kapitals aufbieten würden, um ihren Todfeind auf die schlimmstmögliche Weise zu bestrafen.

Aus dieser Sicht begaben sich die Nationalsozialisten mit der Opferung der europäischen Juden in das Dilemma, daß sie entweder einen vollständigen Sieg erringen oder mit ihrem gesamten Volk untergehen mußten.[141] Als sie die Vernichtungslager in Betrieb nahmen, verbrannten sie gleichsam die Schiffe hinter sich und machten alle Deutschen und alle Verbündeten zu ihren Komplizen. (Über das Rätsel, wie es möglich war, daß sie jahrelang fast ungehindert weitermorden konnten, zerbrachen sie sich nicht den Kopf. Die Teilnahmslosigkeit der Alliierten hätten sie notfalls mit dem renitenten Antisemitismus des amerikanischen Volkes erklärt.) Hitlers politischer Glaube ließ Raum nur für die Gewißheit, daß Gleiches mit Gleichem vergolten werden würde. In seinem Appell am 1. Januar 1945 trug er wieder vor, was die Deutschen auf Gedeih und Verderben zusammenschmiedete: Die jüdisch gelenkte Koalition der Feinde beabsichtige,

»unser Volk auszurotten«, die deutschen Frauen und Kinder zu töten »und die Dokumente unserer tausendjährigen Kultur zu beseitigen, denen sie Ebenbürtiges gleichzusetzen nicht in der Lage sind«.[142]

Daß die Niederlage unabwendbar war, machte für die NS-Führung die Vernichtung der Deutschen somit ebenfalls unabwendbar. Dennoch ließ man nicht davon ab, die Blutsverwandten der nunmehr ungefährdeten Weltregenten fabrikmäßig umzubringen. Als der Feind schon vor den Toren stand, wurden noch die ungarischen Juden ins Verderben gestürzt und in Konzentrationslagern und Gefängnissen und auf Todesmärschen die letzten Überlebenden liquidiert. Judenvernichtung kurz vor der Niederlage gegen einen »Judenstaat« – ein Synonym für fortgesetzte, zwanghafte Selbstvernichtung.

Da es sich, wie Hitler befand, ohnehin nicht mehr lohnen werde, in einem zerrissenen Deutschland als Helot kulturloser Blutsauger zu vegetieren, wollte er dem Judentum den Triumph nicht gönnen und einen Teil des Gottesurteils über das lebensschwache deutsche Volk noch selbst vollstrecken. Am 20. März 1945 erteilte er der Wehrmacht einen Zerstörungsbefehl: »Es ist ein Irrtum zu glauben, nichtzerstörte oder nur kurzfristig gelähmte Verkehrs-, Industrie- und Versorgungsanlagen bei der Rückgewinnung verlorener Gebiete wieder in Betrieb nehmen zu können ...«[143] Reichsminister Speer verfaßte eine Denkschrift gegen diesen Befehl, und Hitler erwiderte sinngemäß (in den Worten Speers): »Wenn der Krieg verlorengeht, wird auch das deutsche Volk verloren sein. Dieses Schicksal ist unabwendbar. Es ist nicht notwendig, auf der Grundlage, die das Volk zu einem primitiven Weiterleben braucht, Rücksicht zu nehmen. Im Gegenteil, es ist besser, selbst die Dinge zu zerstören.«[144]

Das demoralisierte Tätervolk hielt im Frühjahr 1945 ganz still, weil es über die vom Feind und vom Führer verhängten Strafen keine Empörung mehr aufzubringen vermochte. Als geübte Täteropfer hätten viele Volksgenossen gern vorbeugend den Rest der Juden in der Welt ausgerottet und zugleich sich selbst den Garaus gemacht, um die neue Niederlage zu sühnen *und* der Vergeltung der Feinde zu entgehen.

Den Deutschen an der Heimatfront schwante, daß ihr Leben für Zeitgewinn verpfändet worden war. Und Millionen von ihnen errieten, wofür man Zeit benötigte. Die Versuche, ihre Zahl zu ermitteln, sind unsinnig. Wer wollte die verschiedenen Spielarten aktiver und passiver Komplizenschaft, freudiger und leidender Mitwisserschaft und des Nichtwissenwollens auseinanderhalten? In den letzten Kriegsjahren hatte der größte Teil der Bevölkerung schweigen gelernt. Dieses Schweigen spiegelte »sowohl Ohnmacht und Resignation als auch Verdrängung und moralische Abstumpfung«.[145] Durch Berichte von Soldaten, Reichsbahnbeamten, Ärzten, Angestellten der Volkswohlfahrt, Anrainern deutscher Konzentrationslager und andere Gerüchtequellen sickerten so viele Informationen ein, daß jeder Ahnende Grund zur Sorge hatte, die Feinde könnten als Rächer kommen.[146]

Der Propagandatrick von Goebbels, die Bombenangriffe als Beispiele jüdischer Heimtücke darzustellen, machte erst recht angst vor dem, was noch kommen würde. Quälende Vergeltungsfurcht richtete sich auf die Rote Armee, die aus dem verheerten Rußland herangewälzt kam. »Wehe, wenn wir den Krieg verlieren und ans Tageslicht kommt, was wir auf dem Kerbholz haben«, hieß es in Feldpostbriefen.[147] »Wenn die Juden siegen, wird unser ganzes Volk niedergemetzelt« – so deutete man sich im Mai 1943 gewisse Propagandaschriften über die Mordlust der Juden aus. Großen Eindruck auf die bedrückte Bevölkerung machte ein Zeitungsartikel des stellvertretenden Reichspressechefs Helmut Sündermann (!) vom September 1944, in dem zu lesen stand: »Der deutsche Staat soll von der Landkarte gestrichen, die deutschen Menschen sollen als Arbeitssklaven über den ganzen Erdball verteilt werden.«[148]

Zur Strafe für begangene und geplante Untaten fühlten sich die Deutschen in »wahnwitzige jüdische Haßphantasien« ein. Nach der Kapitulation erzählten sie sich, alle deutschen Kinder von acht bis vierzehn Jahren würden nach Rußland verschleppt. Die deutschen Kriegsgefangenen müßten auf Lebenszeit Zwangsarbeit in Kohlengruben verrichten. Mit der deutschen Kultur sei es aus. Alle Angehörigen der Jahrgänge 1910 bis 1925 würden sterilisiert, und das Heiraten in Deutschland sei künftig verboten. In der Zeit, die dann noch bis zum Aussterben der Deutschen vergehe, würden die deutschen Bürgermeister nach und nach durch aus Konzentrationslagern befreite Juden ersetzt.[149] Gleichzeitig verstanden die Deutschen gar nichts mehr, hatten nie etwas gewußt, versanken sie in Apathie und Selbstmitleid und wünschten sich einen neuen Führer. Als man von ihnen die Bewältigung der Vergangenheit verlangte, waren sie längst wieder in die Sucht der Selbstverachtung geraten.

Diese Selbstverachtung war und ist von tückischer Brisanz für Opfer und Bändiger der Deutschen und die Deutschen selbst. Sie fördert ein »Lernen aus der Geschichte«, das die Deutschen zum Subjekt-Objekt haßerfüllter Säuberungen macht und die Verachteten zum Zurückschlagen reizt. Über ihre nationalsozialistischen Lehrer lernten die Deutschen aus der Niederlage im Ersten Weltkrieg, daß Wiedergutmachung nur durch größte Opfer zu erlangen sei. Im Opfer aber schafft Entsühnung neue Schuld und Schuldigkeit. So schwelte in der Vergeltungsfurcht der Deutschen am Ende des Zweiten Weltkriegs auch der Wunsch, für den Massenmord – und die Niederlage – bestraft zu werden. Es bedürfte eines neuartigen, der Aufrechnung von Opferzahlen unverdächtigen, Untersuchungsansatzes, um zu klären, auf welche Weise er in Erfüllung ging.

Anmerkungen

1 Werner T. Angress: Erfahrungen jüdischer Jugendlicher und Kinder mit der nichtjüdischen Umwelt 1933-1945. In: Ursula Büttner (Hrsg.): Die Deutschen und die Judenverfolgung im Dritten Reich. Hamburg 1992, S. 91.

2 Larry Orbach / Vivien Orbach-Smith: Soaring Underground. Autobiographie eines jüdischen Jugendlichen im Berliner Untergrund 1938-1945. Berlin 1998.

3 A.a.O., S. 122.

4 Vgl. Wolfgang Benz: Überleben im Untergrund 1943-1945. In: derselbe: Die Juden in Deutschland 1933-1945. Leben unter nationalsozialistischer Herrschaft. München 1988, S. 660-700. Hier: S. 661.

5 A.a.O., S. 663.

6 Raphael Delpard: Überleben im Versteck. Jüdische Kinder 1940-1944. Bonn 1994, S. 95-97.

7 »Süddeutsche Zeitung«, Nr. 283 vom 9. 12. 1997, S. 3.

8 Vgl. Raphael Delpard: a.a.O. (s. Anm. 6), S. 112.

9 Larry Orbach / Vivien Orbach-Smith: a.a.O. (s. Anm. 2), S. 80.

10 Margarete Limberg / Hubert Rübsaat (Hrsg.): Sie durften nicht mehr Deutsche sein. Jüdischer Alltag in Selbstzeugnissen 1933-1938. Frankfurt am Main 1990, S. 217.

11 Raphael Delpard: a.a.O. (s. Anm. 6), S. 98.

12 Adolf Hitler: Mein Kampf. Zwei Bände in einem Band. Ungekürzte Ausgabe. München 1939, S. 335.

13 Vgl. Gerhard Friese: Rassenkundliche Grundbegriffe für den Amtsarzt. In: Friedrich Burgdörfer u.a.: Grundlagen der Erb- und Rassenpflege. Berlin 1936. S. 251f. Zitiert in: Kirstin Breitenfellner: Physiognomie und Charakter. In: dieselbe / Charlotte Kohn-Ley (Hrsg.): Wie ein Monster entsteht. Bodenheim 1998, S. 70-72.

14 Fred Hahn: Lieber Stürmer. Leserbriefe an das NS-Kampfblatt 1924-1945. Stuttgart 1978, S. 90.

15 Zitiert in: Klaus Teschwer: »Lösung der Judenfrage«. In: Kirstin Breitenfellner / Charlotte Kohn-Ley (Hrsg.): Wie ein Monster entsteht. Bodenheim 1998, S. 162.

16 Wilhelm Stuckart/Hans Globke: Kommentare zur deutschen Rassengesetzgebung. Band 1. München/Berlin 1936, S. 55.

17 Runderlaß des Reichs- und Preußischen Ministers des Innern vom 26. November 1935. Wiedergegeben in: Wilhelm Stuckart/Hans Globke: a.a.O. (s. Anm. 16), S. 153.

18 Zweite Verordnung zur Durchführung des Gesetzes über die Änderung von Familiennamen und Vornamen vom 17. August 1938. Wiedergegeben in: Bernhard Lösener/Friedrich A. Knost (Hrsg.): Die Nürnberger Gesetze mit den Durchführungsverordnungen und sonstigen einschlägigen Vorschriften. 5. Auflage. Berlin 1942, S. 217.

19 A. a.O., S. 251.

20 Gottfried Benn: Briefe an F. W. Oelze. Frankfurt am Main 1979, S. 33-35.

21 Vgl. beispielsweise: Margarete Limberg/ Hubert Rübsaat (Hrsg.): a.a.O. (s. Anm. 10), S. 130-139.

22 Kirstin Breitenfellner: Physiognomie und Charakter. In: dieselbe/ Charlotte Kohn-Ley (Hrsg.): Wie ein Monster entsteht. Zur Konstruktion des anderen in Rassismus und Antisemitismus. Bodenheim 1998, S. 71 f.

23 Vgl. Saul Friedländer: Das Dritte Reich und die Juden. Erster Band: Die Jahre der Verfolgung 1933-1939. München 1998, S. 170.

24 A.a.O., S. 171.

25 Fritz Redlich: Hitler. Diagnosis of a Destructive Prophet. New York 1998.

26 Marlis Steinert: Hitler. München 1994, S. 11.

27 Ebenda.

28 Michael Wieck: Zeugnis vom Untergang Königsbergs. Ein »Geltungsjude« berichtet. Heidelberg 1988, S. 99-102.

29 Zitiert in: Kirstin Breitenfellner: Zwischen Opportunismus und Widerstand. Ludwig Ferdinand Clauss: Zur Biographie eines deutschen Rassentheoretikers. In: dieselbe/Charlotte Kohn-Ley (Hrsg.): Wie ein Monster entsteht. Bodenheim 1998, S. 195.

30 Ebenda.

31 Wilhelm Stuckart/Hans Globke: a.a.O. (s. Anm. 16), S. 64.

32 A.a.O., S. 151.

33 A.a.O., S. 2.

34 Friedrich Keiter: Kurzes Lehrbuch der Rassenbiologie und Rassenhygiene. Stuttgart 1941, S. 193.

35 Gerhard Friese: a.a.O. (s. Anm. 13)

36 Zitiert in: Annegret Kiefer: Das Problem einer »jüdischen Rasse«. Eine Diskussion zwischen Wissenschaft und Ideologie (1870-1930). (= Marburger Schriften zur Medizingeschichte. Band 29.) Frankfurt am Main 1991, S. 46. Die Originalquelle der erwähnten Befunde ist: Leopold Glück: Beiträge zur physischen Anthropologie der Spaniolen. In: »Wissenschaftliche Mitteilungen aus Bosnien und der Herzegowina«, Jg. 4 (1896), S. 587-592.

37 Annegret Kiefer: a.a.O. (s. Anm. 36), S. 46. Originalquelle: Joseph Jacobs / Isidor Spielman: On the Comparative Anthropometry of English Jews. In: »Journal of the Anthropologic Institute of Great Britain. Vol. 19 (1890), S. 70-88.

38 Maurice Fishberg: The Jews: A Study of Race and Environment. New York 1911. Derselbe: Die Rassenmerkmale der Juden. Eine Einführung in ihre Anthropologie. München 1913. Die beiden Arbeiten unterscheiden sich »wesentlich durch die Behandlung des Stoffes«. In der deutschen Fassung werden soziologische und ökonomische Probleme und Fragen des Zionismus nur knapp erörtert, dagegen die »Beweise für die 4000jährige Infusion fremden Blutes in die Nachkommenschaft der vermeintlichen ›Erzväter Abraham, Isaak und Jacob‹« ausführlich dargelegt (S. VI).

39 Maurice Fishberg: Die Rassenmerkmale der Juden. A.a.O. (s. Anm. 38), S. 256 und 258.

40 A.a.O., S. 259.

41 A.a.O., S. 15 und 20.

42 A.a.O., S. 32.

43 A.a.O., S. 36.

44 A.a.O., S. 239-255. Vgl. Annegret Kiefer: a.a.O. (s. Anm. 36), S. 91 f.

45 Maurice Fishberg: Die Rassenmerkmale der Juden. A.a.O. (s. Anm. 38), S. 52-55.

46 A.a.O., S. 176-216 und 258f.

47 A.a.O., S. 188-194.

48 A.a.O., S. 228f.

49 A.a.O., S. 235.

50 Die Wendung, jemand habe »nicht typisch jüdisch ausgesehen«, findet sich in vielen Darstellungen jüdischer Lebensgeschichten der dreißiger und vierziger Jahre. Vgl. Margarete Limberg/ Hubert Rübsaat (Hrsg.): a.a.O. (s. Anm. 10). Vgl. André Stein: Versteckt und vergessen. Kinder des Holocaust. München 1995.

51 Maurice Fishberg: Die Rassenmerkmale der Juden. A.a.O. (s. Anm. 38), S. 236.

52 A.a.O., S. 262.

53 Herlinde Koelbl: Jüdische Porträts. Frankfurt am Main 1989, S. 147.

54 Ebenda.

55 Saul Friedländer: a.a.O. (s. Anm. 23), S. 168.

56 Vgl. David Farbstein: Die Stellung der Juden zur Rassen- und Fremdenfrage. Zürich 1939, S. 25f.

57 Zitiert in: Volker Dahm: Kulturelles und geistiges Leben. In: Wolfgang Benz (Hrsg.): Die Juden in Deutschland 1933-1945. München 1988, S. 75-267. Hier: S. 76.

58 Ebenda.

59 A.a.O., S. 77.

60 A.a.O., S. 76f.

61 A.a.O., S. 76.

62 Arthur Koestler: Der dreizehnte Stamm. Das Reich der Khasaren und sein Ende. Wien 1977, S. 264.

63 Ernst H. Gombrich: Jüdische Identität und jüdisches Schicksal. Eine Diskussionsbemerkung. Wien 1997, S. 64.

64 A.a.O., S. 11.

65 A.a.O., S. 44f.

66 A.a.o., S. 45.

67 Vgl. Robert Weltsch: Tragt ihn mit Stolz, den gelben Fleck. Nördlingen 1988, S. 27.

68 Arthur Koestler: a.a.O. (s. Anm. 62), S. 221f.

69 A.a.O., S. 223.

70 Herlinde Koelbl: a.a.O. (s. Anm. 53), S. 184.

71 Dietz Bering: Der Name als Stigma. Antisemitismus im deutschen Alltag 1812-1933. Stuttgart 1987, S. 199.

72 Ebenda.

73 Margarete Limberg/Hubert Rübsaat (Hrsg.): a.a.O. (s. Anm. 10), S. 318.

74 Wilhelm Stuckart / Hans Globke: Kommentare zur deutschen Rassengesetzgebung. A.a.O. (s. Anm. 16), S. 135f.

75 Saul Friedländer: a.a.O. (s. Anm. 23), S. 172.

76 A.a.O., S. 395. Originalquelle: Akten der Parteikanzlei der NSDAP (Regesten), Teil 1, Band 1, S. 178; Teil 2, Band 3, S. 104 und 108.

77 Bernhard Lösener / Friedrich A. Knost (Hrsg.): Die Nürnberger Gesetze ... A.a.O. (s. Anm. 18), S. 25.

78 Vgl. z. B. Dan Diner: Zwischen Aporie und Apologie. Über Grenzen der Historisierbarkeit des Nationalsozialismus. In: derselbe (Hrsg.): Ist der Nationalsozialismus Geschichte? Zu Historisierung und Historikerstreit. Frankfurt am Main 1987, S. 34-50. Martin Broszat / Saul Friedländer: Um die »Historisierung des Nationalsozialismus«. Ein Briefwechsel. In: »Vierteljahreshefte für Zeitgeschichte«, Jg. 36 (1988), S. 339-372. Hanno Loewy (Hrsg.): Holocaust: Die Grenzen des Verstehens. Eine Debatte über die Besetzung der Geschichte. Reinbek 1992.

79 Adolf Hitler: Mein Kampf. A.a.O. (s. Anm. 12), S. 334f.

80 A.a.O., S. 629f.

81 A.a.O., S. 723f.

82 Wiedergegeben in: Werner Maser: Hitlers Briefe und Notizen. Sein Weltbild in handschriftlichen Dokumenten. Düsseldorf/ Wien 1973, S. 225.

83 Adolf Hitler: Sämtliche Aufzeichnungen 1905-1924. Hrsg. von Eberhard Jäckel mit Axel Kuhn. Stuttgart 1980, S. 176f.

84 Der Jude in der deutschen Geschichte. Instruktionsschrift der Wehrmacht vom Januar 1939.

85 Joseph Goebbels: Tagebücher 1924-1945. Hrsg. von Ralf Georg Reuth. Band 4. München 1992, S. 1762, 1776 und 1805.

86 Robert Jay Lifton / Eric Markusen: Die Psychologie des Völkermordes. Atomkrieg und Holocaust. Stuttgart 1992, S. 66.

87 Fred Hahn: a.a.O. (s. Anm. 14), S. 81.

88 Adolf Hitler: Mein Kampf. A.a.O. (s. Anm. 12), S. 250. Hervorhebung durch F.B.

89 Ebenda.

90 A.a.O., S. 252.

91 Peter Longerich: Politik der Vernichtung. München 1998, S. 59-64.

92 Adolf Hitler: Monologe im Führerhauptquartier 1941-1944. Die Aufzeichnungen Heinrich Heims, hrsg. von Werner Jochmann. Hamburg 1980. S. 293.

93 Hitlers politisches Testament. Die Bormann-Diktate vom Februar und April 1945. Hamburg 1981, S. 65.

94 A.a.O., S. 66-68.

95 A.a.O., S. 68f.

96 Sigmund Freud: Massenpsychologie und Ich-Analyse (1921). In: Freud-Studienausgabe. Hrsg. von Alexander Mitscherlich / Angela Richards / James Strachey. Band IX. Frankfurt am Main 1974, S. 96.

97 Rede Adolf Hitlers auf dem Parteitag der NSDAP 1934 in Nürnberg. Aufgezeichnet in: Leni Riefenstahl: »Triumph des Willens«. Dokumentarfilm. Berlin 1935.

98 Friedrich Heer: Der Glaube des Adolf Hitler. Anatomie einer politischen Religiosität. München 1968.

99 Claus-Ekkehard Bärsch: Erlösung und Vernichtung. Dr. phil. Joseph Goebbels. Psyche und Ideologie eines jungen Nationalsozialisten. München 1987. Derselbe: Die politische Religion des Nationalsozialismus. München 1998.

100 Julius H. Schoeps: Erlösungswahn und Vernichtungswille. Die sogenannte »Endlösung der Judenfrage« als Vision und Programm des Nationalsozialismus. In: Michael Ley / Julius H. Schoeps (Hrsg.): Der Nationalsozialismus als politische Religion. Bodenheim 1997, S. 262-271.

101 Michael Ley: Genozid und Heilserwartung. Zum nationalsozialistischen Mord am europäischen Judentum. Wien 1993. Derselbe: Apokalypse und Moderne. Aufsätze zu politischen Religionen. Wien 1997.

102 Vgl. Enrico Syring: Hitler. Seine politische Utopie. Berlin 1994.

103 Adolf Hitler: Reden und Proklamationen 1932-1945. Hrsg. von Max Domarus. I. Band (1932-1938) und II. Band (1939-1945), durchlaufend numeriert. Würzburg 1963. Hier: S. 1990-1993 (Rede zur Parteigründungsfeier am 19. Februar 1943).

104 Adolf Hitler: Mein Kampf. A.a.O. (s. Anm. 12), S. 69f.

105 Adolf Hitler: Monologe im Führerhauptquartier 1941-1944. A.a.O. (s. Anm. 92), S. 143.

106 Adolf Hitler: Mein Kampf. A.a.O. (s. Anm. 12), S. 70. Hervorhebung im Original.
107 Adolf Hitler: Reden und Proklamationen 1932-1945. A.a.O. (s. Anm. 103), S. 849. Vgl. Claus-Ekkehard Bärsch: Die politische Religion des Nationalsozialismus. A.a.O. (s. Anm. 99), S. 290.
108 Adolf Hitler: Reden und Proklamationen 1932-1945. A.a.O. (s. Anm. 103), S. 1798.
109 Claus-Ekkehard Bärsch: Die politische Religion des Nationalsozialismus. A.a.O. (s. Anm. 99), S. 138 f.
110 A.a.O., S. 158ff., 166ff. und 172ff.
111 A.a.O., S. 342f.
112 Heinrich Himmler: Geheimreden 1933 bis 1945 und andere Ansprachen. Hrsg. von Bradley F. Smith/Agnes Peterson. Frankfurt am Main 1974, S. 200f.
113 Der Jude in der deutschen Geschichte. A.a.O. (s. Anm. 84).
114 Harald Strohm: Die Gnosis und der Nationalsozialismus. Frankfurt am Main 1997, S. 39.
115 A.a.O., S. 38.
116 Adolf Hitler: Monologe im Führerhauptquartier 1941-1944. A.a.O. (s. Anm. 92), S. 76.
117 Adolf Hitler: Mein Kampf. A.a.O. (s. Anm. 12), S. 324.
118 Adolf Hitler: Reden und Proklamationen 1932-1945. A.a.O. (s. Anm. 103), S. 214f. Vgl. Claus-Ekkehard Bärsch: Die politische Religion des Nationalsozialismus. A.a.O. (s. Anm. 99), S. 293.
119 Rede Adolf Hitlers im Mai 1928, abgedruckt im »Völkischen Beobachter«, Nr. 129 vom 25. 5. 1928, S. 2.
120 Joseph Goebbels: Opfergang. In: Wege ins Dritte Reich. Briefe und Aufsätze für Zeitgenossen. München 1927, S. 55. Zitiert in: Claus-Ekkehard Bärsch: Erlösung und Vernichtung. A.a.O. (s. Anm. 99), S. 108.
121 Michael Ley: Genozid und Heilserwartung. A.a.O. (s. Anm. 101), S. 208.
122 Rede Adolf Hitlers im Mai 1928. A.a.O. (s. Anm. 119).
123 Adolf Hitler: Reden und Proklamationen 1932-1945. A.a.O. (s. Anm. 103), S. 1341, 1978, 1979 und 2117. Vgl. Claus-Ekkehard Bärsch: Die politische Religion des Nationalsozialismus. A.a.O. (s. Anm. 99), S. 285. und 296f.

124 Adolf Hitler: Mein Kampf. A.a.O. (s. Anm. 12), S. 68.

125 Adolf Hitler: Reden und Proklamationen 1932-1945. A.a.O. (s. Anm. 103), S. 2139 (Rede am 4. August 1944 vor den Reichs- und Gauleitern, übermittelt von Albert Speer).

126 Adolf Hitler: Mein Kampf. A.a.O. (s. Anm. 12), S. 724f.

127 A.a.O., S. 703.

128 Adolf Hitler: Monologe im Führerhauptquartier 1941-1944. A.a.O. (s. Anm. 92), S. 55 und 99.

129 Raul Hilberg: Täter, Opfer, Zuschauer. Die Vernichtung der Juden 1933-1945. Frankfurt am Main 1992, S. 281f.

130 Vgl. Walter Laqueur: Terrible Secret. An investigation into the suppression of information about Hitler's »Final Solution«. London 1980; Martin Gilbert: Auschwitz und die Alliierten. München 1982; David S. Wyman: Das unerwünschte Volk. Amerika und die Vernichtung der europäischen Juden. Ismaning 1986; Jean-Claude Favez: Warum schwieg das Rote Kreuz? Eine internationale Organisation und das Dritte Reich. München 1994; E. Thomas Wood / Stanislaw M. Jankowski: Jan Karski – Einer gegen den Holocaust. Als Kurier in geheimer Mission. Gerlingen 1997.

131 Hans Mommsen: Schuld der Gleichgültigen. In: »Süddeutsche Zeitung«, Nr. 166 vom 20./21.7.1996, S. I der Feuilleton-Beilage.

132 Vgl. Julius H. Schoeps: a.a.O. (s. Anm. 100), S. 264.

133 Moishe Postone: Nationalsozialismus und Antisemitismus. In: Dan Diner (Hrsg.): Zivilisationsbruch – Denken nach Auschwitz. Frankfurt am Main 1988, S. 243.

134 Zitiert in: Helmut Heiber: Joseph Goebbels. Berlin 1963. S. 452f. Vgl. Claus-Ekkehard Bärsch: Die politische Religion des Nationalsozialismus. A.a.O. (s. Anm. 99), S. 129f.

135 Helmut Heiber: a.a.O. (s. Anm. 134), S. 451.

136 Hans Mommsen: Schuld der Gleichgültigen. A.a.O. (s. Anm. 131).

137 Adolf Hitler: Reden und Proklamationen 1932-1945. A.a.O. (s. Anm. 103), S. 2163 (»Allerseelen-Allerheiligen«-Proklamation zum 9. November 1944).

138 A.a.O., S. 2203f.

139 Hitlers politisches Testament. A.a.O. (s. Anm. 93), S. 116.

140 A.a.O., S. 91f.
141 Vgl. Philippe Burrin: Hitler und die Juden. Die Entscheidung für den Völkermord. Frankfurt am Main 1993, S. 172.
142 Adolf Hitler: Reden und Proklamationen 1932-1945. A.a.O. (s. Anm. 103), S. 2182.
143 Nürnberger Prozeß. Der Prozeß gegen die Hauptkriegsverbrecher vor dem internationalen Militärgerichtshof. Band XLI. Nürnberg 1947, S. 430, Beweisstück Speer 25.
144 Aussage Albert Speers vor dem Nürnberger Gerichtshof. In: Nürnberger Prozeß. A.a.O., Band XVI, S. 547f.
145 Hans Mommsen / Dieter Obst: Die Reaktion der deutschen Bevölkerung auf die Verfolgung der Juden 1933-1945. In: Hans Mommsen / Susanne Willems (Hrsg.): Herrschaftsalltag im Dritten Reich. Düsseldorf 1988, S. 374-426. Hier: S. 407.
146 Vgl. Jörg Wollenberg (Hrsg.): »Niemand war dabei und keiner hat's gewußt«. Die deutsche Öffentlichkeit und die Judenverfolgung 1933-1945. München 1989. Vgl. Wolfgang Benz / Barbara Distel (Hrsg.): Konzentrationslager – Lebenswelt und Umfeld. Studien und Dokumente zur Geschichte der nationalsozialistischen Konzentrationslager. Im Auftrag des Comité International de Dachau, Brüssel. Dachau 1997.
147 Vgl. Victor Klemperer: Ich will Zeugnis ablegen bis zum Letzten. Tagebücher 1933-1945. Band II. Berlin 1995, S. 640 und 648.
148 A.a.O., S. 578 (Eintrag vom 7. September 1944).
149 Edgar Morin: Das Jahr Null. Ein Franzose sieht Deutschland. In: Klaus R. Scherpe (Hrsg.): In Deutschland unterwegs. Reportagen, Skizzen, Berichte 1945-1948. Stuttgart 1982, S. 341-349. Hier: S. 343.

Hunger nach Begrenzung I
Die letzten Jahre der Bundesrepublik
(1984)

Ein Betrieb, der seine Antriebe und Zwecke verheizt und alles assimiliert, was sich von ihm unterscheidet, ist gleich-gültig. So verhält es sich mit der BRD und mit dem Reden über die BRD, sofern es plausibel und rationell sein will: Können wir nicht von etwas anderem sprechen? Erfährt man aber, daß in diesem Land ebensosehr alles wie nichts verständlich ist, dann ist jede Aussage über die BRD ein Wagnis, und sie hat etwas Gewaltsames und Willkürliches, denn der, der spricht, muß sich einbilden, diesem Land gegenüberzustehen, wunderbarerweise tief in ihm versunken und zugleich entkommen zu sein. Was Wunder, daß die BRD im Smalltalk ihrer Bewohner auf ohrenbetäubende Weise schweigt. So gut wie alles, was über ihre Lebenswelt geschrieben steht, ohne einer spätkonservativen oder spätaufklärerischen Didaktik zu huldigen, kommt von Ausländern, Leuten wie Baudrillard, Virilio und anderen. Es sind penetrante Diskurse vom Tod und der Simulation des Politischen und des Sozialen (Kapital, Macht und Revolution als *Zombies*) und von der Deterritorialisierung der Welt durch die Beschleunigung der Körper.

Von der Rezeption dieser Diskurse, der Faszination, die von ihnen ausgeht, und ihrer Fortführung sagt man gern, sie seien modisch.[1] Dieses Verdikt mutet freilich eher wie ein Ruhmestitel an, denn wenn etwas aus dem Theoriebetrieb der BRD nahezu verschwunden ist, so sind es modische bzw. moderne Theorien über die Gesellschaft, in der wir uns in ermüdeter Fassungslosigkeit vorfinden. Das Abenteuerliche jener französischen Theorien fällt bei der Bemühung, ihrer schleunigst Herr zu werden, gar nicht auf: Sie zersetzen in dem Maße, in dem sie sich bewahrheiten, ihre eigenen Bedingungen (ihre Lust, ihre Distanz, ihr Publikum).

Welche Begeisterung trägt die Autoren, wenn der Ort des Diskurses zwar nicht unmöglich, aber zunehmend beliebig wird? Vielleicht können solche Texte nur in einem Land des Übergangs entstehen, wo das Unternehmertum *noch* und *schon wieder* feudalistische Züge hat, wo die sozialen Klassen noch ihre eigenen Kulturen haben *und* Schablonen der Medien sind, wo die Familien noch wachsen wie die Bäume *und* zugleich staatlich subventionierte Projekte sind. Vielleicht verstummen diese Diskurse, wenn ihr Gegenstand sie eingeschlossen hat.

In der BRD entstanden keine Theorien der Macht, die ihrer Realität nachjagt, und doch werden die Pariser Schriften von vielen postmarxistischen Intellektuellen wie Offenbarungen gelesen – als seien sie eigens für die BRD geschrieben worden. Sie rufen zugleich Verblüffung, Bewunderung und Gelächter hervor; sie analysieren Figurationen und Transformationen, die so vertraut sind, daß niemand auf den Gedanken kam, es könnte für sie auch noch Worte geben. Im Vergleich der westeuropäischen Länder ist die BRD zweifellos jenes Gebilde, das die Auflösung der nationalen und historischen Ordnung (der Signifikanten des *Reiches*) und die Verwüstung des Landes am entschlossensten in ein Potential der ökonomischen Beschleunigung und der Funktionalisierung aller Lebensbereiche umgemünzt hat. Bonn ist nicht nur deshalb ein Raumschiff, weil hier die neue Kaste der Berufspolitiker ohne Familie, ohne »Basis« und ohne das schützende Gewimmel einer Großstadt zusammengepfercht wird, sondern auch deshalb, weil es das Modell eines Deutschlands nach der Katastrophe Deutschlands ist, das Modell einer Nation ohne Volk und eines Staates ohne Raum.

Der BRD-Apparat scheint von Geschichte, Nation, Erde und Raum Abschied genommen zu haben, um nur noch die *Zeit* zu bewirtschaften, die lineare Zeit der Akkumulation, den Rohstoff, der alle anderen Stoffe nach dem Wertgesetz quantifiziert und subsumiert. Oft genug hat man in der BRD von einer abstrakten Zeitökonomie gesprochen, um das Leben in diesem Land zu charakterisieren. Man beschreibt diese Ökonomie als einen Prozeß der Expansion, als fortschreitende Disziplinierung, gegen die die Körper, die Träume, die Bedürfnisse und Wünsche Widerstand leisten, immer unterliegend, doch immer wieder aufbegehrend. In diesem Kontext taucht die Metapher der Leere auf, das Bild eines leeren Kontinuums von »jetzt, jetzt, jetzt«, in dem die abgezählten und berechneten Stoffe, die kapitalisierten Güter, mit allem relativiert und gegen alles eingetauscht werden können. Und so weiter, ohne Ende. Die Anwälte des Menschen und des Lebens überhaupt erinnern daran, daß die Sukzession der leeren Zeitquanten nicht *von selbst* läuft, sondern etwas entleert, von etwas zehrt: von der lebendigen Arbeit, von den Substraten der Gebrauchswerte und der Natur, vom Widerstand – so wie die Beschleunigung des Verkehrs und die Gleichzeitigkeit des elektronischen Sehens und Hörens am Raum zehren, den sie überwinden. Weigert man sich zu denken, daß diese Entleerung einmal an ein Ende gelangen muß und die abstrakte Zeitökonomie damit ihren Rohstoff und ihr Maß (in klassischen Begriffen: den Gebrauchswert des Kapitals) verliert und nun beginnt, sich selbst zu verzehren? Nein, es liegt eine Fülle von Berichten und Analysen vor, die das Versagen und die Austauschbarkeit der ökonomischen Theorien, den fiktionalen Charakter jeder Bewertung der Arbeitskraft, die Festlegung »elementarer Bedürfnisse« nach jeweils unterschiedlichen Verfahren und die unbewußte Verkettung und Motorisierung der Körper belegen – und schließlich die Gerinnung des Kapitals in jedem politischen Vorwand, der es ihm erlaubt, seine Geschichte zu wiederholen.

Die Leere, die alles in sich aufnimmt und verwertet, und die kreisenden Bewegungen des Geldes verlieren ihre Referenten. Dies untergräbt auch die Evidenz der einzigen öffentlichen, intersubjektiven Zeitform, der Zeitrechnung. Aber was nun? Eine Antwort lautet: Die durch Datenrechner und Mikroprozessoren unbegrenzt eingesparte *und* verlorene Zeit läuft nach allen Richtungen auseinander; jede Tätigkeit erhält rituelle Züge und ihren eigentümlichen Zeitverlauf; zugleich wird die Notwendigkeit der Produktivität durch verschärfte Rationalisierung der Wochen, Tage und Stunden simuliert.

Die Verwaltung der Zeit in der BRD am Ende des Jahrhunderts und Jahrtausends läßt jedoch erkennen, daß die Subventionierung der leeren Sukzession (die das reine Maß der Arbeit ist) durch die Koppelung von Geld und Leistung bestimmte Folgen für die Dimension der Zeit hat: Die Simulation ist nicht vollkommen. Um eine maßlose, unbedingte Zeitökonomie zu erhalten, wird die Zukunft ausgestrichen. Die progrediente Zeitrechnung geht über in eine multilineare Folge von Schaltungen, in eine Simultaneität und Kombinatorik von Zeitplänen. Wir bewirtschaften nicht mehr eine generell verfügbare, leere Zeit, sondern treten aus einer Systemzeit in eine andere. Die Simulation der Zeitökonomie führt zur Introversion der Zählung. Zugleich löst sie einen unstillbaren Hunger nach Begrenzung und Beschränkung aus: Hunger der Kapitalverwaltung nach einem elementaren Mangel, einem Maß der Akkumulation außerhalb der Zeit; Hunger der Massen nach einer realen Zeit oder Zeitgrenze.

Für die Regierung, die Versicherungen und die Unternehmen der BRD – für alle, die vorausplanen, selbst für die Individuen, die jeden Morgen den Rest ihres Lebens schätzen – hat die Zahl 2000 eine Bedeutung gewonnen, die ebenso abstrakt wie magisch ist. Das Jahr 2000 steht vor uns wie eine Wand. Sie stand so lange vor uns – höher als das Jahr 1984 –, daß wir bei der Ankunft eine Belohnung erwarten. Diese Belohnung kann nur darin bestehen, daß wir nicht weiterzählen müssen, daß es von selbst weitergeht. Die Vergangenheit vermehrt sich. Die Zeit wird gebündelt, die Bündel werden gezählt und in der Scheuer der Dezimalrechnung und des

Gregorianischen Kalenders gespeichert. Wenn 2000 Jahre aufeinanderliegen, werden sie gegen eine *Fügung von außen* getauscht – gegen einen neuen Anfang, gegen ein Ende, wenigstens gegen eine neue Zeitrechnung. Die Erwartung des Jüngsten Gerichts am Ende des 10. Jahrhunderts und der Kult der Erschöpfung am Ende des 19. Jahrhunderts verwandeln sich in die Hoffnung, daß ein Ende gemacht wird.

Die Gegenwart der BRD liegt in der Zeit bis zum Jahr 2000. Die verbleibenden Jahre folgen einander nicht, sondern bilden einen Zeitteich. Eine Zeit danach ist nicht vorgesehen. Die Politik der BRD ist Überlebenspolitik; gemäß den Erfordernissen nach 2000 *heute* zu planen, wäre so abstrus, als wollte man den Tisch decken, obwohl ringsherum das Haus in Flammen steht. Um Zeit zu gewinnen, müssen wir die Zukunft verhüllen. Alle denkbaren Zukünfte finden heute statt, nebeneinander. Daher ist es keineswegs ein Zynismus des politischen Systems, sondern nur die Weigerung, sich in eine leere Zahlenreihe einzuordnen, wenn die BRD – wie viele andere Länder – radioaktiven Müll in der Erde lagert, der eine Halbwertzeit von mehr als 10 000 Jahren hat.

Wer die Gegenwart der BRD sucht – eine Realität der BRD oder eine erlebte Gemeinschaft ihrer Bürger –, der findet sie nicht auf dem Staatsgebiet der BRD und nicht im Zeitverlauf, nicht nach Stunden oder Minuten bemessen. Reale BRD kann nur die Zusammenschaltung von Räumen in der Synchronisation der Leistungen eines Systems sein – die elektronische Verbindung von Fernsehräumen, von Räumen, in denen die Arbeit gleichzeitig aufgenommen oder niedergelegt wird (nicht die Bedeutung des Streiks ist real, sondern die Schaltung), die Eingliederung in den Straßen-, Schienen- und Luftverkehr oder die Gleichzeitigkeit der Mobilmachung und der Kapitulation.

In der Dimension der linearen Zeit hat die BRD weder eine Zukunft noch eine Gegenwart, sondern nur eine Vergangenheit. Sie kommt nicht voran, aber sondert einen wachsenden

Zeitraum ab, in dem die Regisseure der Kulturindustrie und der politischen Bewegungen nach Belieben die Realität des Lebens, der Deutschen, der Jugend, der Revolte, der Restauration, der Libertinage und der »Wende« entdecken und bewahren können. Daher kann es gar nicht schnell genug gehen, um wieder ein Jahrzehnt zu beenden und damit zu produzieren – als die »fünfziger Jahre«, die »sechziger Jahre«, die »siebziger Jahre« und die »achtziger Jahre«, und bald als »Das 20. Jahrhundert – Grauen und Größe«. Gefragt sind Authentizität und Unnachahmlichkeit, damit das Publikum begreift, welch langer Weg zurückgelegt wurde (Progression) oder, was das gleiche ist, daß es auch schon damals um dieselben Probleme, Wünsche und Konflikte ging (Besinnung auf das Invariante und Bleibende), in jedem Fall aber, wie real die Realität war. Die späten sechziger Jahre leben für alle als Zeit einer tiefgreifenden Umwälzung fort: Die Linken brauchen eine Tradition; die Konservativen zeigen: Wir *hatten* ja die Subversion, aber es ging nicht gut, also ... Dabei macht es keinen Unterschied, ob die aktuelle Selbstdarstellung einer Gruppe dem Modell einer früheren Bewegung nachgebildet, aber als Premiere inszeniert wird oder ob eine aktuelle Konstellation zurückprojiziert und überall vorgefunden wird. In der Gegenwart des Fernsehens gibt es keine Original-Ereignisse. Die Politiker und Journalisten entwerfen schon jetzt (Oktober 1984) das Szenario für das Fernsehspiel »Es war einmal – 1984«: Als die Republik über die Schmiergelder von Flick empört war und die Menschen sich am Arbeitsplatz und im Familienkreis Sorgen um den Wald machten ... So gibt es auch eine Geschichte des Nationalsozialismus, die 1945 beginnt, und eine, die 1980 beginnt, in der BRD, in Frankreich, in den USA. Eine Geschichte faschistischer Uniformen (die allmählich schicker werden), eine Geschichte der faschistischen Gesichter (die teils steinerner und teils menschlicher werden). Deutschland hat keine Zukunft, doch unzählige künftige Vergangenheiten.

Das Überleben des Überlebens

Das vorherrschende Bild, das die BRD von sich selbst empfängt, ist das eines komfortablen Landes, das über seine Verhältnisse lebt und masochistisch seinen Reichtum verpraßt, obwohl ihm der Boden schwindet und die Luft ausgeht. Also doch eine Gesellschaft der Dekadenz am Ende des Jahrhunderts? Nicht ganz. Die BRD ist seit dem Beginn der siebziger Jahre dabei, den Mangel als Mittel des Überlebens zu vervollkommnen. Sie kultiviert eine kollektive Erwartung, die man als *Noch-Syndrom* bezeichnen könnte und die den Wunsch nach einer politischen Ökonomie der Pflege verstärkt: *Noch* stehen die Wälder, *noch* sprechen die Leute Dialekt, *noch* kommt Trinkwasser aus der Leitung, *noch* sind Stuttgart und Frankfurt nicht zusammengewachsen, *noch* leben in der BRD fast 60 Millionen Deutsche, *noch* haben wir Frieden, *noch* können wir im Winter heizen.

Nun schickt man sich an, die schleichende Zerstörung der Umwelt »in den Griff zu bekommen«. Das Ausmaß der Schrumpfung und Regeneration natürlicher Ressourcen wird kontinuierlich gemessen. Man tritt in einen Wettbewerb mit den Maßnahmen anderer Länder ein (BRD: Platz 1). Wer seinen Anteil an der Verschmutzung reduziert, erhält einen Bonus für kleine Sünden anderer Art (z. B. Erhöhung der Geschwindigkeit). Es werden Maße für den Verschleiß der Natur und Höchstwerte für zulässige Verfehlungen gegen Luft, Wasser, Boden, Fauna und Flora festgelegt. Empfohlen werden Patenschaften für gefährdete und neugepflanzte Bäume. Mit der Totalbewirtschaftung des Seienden wird Ernst gemacht.

Bis in die siebziger Jahre sind jene Ressourcen unerschöpflich und nahezu gratis; sie gehören zur Kategorie des Überflusses. Als Überfluß ist die Natur freilich schon auf ihre quantitative Dimension, auf die Ökonomie der Bedürfnisse, reduziert. Sie ist eine Ablagerung jeweils gleichartigen Materials. Übrigens kennzeichnet die Erfassung und Speicherung der Naturstoffe nicht nur deren Bewirtschaftung, sondern auch das »interesselose« Naturerleben: Natürlich ist alles, was es in Hülle und Fülle gibt, nichts kostet und dem Gesetz des Überlebens gehorcht. Mit der Wahrnehmung eines Überflusses verwandelt sich das Fremde und Unmäßige in unschuldigen Rohstoff. Und von vornherein ist der Überfluß auch die Knappheit – nicht deshalb, weil er zu Raubbau und Mißbrauch verführt, sondern weil die unvordenklichen Kräfte der Elemente zu einer einzigen Funktion, der meßbaren Produktivkraft (der Kausalität) entleert werden: vergesellschaftete Natur.

Es ist gerade kein ewiges Wächter-Substrat, das gegen die Hybris der denaturierten Zivilisation aufbegehrt und »umkippt«, um den Frevler in seinen Untergang mitzureißen. Im »Waldsterben« waltet die Kybernetik des Überlebens. Bei der Aufpäppelung der Wälder, beim Schutz der Arten (wie bei ihrer Dezimierung) und bei der Reinigung der Gewässer tritt das Prinzip des Mangels als Retter auf, in der Gewißheit, daß zunächst einmal, bevor wir weiterleben können, die objektiven Bedingungen des Überlebens gesichert werden müssen. Dies ist die Verewigung der suspendierten Rationalität von Mittel und Zweck. Was soll das heißen, wird man fragen, sollen wir etwa nicht die Wälder schützen und die Flüsse reinigen? Doch, ihr müßt, ihr habt gar keine Wahl.

Man schreckt uns mit dem Tod des Waldes, aber man sagt uns nicht, daß es schlimmer kommt: daß der Wald für immer im Zeichen der Pflegschaft und der Statistik dahinsiechen soll. Die Wildheit und Schwärze des Waldes, in der der Mensch untertaucht und seine dressierte Identität verliert, eignen nicht einmal mehr seiner Zerstörung; diese wird von Anfang an von den Wissenschaften begleitet und dient als Exempel der Medien-Didaktik. Der Tod des Waldes wäre das Ende der Dramaturgie der Katastrophe (die längst geschehen ist). Nein, dieser Tod ist ebenso utopisch wie die Realität des Waldes, wie seine Abgeschiedenheit und Undurchdringlichkeit als das *Andere* des Überlebens. Dieses Andere ereignet sich, nicht gegen oder gegenüber dem System des Als-ob, aber überall dort, wo die Reproduktion des toten Sinns mit ihrer Unwiderlegbarkeit zugleich eine vollkommene Ohnmacht und einen Leerlauf hinterläßt, in dem sich zurückgelassene Dinge als Referentiale einnisten. Undurchdringlich ist jedes Terrain, das von gleichförmigen, variierten Strukturen besetzt ist, die gegenüber der Strategie des Mangels indifferent sind, z. B. Wüsten jeder Art. Auf solchem Terrain breitet sich eine Desintegration der sozialen Körper aus – eine Schwärze, in der die Kommunikation nichts erkennt. Dies ist ein Deutschland, das stumm bleibt.

Der knapp gewordene Stoff verfällt entweder der Schonung oder der Zerstörung. Wird die Bewirtschaftung intensiviert, durchdringen sich beide Prozeduren; innerhalb weniger Wochen treten wir aus dem Reich des Überflusses in das Reich des Mangels. Durch Zerstörung und durch Schonung wird Knappheit produziert, und in beiden Fällen kann sich der Wert des Stoffs erhöhen. In der Mangelverwaltung bemißt sich dieser Wert aber nicht an einer Gebrauchsfunktion (für den Menschen) oder seinem Tauschwert. Vielmehr entspricht er seiner Fähigkeit, als natürliche Grenze der Entwicklung, als Referential der Not und der Notwendigkeit der Rettung zu fungieren. Das Anwachsen der Not, die in der BRD in einer Zeit der Ratlosigkeit (»Sinnkrise«, »Vertrauenskrise«) als deus ex machina auf den Plan tritt, führt zum Triumph des Wiedererkennens: Worauf es ankommt, ist, ein Dach über dem Kopf und das Essen auf dem Tisch zu haben, gesund zu sein und frische Luft zu atmen. Die Freude über die Rückkehr der einfachen Wahrheiten löst in der BRD nach dem Wachstumsrausch eine Knappheitsorgie aus.

Der Mangel an Mangel ist unstillbar, da der Mangel an Axiomen für die Selektion ökonomischer und politischer Strategien unstillbar ist. Diese Axiome waren spätestens mit dem Ende der »Rekonstruktionsperiode des Kapitals« (Anfang der sechziger Jahre) aufgezehrt. Wenn der Punkt erreicht ist, an dem die Geburt des Überflusses aus dem Mangel und die Geburt des Mangels aus dem Überfluß unterbrochen werden kann, wird wieder alles knapp. Wir leiden an einem Übermaß an eingesparter Lebenszeit und Freizeit und an rapide anwachsender Zeitnot. Die Technologie der Zeitgewinnung arbeitet so erfolgreich, daß auch das Wofür dieser Gewinne eingespart werden kann – Zeit selbst wird zum Anlaß ihrer Einsparung; daher fehlt die Zeit, die angesammelten Geräte, Vehikel und Medien zu nutzen. Selbst die Zeit, die benötigt wird, um die transmodernen Waffensysteme zur Geltung zu bringen, geht verloren – übrigens auch die Zeit, um die Waffen ruhen zu lassen. Knapp werden Gesundheit und Schlaf, und vom Energiemangel brauchen wir nicht zu sprechen (er ist vom Überangebot an Energie und vom Wettbewerb der Energien nicht zu unterscheiden). Mit den Ressourcen werden auch die Subsistenzmittel infiziert. Führend in Europa ist die BRD in ihrer Fähigkeit, das Angebot an Arbeit und Lebensmitteln und die Kaufkraft zu maximieren und zugleich in eine Panik des Verschwindens zu werfen. (Neue Formen der Arbeit bzw. neue Alltagspflichten vermehren sich, andere Formen werden stillgelegt.) Jeder Haushalt steht im Überlebenskampf, und in vielen Sektoren der neuen Verelendung zeigen sich Reinkarnationen des Proletariats. Vielleicht werden sich die Erwartungen des »Kommunistischen Manifests« nun endlich erfüllen.

Doch nicht nur die alten Mittel, auch die alten Zwecke (Gebrauchswerte, Lebensqualitäten) geraten in einen Sog der Verknappung. Zunehmender Effektivierung und Administrierung ausgesetzt, verwandeln sich das Wohnen, die Aufzucht der Kinder, die Entspannung und Erholung, die Sexualität, die Nutzung der Freizeit – das »Leben«, zu dem wir unablässig aufgerufen werden – in Rohstoffe zentralisierter Ratgeber-Dienste und Subventions-Bürokratien und damit in Quantitäten. Sie werden knapp; nie hat man genug für die

Autonomie, die Emanzipation und die Selbstverwirklichung getan.

Dies ist eine Epidemie. Sie ist nicht zu stoppen (denn der in ihr grassierende Virus ist gerade die Leere des Überlebens), doch obwohl ihre Durchdringungsmacht größer ist als die aller historischen Formen der Macht und Disziplinierung, bleibt ihr Monopolanspruch kraftlos. Nicht etwa deshalb, weil sich ihre objektiven Bedingungen aufgelöst haben (davon lebt sie ja), sondern weil sie den Ausbruch ganz anderer Epidemien (neben ihr, unter ihr, durch sie hindurch) nicht verhindern kann. Denn unsinnigerweise ist die Wirklichkeit des Mangels und des Überflusses identisch mit ihrem Verschwinden.

Die Expansion des Mangels ist keineswegs als eine neue List bei der Ausbeutung der Produktionsmittel und der Steigerung der Produktivkräfte abzutun. Auch die Objekte der fördernden und restriktiven Maßnahmen auf den vielen Feldern der Sozial- und Ordnungspolitik drohen zu verschwinden und zugleich überhandzunehmen und auszuwuchern. Dies gilt für die bundesdeutsche Bevölkerung: Das Schachern um die Abtreibungsgesetze und die Familienförderung sowie die Politik der Gesundheit, der Ausbildung, des Sports und des Wohnraums schaffen eine quantifizierbare Biomasse, die in der Enge des Landes erstickt *und* in der Weite des Landes versickert. Dabei ist der Staat keineswegs das Subjekt der Überbevölkerung und des Aussterbens der Deutschen. Immer hat die Verwaltung zu viel und zu wenig zu regeln: Sicherheit vor Kriminalität und Terrorismus und für Kernkraftreaktoren, Daten über die Bevölkerung, ihre Bedürfnisse, Einstellungen und so weiter.

Die Überlebensnot ist ständig auf der Wanderung. Da jedes vom Mangel besetzte Gut mit jedem anderen in einem fatalen Verhältnis steht, kann sie virtuell in jeder ökologischen und sozialen Paarung von einem auf den anderen übergehen und die Pole von Armut und Reichtum vertauschen. Doch die Not wendet sich nie ganz von der einen Seite ab und der anderen zu. Sie flottiert zwischen Zeit und Wald, zwischen Nahrung und Gesundheit, zwischen Kaufkraft und gutem Leben, zwischen Energie und Sicherheit und zwischen Wasser und Boden. In der aktuellen Struktur der Krise eröffnet dieses Flottieren die Chance, einen Stoff gegen den anderen auszuspielen, beispielsweise die Arbeit gegen die Bevölkerung und diese gegen jene. Mehr oder weniger geplündert, mehr oder weniger konserviert – jeder Stoff droht zum Körper der absoluten Not und zum Zünder der Katastrophe zu werden.

Mit dieser Drohung verbürgt jeder in der Schwebe zwischen Mangel und Überfluß gehaltene Stoff, daß der Signifikant der Gesellschaft das Überleben und dieses gefährdet ist. Indem er die Fraglosigkeit der Drohung enthält, füllt er als materieller Mythos das politische Handeln und den Leerlauf des Kapitals. Allerdings flottiert er selbst zwischen Virtualität und Realität. Die einzige wirkliche Probe wäre seine vollendete Zerstörung, und dies wäre auch das Ende der Mangelwirtschaft und damit das Ende der Referentiale des Überlebens (deren Macht in der Ankündigung ihrer Wirklichkeit besteht). Wirklich wird das Überleben nie. Selbst der sterbende Wald, selbst die vergiftete Nahrung werden als Zeugen der Notwendigkeit des Weitermachens immer wieder entleert und unkenntlich. Die Füllung muß erneuert werden, die Dramaturgie von Elend und Reichtum muß mit immer neuen Einfällen überraschen. Desungeachtet reproduziert sich die Kybernetik des Wertgesetzes nach einem unfehlbaren Programm: Sie überlebt, indem sie das Überleben selbst zum Dauerthema macht. Dies gewährleistet zum einen, daß ihr Überleben mit dem Überleben schlechthin identisch wird, und zum anderen, daß für die politisch-ökonomisch-militärische Logistik nur noch Überlebensfragen plausibel sind.

Die Mangelwirtschaft mit der perennierenden Wiederherstellung von Lebensbedingungen wird durch zwei weitere Strategien des Überlebens ergänzt. In beiden Fällen werden

Begrenzungen eingerichtet. Im ersten Fall führt die *Verselbständigung* von Technologien und Netzen mit zunächst rein instrumentellem Charakter zu selbstreferentiellen Systemen. Das beste Beispiel für eine solche Ausgrenzung aus der zerfallenen Rationalität einer Gesamtökonomie stellt der Straßenverkehr dar. Fahren, Fahrer, Kraftwagen, Straße, Geschwindigkeit, Unterwegssein – ihre wechselhaften Schaltungen und Attraktionen erzeugen Zustände der Entrücktheit auf einer gemeinsamen Oberfläche. Ein anderes Beispiel ist der Verbund einander abfragender und anzapfender Datenrechner, vor denen die Besitzer wie Servogeräte installiert sind. Könnte nicht die zerfallene und retotalisierte Gesellschaft in eine Interferenz solcher selbstgenügsamen, beseelten Aggregate hinübergleiten (auch nach der Ära des Verbrennungsmotors)? Hier wird das Überleben des Systems durch die Integration einer äußeren und einer inneren Beschränkung simuliert: Beschränkung auf wenige »glitzernde« Vorgänge, die sich, von der Energiezufuhr abgesehen, selbst erzeugen, selbst deuten und in sich selbst einmünden.

Der zweite Fall betrifft das System der politischen Repräsentation und Steuerung, die in einer Sphäre der Referenzlosigkeit verkommen, und die Flucht der Geschäftsführung in den Fernsehraum, wo das politische Handeln inmitten einer teilnehmenden Gemeinschaft sichtbar wird, ohne seine Repräsentanz wiederzuerlangen. Für die BRD ist diese Wiederbelebung der Politik in geschlossenen Räumen von großer Bedeutung.

Die Politik im Raum der Plausibilität

Jenseits der Repräsentanz erscheint der politische Betrieb an einem Ort, wo er vor aller Augen aufgeführt werden kann: wo es unzweifelhaft ist, daß es eine Aufführung des Politischen gibt. Seit langem ist geläufig, daß das Ereignis einen ungewissen Realitätsstatus hat, wenn es nicht von den Medien inszeniert wird. Nunmehr setzt die Politik auf das einzig Gewisse, die Faktizität der Inszenierung, und verstärkt so den Kontrast zwischen ihren allgegenwärtigen Protagonisten und dem Schattendasein ihrer Institutionen. In den letzten beiden Jahrzehnten haben die Kolumnisten schaudernd registriert, daß die Aktion der Staatsmänner häufig in Schauspielerei abgleitet, und sich über die Möglichkeit mokiert, daß Regierungsmitglieder in Nebenrollen von Fernsehserien auftauchen, ohne besondere Irritation hervorzurufen. Heute muß ein Staatsmann zunächst einmal ein überzeugender Schauspieler sein, damit man ihm abnimmt, daß er auch noch eine andere Rolle spielen könnte. Nicht nur sind der von den millionenfachen Blicken abgetastete Körper und das Handeln dieses Körpers im Sehfeld unbestreitbar, also authentisch; es ist auch fraglich, ob es noch eine andersartige Evidenz gibt.

Teilnehmer des Ereignisses im Fernsehen sind sowohl die sehenden, *blickenden* Politiker als auch die Zuschauer (nicht als sie selbst, sondern in ihren Blicken). Wenn sie nur präsent sind, ist es belanglos, ob sie sich für Repräsentanten von Macht und Volk halten. In der Sendung, an der sie teilnehmen, spielt jeder seinen Part, als »Kanzler« oder »Vorsitzender«, und dabei *ist* er mächtig. Durch die Blicke der Zuschauer hindurch drängen sich unzählige andere in den Ablauf des Ereignisses. Die Politiker präsentieren ein greifbares Geschehen, das auf dem Programm steht und *angesagt* wird und somit seine Richtigkeit hat. Die meisten von ihnen müssen ebensowenig vorgestellt werden wie die Protagonisten in den Serien, aber das heißt nicht, daß sich jemand die Frage stellt, wo sie zwischen ihren Auftritten bleiben.

Indem die Politik in den Fernsehraum ausweicht und sich auf die Dramatisierung der Aktualitäten durch das Posing einiger Akteure reduziert, tritt der Träger der »allgemeinen Angelegenheiten«, der Staatsbürger (das delegierende Volk), noch weiter in die Uneindeutigkeit zurück, wo er nur noch kapriziöse Antworten gibt, wenn er durch intensive Werbung unter Strom gesetzt wird. Die Zuschauer sind nicht einmal mehr Objekte von Public Relations, nicht einmal mehr Publikum, ja es ist die Frage, ob es sich bei ihnen um »Rezipienten« handelt. Im Fernsehraum, einer Sphäre des Tastens, Sehens und Hörens, sind die angestrahlten Zuschauer ihrerseits Medien, deren Blicke von anderswo herkommen und in andere Fernsehräume dringen. Der Blick ist immer auch ein kollektiver Blick, von der Evidenz der anderen Blicke stimuliert und geformt. Bei den Zuschauern *enden* keine Bilder und keine Botschaften. Zwar meldet sich in der Zuschauerschaft ein Verlangen nach einem Reich von Macht und Sozialität, nach einer großen Welt »da draußen«, in der sich Persönlichkeiten und Interessen bekämpfen, nach einer Domäne brutaler Politik, rechtschaffener Anstrengungen, blinder Egoismen und folgenschwerer Irrtümer – ebenso wie der politische Betrieb nach einem authentischen Auftrag von »unten« verlangt. Aber dieses Verlangen unterscheidet nicht zwischen einem Imaginären und einem Realen, zumal im Raum des gleichzeitigen Sehens diese Differenz überschritten und unterlaufen wird. Die Teilnehmer ziehen ein plastisches, taktiles und schnelles Drama, das zugleich imaginär und reell ist, bei weitem einem politischen Alltag vor, der seinen Ereignischarakter nur in seltenen Fällen nachweisen kann.

Insofern der Zuschauer den Platz des Publikums einnimmt, fällt er aus dem gemeinsamen Sehraum hinaus in die Indifferenz des überforderten Bürgers. Die bloße Existenz eines riesenhaften Informationsangebots unterstellt einen Partner der politischen Kommunikatoren, eine Endstelle, welche die dargereichte Welt entgegennimmt und verantwortlich bewältigt. Aber ein solcher Rezipient kann nur apathisch oder monströs sein. Häufig ist der Zuschauer beides, Rezipient und Akteur zugleich, aber das ist Psychologie.

Der Fernsehraum liegt jenseits des Verhältnisses von Innenraum und Außenwelt. Der Spielraum beglaubigten Handelns, den die politische Elite in ihm zurückgewinnt, ist exterritorial. Seine dichte Gegenwart hebt ihn aus der ungewissen Zeitlichkeit der BRD hinaus und wird zum Modell für Gegenwärtigkeit überhaupt. Wenn es noch so etwas wie eine Volksgemeinschaft der BRD gibt, so ist sie im nationalen Fernsehen zu suchen, in einer gemeinsamen taktilen Vision, die auch die Zuflucht der staatlichen Macht und der Mächtigen geworden ist.

Die populistische Einfärbung des Fernsehens wurde in der BRD von der gründlichen Zerstörung der nationalen Selbstbespiegelungen, Foren und Institutionen begünstigt und beschleunigt. Schneller als in den anderen europäischen Ländern lockerten sich hier die Kontaktnetze der Parteien und ließ die Bindekraft der Gewerkschaften, Kirchen und Jugendverbände im »Vorfeld« der Machtverteilung nach. Das Vakuum zwischen den neutralisierten Massen und der rotierenden Politik füllen heute die Überlebensbewegungen und die Medien. In beiden ist die Teilnahme enthusiastisch und für nationale Regungen förderlich, und beide üben große Anziehung auf die Bonner Demokratie aus, die ihre Massenbasis sucht. Im Fernsehraum befinden sich die Bonner Repräsentanten jedoch nicht auf dem Boden der BRD, und zudem hat hier die Volksgemeinschaft keine Kontinuität. Sie entsteht augenblicklich, von Sendung zu Sendung, von Thema zu Thema. Auch ist sie nicht auf ein Terrain jenseits bzw. diesseits des Fernsehraums zu transponieren. Doch eine andere Antwort des deutschen Volkes als die der Berührung und

Durchdringung im Fernsehraum erhält die Geschäftsführung gegenwärtig nicht. Es ist eine Antwort der freischwebenden regulierten Aufmerksamkeit gegenüber einer Veranstaltung, die im Programm des elektronischen Mediums ebenso als Farce wie als Mythos abläuft, aber nie bloße Unterhaltung ist, denn die Zuschauer handeln hier nicht weniger als die Politiker, und diese sehen sich selber zu.

Der Verschleiß, dem die Strategien des politisch-ökonomisch-militärischen »Komplexes« ausgesetzt sind, ist die Spätfolge der Entleerung des Sozialstoffs durch die Mechanik der Kapitalisierung und durch nivellierende Entscheidungsverfahren bei einer wachsenden Zahl offener Fragen. Die Systemtheorie hat uns nachdrücklich mit der Binsenweisheit versorgt, daß moderne politische Systeme mit zunehmendem Überschuß von Möglichkeiten (da ist er wieder, der Überfluß) immer mehr selektive Operationen durchführen müssen und daher immer »komplexer« werden. »Komplexer«, das heißt aber durchaus nicht komplizierter, weniger durchsichtig. Vielmehr kann das politische Handeln nur insofern leistungsfähiger werden, als es zugleich schlichter wird, d. h. seine Zuordnungsschemata (Codes) einfacher werden. Denken wir an die BRD der sechziger und siebziger Jahre: progressiv / konservativ, sozial / privat, Regierung / Opposition, liberal / bürokratisch, Wachstum / Stagnation, Entspannung / Kalter Krieg (und darüber sind wir schon hinaus: es muß weiter vereinfacht werden). Das politische Handeln der Antike und des Mittelalters war unvorstellbar schwieriger als das der Beraterstäbe von heute, die zunehmend das Bedürfnis haben, die Öffentlichkeit auszuschließen, um zu verbergen, daß hinter den Kulissen das gleiche gesagt wird wie draußen, nur stupider. Mit einer Ausnahme allerdings: In einer wachsenden Zahl von Fällen muß die *Unmöglichkeit* einer Entscheidung bewältigt, als Entscheidung dargestellt, in das Patt der Kräfte in den Ausschüssen übersetzt werden. Aber hören wir Niklas Luhmann, den Meister der Systemtheorie der BRD:

»Als selbstreferentiell kann ein System bezeichnet werden, das die Elemente – hier also politische Entscheidungen –, aus denen *es besteht, selbst produziert und reproduziert* ... Ein selbstreferentielles System kann ... Operationen nur im Selbstkontakt, das heißt unter Abstimmung mit anderen eigenen Operationen durchführen. Es gibt für solche Systeme, ähnlich wie für Gehirne, keine direkten Reiz / Reaktions-Beziehungen zur Umwelt; vielmehr wird alles, was das System tun kann, durch systeminterne Rücksichten bestimmt. Jede Einzelentscheidung bezieht sich, anders könnte sie nicht Entscheidung sein, auf andere Entscheidungen desselben Systems, und die Einzelentscheidung kann ihren eigenen Sinn nur in solchen internen Beziehungen erfahren, etwa als Beitrag zur Förderung oder Verhinderung anderer Entscheidungen, als Glied einer Kette, als abhängig in ihrem Erfolg von Anschlußentscheidungen, oder aus all diesen Gründen auch: als Entscheidung, nicht zu entscheiden, weil Prämissen oder Anschlußmöglichkeiten nicht hinreichend gewährleistet sind.«[2]

Es ist eine verteufelte Sache mit der Selbstreferenz, an den »Prämissen« hapert es mehr und mehr. Denn auch die binären Schematismen, mit denen die Selbstreferenz immer häufiger *kurzgeschlossen* wird, verfallen der Entleerung. Da hilft es wenig, wenn dem Gehirn der Politik die Elektronengehirne der Versicherungen, der Banken und des Militärapparats zur Seite gestellt werden – im Gegenteil. Die intelligentesten Systeme warten auf strategisch fundierte Programme, auf das, woran es gerade mangelt. Der amerikanische Informatik-Experte Joseph Weizenbaum vertritt die These, daß beim Bau der Atombombe Kopfrechnen völlig ausgereicht habe und Militär, Wissenschaft, Politik und Verwaltung letztlich auf ihre Computer verzichten könnten, ja verzichten müßten, da die Informationssysteme Verwirrung stiften, sich polypenhaft verzweigen und zu Dschungeln werden, den chaotisch wuchernden *favelas* von Rio de Janeiro vergleichbar.[3] Sagen wir es anders: Die Elektronengehirne gleichen zu sehr den menschlichen, sie können nur nach autoritären Prinzipien vereinfachen, aber sie wachsen, verselbständigen sich und werden in ihren Leistungen undurchschaubar, und sie haben die fatale Neigung, Unsinn zu produzieren. Selbst die mathematisierten Modelle der Sozialpolitik, selbst die militärischen Nullsummenspiele im bipolaren Großmachtsystem sind noch zu schmutzig und halten dem wachsenden Formalisierungsdruck nicht stand.

Zur Erhaltung und Erweiterung des politischen Spielraums in einer »zunehmend komplizierter werdenden Welt« aber ist wirkliche Einfachheit gefragt. Also hinweg mit dem wirren Pluralismus von Strategemen und operationalen Termen, hinweg mit der nostalgischen Unterscheidung von progressiv und konservativ, hinweg mit dem Antagonismus von Wachstum und Stagnation und hinweg mit dem Machtkampf zwischen Regierung und Opposition, zwischen »parlamentarisch« und »außerparlamentarisch«. Was wir brauchen, ist eine in ihrer Schlichtheit wirklich überzeugende und fungible Codierung, am besten eine, die mit der Form der Recodierung identisch ist: die Alternative von Ja und Nein schlechthin, von Überleben oder Untergang, mit dem Mangel als Referential und dem Austausch der Blicke im Fernsehraum als der letzten (?) Erneuerung der Herrschaft des Volkes.

Denn freilich, mit Ja oder Nein ist der Scheitelpunkt der Entlastung durch Entleerung erreicht, nun geht es buchstäblich um *Nichts*. Daher der unstillbare Hunger nach Begrenzung und Füllung: her mit Zuständen, die gebieterisch den Überlebenskampf fordern, her mit dem Kurzschluß zwischen Führung und Volk in geschlossenen Räumen, in denen eine unbedingte Faßlichkeit und Plausibilität des Politischen (als Kehrseite der unbedingten Entleerung) gewährleistet ist. Mit dem Übertritt in den ausgeleuchteten Raum bricht die Politik zusammen, um weitermachen zu können. Sie bricht durch alle Ebenen der distanzierenden Repräsentation, durch die

Codierungen, durch die pragmatischen Formeln und selbst durch die Pathetik der Ding- und Personennamen hindurch, hinein in die Runde der Gesichter, in die Wahrnehmbarkeit und Faßbarkeit, entschleiert zu nackten Personen, die, vom Medium befragt, endlich wieder festen Boden unter den Füßen haben: Hier stehe ich, ich kann nicht anders. Politik hat wieder ihre Polis.

Die Politik nach der Politik muß ohne Rest in der elektronischen Leibhaftigkeit aufgehen, um je wieder in die Erdumlaufbahn der Ja-Nein-Logistik zurückkehren zu können, besser gesagt: um zugleich in der Ortlosigkeit und im Ort schlechthin zu sein. Im Studio und auf der Couch im Fernsehraum wird sie beatmet, bei der Reproduktion von Entscheidungen schwindet sie dahin. Indem die Insassen der Sendung mit Gesicht, Sprache, Haltung, Gang und Konfrontation das laufende Ereignis vorzeigen, nimmt dieses ubiquitäre Gestalt an und findet seine Erfüllung. Was hinter verschlossenen Türen in den Regierungsbunkern geschieht, entgleitet den Politikern und ist nur eine Schleuse zur Gegenwart. Die politischen Ereignisse dämmern herauf in der Vorwegnahme der Regeln, nach denen die Aufmerksamkeit in der Sphäre des Mediums verteilt wird. Diese Regeln konstituieren den Fernsehraum selbst. Ihre wichtigsten sind Plausibilität und Personalisierung.

Die auftretenden politischen Agenten sind ganz sie selbst und sonst nichts, so wie der Protagonist eines Spielfilms ganz er selbst ist und niemand sich dafür interessiert, was er im Privatleben tut, während der Film läuft. Die Worte, die sie sprechen, sind so einleuchtend wie das Fernsehbild. Selbst wenn sie unverständlich wären, besäßen sie die Evidenz des Programms. Aber sie sind nie unverständlich. Präsenz ist Relevanz, langweilig oder nicht, und die Gestalt des Politikers wird zur Gestalt der Krise, des Kompromisses und der Rivalität, die der Moderator angekündigt hat. Das Medium läßt sich übrigens nicht für irgendeine Antipolitik »umdrehen«:

Wer im Fernsehraum gegen die Ökonomie des Mangels polemisiert, bestätigt durch sein Erscheinen, durch seinen Körper, sein Bemühen um Verständlichkeit und Überzeugung und durch die Mienen der anderen nur die Notwendigkeit der Selbstbehauptung. Diese und die ununterbrochene Feier der Kommunikation sind der Inbegriff der Plausibilität. Das Management des Überlebens sucht Körperkontakt und unterwirft sich dabei sowohl der Verfassung des Fernsehraums als auch den moralischen Konventionen der unteren Mittelklasse (der Mehrheit des Publikums), die in der Selbstdarstellung des Fernsehens imitiert werden. Das Ganze mündet in einen Kult des Persönlichen. Als dessen vornehmste Ausprägungen werden die elementaren Bedürfnisse und die Existentiale (Angst, Sorge, Schuld, Gewissen, Eigentlichkeit) inszeniert. Die politische Gemeinschaft des Fernsehens, durch immer neue Krisen zusammengerufen, erlebt sich als imaginär-reelle Gemeinschaft des Überlebens.

Wann der soziale Notstand oder der militärische Ernstfall eintritt und zugeschlagen werden muß – dafür gibt es keine objektiven Kriterien, weder strategische noch ökonomische. Der Mangel ist ja immer schon die Not, und die Katastrophe besteht in der Permanenz ihrer Ankündigung. Es müßte ein weiterer Faktor hinzukommen, der sein eigener Signifikant und nicht reduzibel ist, so wie das persönliche Ereignis im Fernsehraum. (Ganze Länder und Kontinente können augenblicklich Teil dieses Raumes sein.) Einen solchen Faktor in Frage zu stellen, hieße die Existenz der Politik selbst in Frage stellen. Wo liegt die Grenze dessen, was einem Staatsmann, der sein Wort verpfändet hat, menschlich zugemutet werden kann? Von größter Bedeutung in der selbstreferentiellen Politik ist die Vertrauensbildung durch Körperkontakt (vor der Kamera bzw. in ihrer Erwartung), die Offenheit oder Verschlagenheit der Blicke, das persönlich anständige oder verräterische Verhalten. Abweichungen vom vereinbarten Zeremoniell sind unentschuldbar. Ein verpaßter Händedruck kann nicht nachgeholt und durch nichts ersetzt werden. Wenn diplomatische Beziehungen abgebrochen, Drohungen ausgestoßen und Sondereinheiten ins Hinterland anderer Staaten geschickt werden, können strategische oder ökonomische Gründe nicht ausschlaggebend gewesen sein, denn sie sind zu »komplex«. Da würde nie mehr etwas geschehen. Etwas anderes ist es, wenn der Bundeskanzler menschlich enttäuscht ist, seine Wiederwahl anstrebt, dem Volk ein Weihnachtsgeschenk bereitet oder Blutopfer mit Blutopfer vergilt. Und wie würde der amerikanische Präsident reagieren, wenn sich herausstellte, daß die Mitglieder des Politbüros der KPdSU zu Satan beten und kleine Kinder schlachten?

Im Raum der persönlichen Begegnungen unterliegt das Politische einer Zwangshumanisierung, obwohl oder weil es die Sphäre des Humanen hinter sich zurückgelassen hat. Dies ist das ganze Geheimnis der Medien-Demokratie. Die Politiker sind reflexartig darum bemüht, die transhumanen Prozesse auf plausible, d. h. persönliche Motive und Gruppeninteressen zurückzuführen, nicht etwa für das dumme Publikum, sondern um noch selbst etwas zu verstehen. Und wenn die Friedensbewegung ihre »Angst« vor der nuklearen Hölle skandiert, so fordert sie, daß die Erde in einen Zustand zurückkehrt, der mit Angst wieder erreichbar ist.

Flick

Jenseits des Fernsehraums, jenseits der Gemeinschaft und der Gegenwart taucht die Politik des Alles oder Nichts in andere Medien ein, die ihre personale Plausibilität umdeuten und bestätigen. Diese Medien sind Macht und Kapital, verschlissene und willkürlich erneuerte Äquivalente der Kausalität und der produktiven Zeitrechnung. Indem sie die politische Plausibilität – die den Imperativ der Not auf die Selbstbehauptung des Politikers bezieht – reproduzieren, beleben sie sich selbst. Das kausale Gesetz erfährt sein Recycling in einer Dramaturgie des Plausiblen; zugleich entlehnt die Personalpolitik eine Dimension der Tiefe und Abgründigkeit. Das Triviale wird als verborgenes Spiel enthüllt, das sich dagegen sträubt, sichtbar zu werden. Dies ist die Dramaturgie des *Skandals.* Damit der Codierung der BRD eine – ungewisse – raumzeitliche Ausdehnung entspricht, muß der Skandal ebenso permanent sein wie der Mangel.

Je vertrauter die Zusammenhänge sind, die der Skandal enthüllt, desto skandalöser sind sie, und desto größer ist die Anteilnahme des Publikums (zu dem die Politiker selbst gehören). Es bestätigt sich, was wir immer gewußt haben: Also doch! Im Skandal der Parteispenden und Schmiergelder, der auf den Traditionsnamen *Flick* getauft wurde und das politische Leben der BRD noch jahrelang mit neuen Offenbarungen beheizen wird, ergießen sich ein Füllhorn des Menschlichen und wiedergewonnene Klarheit über das Land. Die Mythen des Kapitals und der korrupten Macht bestehen auf einer wörtlichen Nacherzählung.

Da entdecken die Eliten des Konzerns und der Politik menschliche Zuneigung, bieten sich das Du an und leisten sich Freundschaftsdienste. Die Verschwendungssucht und Rüpelhaftigkeit des großen Chefs und das »erdrückende Selbstbewußtsein« und der »locker-lässige Umgangston« seines Geschäftsführers treffen auf den beflissenen Opportunismus von Politikern, »die sich arrangieren, nichts wagen und für nichts geradestehen, die befördert werden wollen und sich vorsichtig nach oben schieben«. In diesem Sumpf einer »gewissenlosen« und »pharisäerhaften« Clique versucht ein jeder, seine eigene Haut zu retten, wenn es darauf ankommt, für einen Fehltritt einzustehen. Oder man erfrecht sich, die Kumpanei mit dem Plutokraten zur »Privatsache« zu erklären.

Der Skandal ist der Kurzschluß zwischen dem großen Geld

und der Politik: Couverts mit 50 000 DM werden über den Tisch geschoben und vom Chef der größten Partei eingesteckt. Der wegen seiner Anonymität gescholtene Machtapparat erweist sich bei näherem Hinsehen als Kabale mißgünstiger Neurotiker; die »gekaufte Republik« besteht aus Personen und einigen (modifizierten) Parteiprogrammen und Gesetzentwürfen, die der Steuerhinterziehung Vorschub leisten; das transzendental gewordene Gesamtkapital, das sich längst von seinen »Eigentümern« wie vom Goldstandard, den Währungen und Zählweisen emanzipiert hat, kristalliert sich in einem Haufen Geld, das an Hunderte von Privatleuten, Parteien und Organisationen verteilt wird. (Aber sind das einfach Täuschungen?)

Die Entdeckung des Abgrunds, in den die Republik geraten ist, ist vor allem das Werk einer couragierten Presse. Wenn das Fernsehen in Gleichzeitigkeit und Gemeinschaft versetzt, so die Presse in das Reich der Kausalität und des Verdachts (in dem es keine Gemeinschaft gibt). Zu einer Zeitung oder Zeitschrift muß man hingehen, man muß sie aufschlagen, auf ihren Seiten etwas suchen und lesen. Das gleiche macht die Presse selbst: Ihre Spürhunde gehen zu Orten, an denen es stinkt, suchen und lesen. Die Presse, die etwas auf sich hält, zeigt den doppelten Boden, die Entwicklung, den Zusammenhang der Ursachen und Wirkungen. Daher ist der gute Enthüllungsjournalismus (*Washington Post, Der Spiegel*) das bestgeeignete Instrument, das banale System mit seiner eigenen Hintergründigkeit zu überraschen: Wie durch Zauberei öffnet sich die Wand, und wir sehen eine konspirative Gruppe. Dann stellt sich heraus, daß es sich um dieselben Personen handelt, die schon zuvor deutlich sichtbar zusammenstanden, und um dieselben vertrauten Handreichungen (nur einfältiger, biederer). Aber da die Ertappten auseinanderfahren und so lange leugnen, bis man sie überführt hat, besteht kein Zweifel mehr, daß ihre Betriebsamkeit der wirkliche Mechanismus der Macht ist.

Bei der Abwicklung des Skandals halten sich alle Beteiligten streng an ihren ungeschriebenen Part, dic Wächter der Demokratie und das befragte politische Publikum eingeschlossen. Hier waltet eine Dramaturgie, die keine Abweichung zuläßt (da sie keinen Regisseur hat), lediglich beliebige Abwandlungen in einem Reaktions- und Ablaufschema, aus dem selbst die Verdrängung der historischen Originale seiner Konstellation getilgt ist, so daß es das Vergangene als verfahrenstechnische Konvention wiederholt. Zu solch völkischer Software gehören u. a. die zynische Besserwisserei des Industriebarons, der in einer Schaltzentrale die Fäden spinnt, und die Sprachspiele der moralischen Selbstbezichtigung und Reinigung. Vor allem aber ist die Verschwörung des Kapitals mit den menschlichen Schwächen von Anfang an auf ihre Bloßstellung hin angelegt, zum einen durch eine staunenswerte Mimikry anrüchiger historischer Klischees, zum anderen durch einen dem Komplott immanenten Geständniszwang.

Schon Vater Flick bedachte die Reichskanzler Brüning, von Papen und von Schleicher und die Nazi-Partei mit Geldbündeln. Auch die Gewohnheit, dem politischen Führungspersonal (z. B. Göring) zu Geburtstagen Gemälde Alter Meister zu schenken, vererbte sich auf den Sohn. Erklärt wird dies u. a. psychologisch: Der Konzernchef will es der übermächtigen Vater-Imago »zeigen«. »Politischen Einfluß« sucht der Konzern insbesondere durch Mitsprache bei der Neubesetzung von Spitzenpositionen zu gewinnen; Dutzende hochrangiger Bonner Politiker werden ausgehalten. Dabei werden aber die – dem Unternehmen ohnehin gewogenen – konservativen Kräfte bevorzugt und die renitenten Elemente der »Linken« hintangestellt; die Zuwendungen sind also nicht nur Investitionen, sondern auch Belohnungen und symbolische Gaben, mit denen sich der Konzern seine überstaatliche Stellung bestätigt. Und Flick notiert verbittert, daß ihm seine Geschenke bei der Durchsetzung opportuner Steuerregelungen kaum geholfen haben. Die Manie der Flick-Manager, über alle Kontakte, Informationen und Geldanweisungen Buch zu führen und die Notizen mit bösartigen Kommentaren zu versehen, erlaubt eine lückenlose Rekonstruktion der Aktivitäten des Konzerns. Man bittet um die Vernichtung von Rundschreiben, bewahrt diese aber selbst auf. Die Aktennotizen und umfangreiche Dossiers über Bonner Politiker fallen sämtlich der Staatsanwaltschaft in die Hände.

In Bonn wird die Patronage in die Nähe einer Erschütterung der demokratischen Ordnung gerückt. Dazu tragen nicht nur diejenigen bei, die befürchten, daß der Eindruck entstehe, die Staatsgewalt »gehe nicht vom Volk, sondern vom großen Geld aus«, und darüber streiten, ob Politik eine »käufliche Ware« und die BRD eine »Bananenrepublik« geworden sei, sondern auch diejenigen, die vertuschen und leugnen, bezahlt oder beeinflußt worden zu sein, und sich damit verteidigen, daß alle Parteien gegen das Gesetz verstoßen hätten. Zudem nahmen viele Mächtige ihre Verdammung schon vorweg, indem sie mehrere ungeschickte und glücklose Versuche machten, Amnestiegesetze zu lancieren.

Zugleich meldet sich der Stolz, wieder eine Wahrheit zu haben, und eine Presse, die gemeinsam mit der unbestechlichen Justiz und dem parlamentarischen Ausschuß der Verschwörung des Kapitals auf die Schliche kommt. Unter der Losung »Die ganze Wahrheit muß auf den Tisch!« wird ein Prozeß der »Selbstreinigung der Demokratie« eingeleitet, selbst wenn dies das »Ende von Karrieren« bedeuten könnte. Da der Bürger die Verquickung von Geld und Politik verurteilt und die Gefahr besteht, daß sich viele von der Demokratie abwenden (und den Feinden des Staates zuwenden), ist eine moralische Erneuerung vonnöten, einschließlich personeller Konsequenzen in Bonn und einer verschärften Kontrolle der Nebentätigkeiten der Abgeordneten. Selbst der Bundesverband der Deutschen Industrie lehnt kategorisch Versuche ab, »mit Geld« bei Parteien und Institutionen »konkrete Interessen« durchzusetzen.

Linke Kommentatoren schließlich bitten darum, die Krise nicht in den Verfehlungen einzelner, sondern in den kapitalistischen Strukturen zu erkennen. Wenn die bürgerlichen Parteien nicht erst durch Bestechung zur Wahrung ihrer Interessen veranlaßt werden müssen, hilft kein ethischer Personalismus weiter, sondern nur die Diskussion des Problems wirtschaftlicher Macht. Man möge doch den politischen Einfluß des Finanzkapitals auf die Politik in der BRD durch Mitbestimmung in Großunternehmen ... Umverteilung des produktiven Eigentums ... Pflicht zur Offenlegung wirtschaftlicher Beteiligungen ... Aufhebung des Monopols der Banken bei Aktienemissionen ...

Die Kritik der Linken am Personalismus inspiriert dazu, die Wahrheit an der Oberfläche durch die Wahrheit im Keller zu ersetzen und so der politischen Sphäre Tiefe und Konsistenz anzudienen. Der Verlockung des Skandals nachgebend, findet man immer wahrere, wirklichere und dichtere Zusammenhänge und Gesetzmäßigkeiten. Immer noch wird eine Enthüllung im verborgenen gesucht, obwohl (weil) die Schematik des symbolischen Überlebens mit allen Mitteln um Enthüllungen wirbt, unerbittliche und beschleunigte Kritik herausfordert, die Abgründe des »Systems« exhibitioniert und schon lange keine der vielen schonungslosen Abrechnungen mehr verhindert, vielmehr eine Inflation von Wahrheiten in Gang setzt, damit vielleicht die eine oder andere überlebt. Ist der Skandal eine Farce, weil nur der Austausch von Personen und einige lächerliche Gesetze (in einem doch ohnehin vom Kapital regierten Land) manipuliert werden sollten? Vielleicht ist dies alles, was der Politik geblieben ist, um sich noch zu vergewissern – der Körper des Politikers, seine Karriere, seine Selbstzerstörung und seine Auswechslung. Fällt niemandem auf, wie leicht die Entlarvung fällt und wie leicht es ist, diese wiederum zu entlarven und die Idiotie des Skandals zu entblößen? Von denen, die darüber klagen, daß der Ruf von Wirtschaft und Politik ruiniert ist, glaubt doch niemand daran, daß sich in Schmiergeldern die Macht des Kapitals verbirgt und die »Republik« in der Person einiger Günstlinge gekauft worden ist. Wenn nun aber »hinter« dem Geld und »hinter« den Gekauften nichts mehr ist? Wenn es angemessene Reaktionen auf die unaufhörliche Variation der Skandal-Klischees gibt, so sind es Verdrossenheit und Apathie.

An dieser Stelle bietet sich eine Abrechnung mit der Beweihräucherung des Rechtsstaates und der demokratischen Ordnung der BRD an, eine weitere Enthüllung, die mit der Feststellung endet, daß die westdeutsche Demokratie nur deshalb überlebt, weil sie nicht mehr existiert (und es müßig ist zu fragen, ob sie jemals existiert hat). Aber es sind eben die Fragen nach dem *Bestand* der Ordnung, die von den Gebetsmühlen der offiziellen Redner, der Politikwissenschaft und des Schulunterrichts als die einzig bedeutsamen und möglichen Fragen beschworen werden. Man kann auf diese Fragen antworten, wie man will, sie zwingen in die Disjunktion von Ja und Nein und drängen ein weiteres Überlebensproblem auf, das Pathos der knappen Demokratie, die »jeden Tag aufs neue erkämpft werden muß« und gerade im »stetigen Bemühen um mehr Demokratie« ihre Essenz hat. Abgesehen davon ist das Aufdecken von Defiziten an politischer Legitimation ein Beweis, daß man sich Sorgen macht; je radikaler die Abrechnung, desto inniger das Bekenntnis. Man braucht an der Staats- und Rechtsordnung der BRD kein gutes Haar zu lassen, wenn nur am Ende herauskommt, daß sie – als Grenzwert infiniter Annäherung – das kleinste Übel von allen möglichen Welten ist. Daher ist auch die Radikalopposition durch *Die Grünen* eine willkommene Blutwäsche für das parlamentarische System der BRD und eine unerwartete Nachfüllung im Leerlauf der Stellvertretung, stimulierender jedenfalls, als wenn an Wahltagen und bei Regierungswechseln die numerische Mehrheit im Gleichgewicht der Parteiblöcke nur hin- und herverlagert wird. Aber auch der Topos der Feinde der demokratischen Ordnung, der Extremisten und Chaoten, muß stets besetzt sein, denn die Desperados der Verneinung sind eine letzte Bestätigung dafür, daß man sich zu entscheiden hat.

Dieses ständige Fragen nach Zustimmung und Ablehnung, nach Existenz und Nicht-Existenz der Demokratie ist eine Falle, denn mit der Frage allein teilen sich schon der ganze Sinn und der Betrieb des BRD-Systems mit: Entscheidet frei, ob ihr Chaos und Untergang oder das Überleben wollt!

Ebensogut können wir diese Frage vergessen. Ja, wir haben sie längst vergessen, abgesehen von den Augenblicken, in denen wir uns auf dem Prüfstand des Staatsbürgers wiederfinden (bei Wahlen, Umfragen und Manifestationen, vor Gericht und bei der Polizei), der ein Ort der Identifizierung, des bewußten Willens und der Verantwortung für das Ganze ist. Im Leben jedes Bewohners des BRD-Gebiets gibt es eine Punktlinie redlicher Bekenntnisse (und es ist gleichgültig, ob wir sie ablegen oder verweigern) und einen dichten Nebel der Apathie und in diesem Nebel einige Zonen des gemeinschaftlichen Brütens und Bastelns und der Sabotage, die alle zugleich bewohnt werden und keine personale Einheit abverlangen. Diese ebenso selbstvergessenen wie ansteckenden Regungen lassen sich nicht als Herd einer neuen Auflehnung verbuchen, denn sie ereignen sich diesseits der Schiene, auf der die Staatsfrage gestellt wird, und diesseits der institutionellen Thematisierung von Problemen. Es gibt für jede Befragung eine Bevölkerung und für jeden Einsatz eine andere.

Das Zusammenspiel der Parteien (der Kompressoren der Macht in der BRD), der Bundestag als Durchlauferhitzer, die Bundesregierung (die Perfektionierung chronischer Überforderung), die Verwaltung, die Polizei, die Justiz, die Wahlen – alle bergen in sich das Geheimnis ihrer Verselbständigung, das in mancher Hinsicht dem Wunder des Perpetuum mobile nahekommt: Wie verwandelt sich die Auflösung ihrer konstitutiven und legitimierenden Bedingungen in einen Motor ihres Fortbestehens? Dieses Geheimnis ist der gnadenlose Wettlauf zwischen der Verheizung »vorgegebener« Themen und Aufgaben und der Reproduktion dieser Stoffe, beides nach der Norm einiger behelfsmäßiger Codierungen und Operationalisierungen, die vom ultimativen Alles oder Nichts abgeleitet sind. Die Institutionen der Demokratie kreisen wie ein Geschwader von Raumschiffen (ist dies nur eine Metapher?) im selbsterzeugten operationalen Raum.

Die BRD insgesamt ist fabriziert, ein Machwerk mit drei Buchstaben, ausgewürfelten Grenzen, endgültigen Provisorien, Zeit und Raum als Ersatzteillagern, der Konsumtion als größter Produktivkraft und einer Vakuumpumpe als Zentrale. Was heißt da Demokratie? In ihrer Überlebensausrüstung träumt die Besatzung der BRD heute davon, aus der Wahlpflicht gegenüber tausend Möglichkeiten und Knappheiten in die Dürftigkeit zu treten, in die Dürftigkeit des Erstaunens, Schritte in ein Land und in einem Land zu tun, das es gar nicht mehr geben dürfte.

Anmerkungen

1 Was ist damit gemeint? Daß das Interesse an diesen Diskursen keine zeitlose Gültigkeit hat oder sucht? (Hoffentlich nicht.) Daß man sie konsumiert und diskutiert, weil es in manchen Gruppen *en vogue* ist, sie zu kennen? (Diese Lektüre und Diskussion ist nur eine fast unsichtbare Beimengung in der meterhohen Welle des kritisch-therapeutischen Feuilletonismus.) Daß die in »post-moderner« Manier entstandenen Texte zu wenig originell sind? (Nun, ich hoffe, daß etwa dieser Aufsatz alles mögliche ist, nur nicht originell.)

2 Niklas Luhmann, Politische Theorie im Wohlfahrtsstaat, München 1981, S. 33.

3 Joseph Weizenbaum, Kurs auf den Eisberg, Zürich 1984.

Hunger nach Begrenzung II
Deutschland am Ende des Jahrhunderts (1999)

Im wiedervereinigten Deutschland geht es nicht ganz mit rechten Dingen zu. Wegen seiner anhaltenden hochgradigen Unwahrscheinlichkeit steht es im Zwielicht. Viele Journalisten haben ein Gespür dafür. Sie zweifeln jeden Tag aufs neue daran, daß die neuen Grenzen auf der Wetterkarte der Wirklichkeit entsprechen beziehungsweise zulässig sind. Instinktiv berichten sie über dieses Land nur mit Vorbehalt. Vielleicht wacht man ja eines Tages auf, und die Verhältnisse sind wieder im Lot.

Das Deutschland der Jahrtausendwende ist somit in doppelter Ausführung präsent. Da gibt es die nationale Parallelwelt, die vor zehn Jahren infolge eines Versagens der Vorwarnsysteme aus heiterem Himmel in die austarierte Nachkriegsordnung einbrach. Und da ist die in 45 Jahren politischer Disziplin erreichte, historisch sanktionierte Einrichtung, die 1990 stillgelegt wurde. Sie ist noch in allen erwachsenen Köpfen gespeichert. Wenn ich die Augen schließe und an die *realen Verhältnisse* denke, wird die Karte mit der innerdeutschen Grenze eingeblendet. Die DDR wölbt sich nahezu bis Fulda und Coburg vor. Ich sehe mich auf einer Straße in Oberfranken nordwestlich von Kronach, wo die Staatsgrenze an der Leitplanke verläuft. Der Grenzzaun ist zehn Meter zurückversetzt, so daß ich auf DDR-Boden gehen kann. Nach einem Kilometer biegt die Grenze nach rechts in den Wald. Von drüben, aus dem Sonneberger Gebietsvorsprung im Bezirk Suhl, hallen Rufe herüber. Als ich begreife, daß es sich um Forstarbeiter handelt, die sich über den Schichtwechsel verständigen, überläuft mich ein realhistorischer Schauder.

Bei den Grenzsteinen lassen sich beide deutsche Staaten mit den Händen anfassen. Ich befinde mich an der Kante des Westens. Hier ist es augenfällig, daß die Bundesrepublik ein Territorium hat. Ich pflücke einige Steine, die es belegen. Zwar ist die Bundesrepublik im wesentlichen kein Teil der Erdoberfläche, sondern ebenjene Kante, erstellt als Hochleistungsaggregat. Aber sie verfügt bei Bedarf auch über die Gestalt von Wäldern und Feldern mit Wegen und Flüssen.

Das nächste abrufbare Bild ist das der Ein- und Ausreiseschleuse im Berliner Bahnhof Friedrichstraße, wo der Grenzsoldat hinter dem Schalter stieren Blicks das Foto im Reisepaß neben mein Gesicht hält.

Um zwischen 1989 und 1999 hin- und herzuwechseln, ist keine Einbildungskraft erforderlich, sondern nur die Fähigkeit, das Reguläre vom Irregulären zu unterscheiden. Man muß nur die Augen schließen und ist wieder justiert im freischwebenden Bonner Provisorium und angekoppelt an die Schaltzentralen des Westens. Weil die *Wende im Osten* von keinem Menschen mit klarem Verstand erwartet werden konnte, war und ist sie empirisch anfechtbar.

1989 widerfuhr den Deutschen mehrmals eine Katastrophe (eine plötzliche Wendung der Dinge). Die Maueröffnung hatte für die Medien indes einen anderen Realitätsstatus als der Weg zur Wiedervereinigung. Mauern zwischen Menschen, Trennung, Ein- und Ausgrenzung und Apartheid sind Themen, mit denen sich das Fernsehen selbst bespiegelt, denn Entgrenzung ist die Hauptfunktion der Bildschirmmedien. Die Öffnung der Mauer war das Medienereignis schlechthin. Diese Katastrophe war somit noch realitätsgerecht, obwohl ihre Folgen bereits unabsehbar erschienen. Die Rückkehr des deutschen Nationalstaats hingegen war im oben erwähnten Sinn nicht ganz wahr. Sie stand unter dem Verdacht willkürlicher, selbstgenügsamer Absonderung. Sie verstieß gegen die Regeln der professionellen Wirklichkeitsverwaltung. Es drohte der Absturz von der Erdumlaufbahn zur Erdoberfläche und in längst überwunden geglaubte Stadien der Geschichte.

Alle realistischen Szenarien für eine Lösung der »deutschen Frage« hatten die Existenz zweier Lager vorausgesetzt. Daher suchten Politik und Medien den Wildwuchs des Vereinigungsstrebens zu bändigen. Nach Expertenmeinung in Ost und West garantierte nur der *Status quo* den Frieden in Europa. Die Vereinigung der beiden deutschen Staaten war »kein Thema«: weder möglich noch wünschenswert. In fast jeder deutschlandpolitischen Stellungnahme der siebziger und achtziger Jahre sprach sich freudig der strenge Realitätssinn aus. Es gebe keinen europäischen Staat in Ost und West, der die Wiedervereinigung zulassen könne, erklärte beispielsweise Joachim Braun, der ehemalige Chefredakteur des Senders Freies Berlin, im Dezember 1987. »Es ist Zeit, daß wir ehrlich werden und die alten Träume begraben. Die deutsche Nation wird fortbestehen, aber für alle politisch planbare Zukunft in zwei Staaten.«[1]

Ich führe eine solche Aussage nicht vor, um den Beteiligten anzukreiden, sie hätten als Prognostiker versagt, also keinen Realitätssinn bewiesen. Ganz im Gegenteil konzediere ich ihnen, daß sie von der *Wende* überrascht wurden, weil sie Realisten waren. Irreal in einem präzisierbaren Sinne war vielmehr der rasche Zusammenbruch der dualen Weltordnung. Die vorgesehene und einzig vernünftige Entwicklung wurde von der *Wende* usurpiert. Zugleich wurde der »Allwissenheitsdünkel der Nachrichtenkonsumenten« (Johannes Gross) gekränkt. Der Habermas-Schüler Claus Offe urteilte im Dezember 1990, der Untergang der DDR sei weder in Kategorien des politischen Willens noch in denen einer historischen Logik zu verstehen. Er lasse sich nur mit Kategorien des historischen »Zufalls« fassen.[2]

Den wenigen Politikern und Publizisten, die vor dem Sommer 1989 ein rasches Ende der DDR für möglich hielten, ist zu mißtrauen. Sie suchten sich unter den ihnen bekannten

Faktoren der politischen und ökonomischen Dynamik jene aus, die ihnen ins Konzept paßten. Daß sie ins Schwarze trafen, verdankten sie der Wahrsagerei, der Kreml-Astrologie. Absehbar war weder, daß der Ingrimm großer Teile der DDR-Bevölkerung in revolutionäre Praxis ausarten würde, noch Gorbatschows Friedfertigkeit (obwohl der Name des Parteichefs »Gezeitenwende« bedeutet). Nur der Laplacesche Geist wäre imstande gewesen, das künftige Weltgeschehen zu berechnen, sofern er für einen bestimmten Augenblick die Lage und Geschwindigkeit sämtlicher Massenpunkte des Universums in Erfahrung gebracht hätte. Politiker und Publizisten aber sind keine Allgeister.

Im Sommer und Herbst 1989 setzte alle Welt auf die Zukunft der Provisorien BRD und DDR. Die Opposition in der DDR verlangte die völkerrechtliche Anerkennung ihres Staates durch die Bundesrepublik. Sie warb für einen »Sozialismus mit menschlichem Antlitz«. Günter Grass, Jürgen Habermas und Erich Kuby, der Friedensnobelpreisträger Elie Wiesel und nahezu die gesamte politische Führung Westeuropas solidarisierten sich. Oskar Lafontaine und Joschka Fischer wußten, daß eine Mehrheit der Bundesbürger angesichts der Übersiedler aus der DDR um ihre Wohnungen und Arbeitsplätze bangte, und glaubten daher nicht, daß die Wiedervereinigung drohte.[3] Die Deutschlandpolitik von CDU und CSU war bis zum 19. Dezember 1989, als Helmut Kohl in Dresden von der Bevölkerung umjubelt wurde, auf Zweistaatlichkeit fixiert. Noch 1988 wollte Heiner Geißler als Generalsekretär der CDU das Ziel der Wiedervereinigung aus dem Parteiprogramm streichen lassen.

Als die Demonstranten in Leipzig, Dresden und Berlin das bislang Unaussprechliche forderten – *ein* Volk zu sein – und Helmut Kohl ihren Ruf entschlossen aufgriff, erteilten die westlichen Bündnispartner den Deutschen eine politische Lektion: Alle in vierzig Jahren bestandenen Reifeprüfungen zählten wenig gegenüber der möglichen neuen geopolitischen

Konstellation und der Wirtschaftsstatistik. Erwiesene Loyalität bot keine Sicherheit mehr, als die Interessenlagen ins Rutschen kamen.

Die britische Regierungschefin wollte »frühestens in zehn oder fünfzehn Jahren« über eine Vereinigung der beiden deutschen Staaten mit sich reden lassen. Der französische Präsident stattete dem sowjetischen eine Blitzvisite ab, um ein altes Bündnis gegen die deutsche Gefahr zu erneuern. Er argumentierte allen Ernstes damit, daß eine Situation wie im Jahr 1913 vor Ausbruch des Ersten Weltkriegs nicht wiederkehren dürfe. Der amerikanische Präsident pflichtete ihm bei, und Italiens Ministerpräsident trug in Brüssel »Bedenken des westlichen Bündnisses« gegen Helmut Kohls Stufenplan zur deutschen Einheit vor.

Es war, als hätte Deutschland seit dem Ende des Zweiten Weltkriegs bei seinen Nachbarn keinerlei Vertrauen gewonnen, weil es gar nicht *als Deutschland* existiert, sondern ein fiktives, entrücktes, gleichsam entdeutschtes Dasein geführt hatte.

In der bipolaren Weltordnung von Jalta waren die Deutschen von Außenpolitik und damit von der Vertretung *deutscher* Standpunkte entlastet. Die Bedrohung durch die Gegenseite garantierte den Gnadenstand der Fraglosigkeit. Unter dem Atomschirm der Führungsmacht hatten weder Weststaat noch Oststaat Nachbarn, mit denen sich bilaterale Historie hätte ereignen können. BRD und DDR waren lediglich von Funktionspartnern flankiert. Ihre Außenpolitik beschränkte sich auf Deutschlandpolitik (den denkbar größten Gegensatz zu deutscher Politik). Nachdem das atomare Patt zu friedlicher Koexistenz geronnen war, lösten im Weststaat neuartige Überlebensprobleme (Umwelt, Kernenergie, Aids) die sowjetische Gefahr ab. Die Lage blieb eindeutig, Europa zweigeteilt.

Nie hat ein politisches Mündel so ergeben zu seinem Vormund aufgeblickt wie die BRD zu den Vereinigten Staaten. Gern überließ man den Amerikanern das Management bei allen weltpolitischen Risiken. Gern verzichtete man auf die Präsenz deutscher Truppen in Krisengebieten und die Präsenz der deutschen Sprache in den Institutionen der Europäischen Gemeinschaft. Auf die Schreckbilder der »jüngsten deutschen Geschichte« verweisend, baute man sich im Windschatten des Ost-West-Konflikts einen hocheffizienten geschichts- und bodenlosen Wirtschaftsstandort. Vierzig Jahre lang tauschte man Souveränität gegen Prosperität. In diesem Sinne war die Bundesrepublik der einzige wirkliche Satellitenstaat der USA.

Verglichen mit der allzeit loyalen BRD war die DDR eine renitente Verbündete. Sie legte sich eine provisorische nationale Identität aus Versatzstücken des Preußentums und der deutschen Geistesgeschichte zu und wies auf diese Weise die Hegemonialansprüche der Russen in die Schranken. Die große Mehrheit der Sachsen, Thüringer, Anhaltiner, Brandenburger und Mecklenburger verinnerlichte niemals die Normen des real existierenden Sozialismus sowjetischer Prägung. Sie nahm vielmehr Maß an den Verhältnissen im anderen deutschen Teilstaat und setzte unverdrossen auf die nationalen Sympathien der Bundesbürger.

Die Bundesbürger ihrerseits waren aber nur dem Westen, insbesondere dem transatlantischen, zugewandt. Sie leisteten der Vormacht nicht nur politisch Gefolgschaft, sondern auch durch die Veränderung ihres Verhaltens, ihrer Sprache und ihrer Wünsche. Genuin deutsch war dabei, daß sich viele Bundesbürger schämten, keine richtigen Amerikaner zu sein. Die 1966/67 einsetzende Protestbewegung tat ein übriges. Mit der Apotheose des autonomen Selbstseins vollendete sich die Westintegration der Bundesrepublik. Sofern die Rebellen antiamerikanisch auftraten, taten sie dies im Stil einer amerikanischen Bürgerrechtsbewegung. Der Kampf für die Selbstbestimmung der vom Westen bevormundeten Völker begünstigte eine trügerische Reduktion von Politik auf Moral. Vom nachinszenierten Klassenkampf blieb ein dumpfer Egalitarismus (der schon vor 1989 die Deutschen hüben und drüben vereinte). Die geglückte Emanzipation aus Familie, Generationenverhältnis, Geschlechtsrolle und raumzeitlichem Herkommen endete im mediengestützten Narzißmus und im Single-Appartement. Unter den zu sich selbst befreiten Kindern der Nachkriegsdeutschen fanden sich immer weniger, die noch Hand- und Hilfsarbeiten ausführen und Kinder aufziehen wollten. Das übervölkerte Westdeutschland mutierte zum Einwanderungsland. Man suchte Lückenbüßer für schlechtbezahlte Tätigkeiten und hoffte, daß die Angeworbenen wenigstens bis in die zweite Generation bei ihrem armutsbedingten generativen Verhalten bleiben würden.

Die Westorientierung verbürgte Weltoffenheit. Läßt man aber die kulturellen Leitbilder der siebziger und achtziger Jahre Revue passieren, überrascht es, wie selektiv und klein der »Westen« beziehungsweise die erschlossene »Welt« doch war. In hohem Ansehen standen lediglich die drei klassischen Länder von Aufklärung und Demokratie (USA, Frankreich, Großbritannien) sowie Dänemark und Schweden, und auch dies nur deshalb, weil man das meiste, das in diesen Ländern geschah, ignorierte. Dies war die Zivilisation; der Rest war Folklore und Rückständigkeit.

Als Rumpfstaat fiel es der Bundesrepublik nicht schwer, aus der deutschen Geschichte zu treten und die Sozial- und Bildungspolitik dem wirtschaftlichen Wachstum unterzuordnen. Sonderinteressen von Klassen, Ständen und Bundesländern wurden durch Verfahren mit Einigungszwang nahezu neutralisiert. Manche Erblasten des Deutschen Reiches blieben dessen Nachfolgerin erspart, so etwa die Macht der Großagrarier in Ostdeutschland, eine Armee, die sich als »Staat im Staat« aufführte, und eine sozialstaatsfeindliche Groß- und Schwerindustrie.[4] Der Nachfolgestaat Bundesrepublik war leichtgewichtig, konnte sozusagen abheben.

Die Entlastung durch die Niederlage allein hätte ihn aber noch nicht dazu befähigt, sich als Idealtypus des Freien Westens aufzubauen. Dazu bedurfte es einer rigorosen Politik des Politikverzichts. Die Verbündeten der Bundesrepublik irritierte es immer wieder, daß die Bundesregierung das spezifisch deutsche Interesse mit der Bewältigung aller Übel auf Erden gleichsetzte: Gut für Westdeutschland war, was den Weltfrieden sicherte, globalen Umweltkatastrophen vorbeugte, die UNO stärkte, die Zusammenarbeit aller mit allen förderte und die Lage in Europa entspannte, kurzum alles, was die internationalen Beziehungen stabilisierte und zu kontrollieren erlaubte.[5]

Durfte man es denn für möglich halten, daß sich erstmals in der Geschichte der Menschheit ein Staat als Utopie im wörtlichen Sinne, als Un-Ort, zu verwirklichen suchte?[6] Nur dann, wenn man die Entschlossenheit der Deutschen, mit dem Deutschsein Schluß zu machen, gekannt hätte.

Offensichtlich lebten die Ostranddeutschen in einer anderen Dimension als die Westranddeutschen. Beim Blick auf die Landkarte machte man sich davon kein Bild. Die BRD nutzte ihr Territorium in den achtziger Jahren gleichsam nur noch für Zwischenlandungen. Wirtschaftlich, das heißt wesentlich, befand sie sich auf einer amerikanisch lizenzierten Erdumlaufbahn. Die DDR hingegen war am Boden geblieben. Als ihre Bürger den Beitritt zur Bundesrepublik erzwangen, holten sie diese auf die Erde zurück.

Mit dem Ende der europäischen Teilung verlor die Bundesrepublik ihre Steuerung. Die Konfrontation der Blöcke war die Geschäftsgrundlage dieses Staates gewesen; nun schrieben sich die Richtlinien der westdeutschen Politik nicht mehr von selbst. »Westen« und »Osten« waren nur noch Himmelsrichtungen. »Nach Osten ist nun alles offen«, erkannte 1993 Ralf Dahrendorf.[7] In der von nur mehr *einer* Supermacht beaufsichtigten Welt gab die Loyalität gegenüber dieser Supermacht nicht mehr genug Halt; andere Loyalitäten mußten hinzukommen. (Überhaupt wäre es des Nachdenkens wert, ob die eine, übriggebliebene Supermacht ihre potenzierte

Macht für sich selbst bewahren kann. Da ihre ökonomischen und militärischen Kräfte sich nirgendwo an ernsthaftem Widerstand stauen und messen können, verlieren sie sich auf den Kontinenten und schließlich sogar im eigenen Land. Um ihrer Selbsterhaltung willen müssen die Vereinigten Staaten neue Gegnerschaften etablieren oder alte simulieren. Insofern war die Selbstauflösung des Ostblocks ein heimtückischer Anschlag auf *den Westen* und die Zentralisierung des Kapitals.)

Schleunigst suspendierten Anfang Oktober 1990 die Siegermächte des Zweiten Weltkriegs »die Wirksamkeit ihrer Rechte und Verantwortlichkeiten in bezug auf Berlin und Deutschland« und stießen ihren Schützling in die volle Souveränität. Das wiedervereinigte Deutschland konnte sich nun überall frei betätigen, vermißte aber einen Lotsen für Operationen im Globalzusammenhang. Daher war (und ist) die Versuchung so groß, Europa- und Weltpolitik nach Art der alten Bundesrepublik zu betreiben, nämlich keine eigenen Prioritäten zu setzen und alle Wege offenzuhalten. Die Bürde der Souveränität hätte man auf diese Weise gleich wieder abgeworfen. (Die Wahrung der Option auf alles ist der Verzicht auf alles, eine tödliche neue Art von Geiz, die Erhaltung eines Reichtums an Chancen durch das Beseitigen der Rolle des Besitzers. Allerdings gibt es auch uneingestandene Prioritäten. Nicht aufzutrumpfen empfiehlt sich zumal für den, der günstige Entwicklungen in Ruhe abwarten kann.)

Oktober 1990 erhielt Deutschland seinen Ort in der Mitte des europäischen Halbkontinents zurück. Dort ist es seitdem unter den europäischen Ländern bevorzugt, weil es allen nahe ist, und benachteiligt, weil es mehr Nachbarn und offene Grenzen hat als jedes andere Land in der Welt. Seit tausend Jahren ist Deutschland entweder Europas Vormacht oder wird von anderen mitregiert wie im Dreißigjährigen Krieg, im achtzehnten Jahrhundert und zu Beginn des neunzehnten. Die Auflösung des Ostblocks versetzt die anderen westeuropäischen Völker in »eifersüchtige« Randlagen zurück: die Engländer auf ihre Insel, die Franzosen an den Atlantik, die Spanier und Italiener auf ihre Halbinseln. Die Tschechen und Slowaken rücken ins Zentrum. Auch die Polen, Ungarn, Slowenen und Kroaten beanspruchen, Mitteleuropäer zu sein. Das Wechselspiel der Interessen aller Rand- und Zwischenlagen verstärkt die Gravitation der Mitte. Die Europäische Union soll dieses Spiel beenden, setzt es aber im Gerangel um die Beitrittskandidaten fort. Deutschland wirbt für Osterweiterung, Frankreich für die Anbindung der Mittelmeerländer.

Die Öffnung der Systemgrenze, die Deutschland teilte, macht eine der Folgen des Zweiten Weltkriegs rückgängig. Obwohl es niemand wahrhaben will, geht es nun darum, die aus dem Potsdamer Vertrag resultierende Friedensordnung durch eine andere zu ersetzen. Daher spricht Joschka Fischer im November 1989 vom »Einbruch der Geschichte in die Schrebergärtnerei der Bonner Parteien«. Entwicklungen, die durch die Friedensdiktate von 1919 und 1945 unterbrochen oder kanalisiert worden waren, kommen wieder in Gang. Die zur Bändigung der Zentralmacht geschaffenen Riegelstaaten Tschechoslowakei und Jugoslawien lösen sich auf. Wie nach dem Ersten Weltkrieg, als Österreich-Ungarn und das Osmanische Reich zerfielen, kommt es zu Selbstbestimmungsexzessen nationaler Mehr- und Minderheiten. Gegen die Kleinstaatenbildung, die damals aufgefangen werden konnte, sperrt sich heute keine Mächteallianz. Verblichene nationale Mythen werden über elektronische Medien zu neuem Leben erweckt. Als Voyeure bei den Schlächtereien auf dem Balkan und den Katastrophen nach dem Zusammenbruch des rußländischen Imperiums haben die Fernsehzuschauer Europas jeweils unterschiedliche Déjà-vu-Erlebnisse.[8]

Am Ende des Jahrhunderts lassen NATO und Europäische Union den zu Beginn des Jahrhunderts unterdrückten nationalen Emanzipationsbewegungen freien Lauf, weil keine Großmächte, sondern allenfalls kontrollierte Mittelmächte von ihnen profitieren könnten. In Ost-, Südost- und Mitteleuropa zeichnen sich die Schattenrisse alter Bündnisse und Glaubensgrenzen ab. Mit ihnen kehrt nach dem Ende des amerikanisch-sowjetischen Protektorats die europäische Geschichte zunächst als Erschöpfungsphänomen wieder. Ob diese Geschichte weitergeht oder zur Simulation ihrer selbst verdammt ist, werden Art und Ablauf der bevorstehenden politischen Großraumbildung zeigen. Eine Welt der Nationen und Nationalismen ist jedenfalls ebenso unwahrscheinlich wie ein souveräner Weltstaat.

Fast ohne Zutun der westdeutschen Bevölkerung wurde 1990 der Rückzug Deutschlands aus Erdraum und Geschichte beendet. Wie stellte sich diese Bevölkerung dazu?

Nach der Landung

Zu den Westdeutschen kam die »friedliche Revolution« jenseits von Mauer und Stacheldraht als Reality TV mit täglich produzierten Folgen. Ein Gemeinschaftserlebnis wurde daraus nicht. In keiner Stadt, Westberlin ausgenommen, strömten nach den dramatischen Live-Übertragungen die Menschen auf die Straße und schwenkten schwarz-rot-goldene Fahnen. Hingegen ließen sie im Juli 1990 den nationalen Leidenschaften die Zügel schießen, nachdem die westdeutsche Fußballmannschaft in Rom gegen Argentinien Weltmeister geworden war. Seltsam, auch die *Wende*-Serie war doch beste Fernsehunterhaltung. Aber da spielten wohl nicht die eigenen Leute. Außerdem hatte sich das Thema schon im Frühjahr 1990 erschöpft. Keine Fackelzüge, keine Menschenketten.

Die deutschen Haushalte auf der Westseite hüllten sich in Schweigen, wie sie das in allen Angelegenheiten taten, die nicht unmittelbar das eigene Wohlergehen betrafen. Ein Fall für die Demoskopen. Im Auftrag großer Medien traten sie 1990 und 1991 immer wieder an statistische Repräsentanten der Bundesbürger heran und stellten Fragen zur deutschen Vereinigung. Die Antwortmöglichkeiten waren vorgegeben. Im September 1990 stimmten 68 Prozent der Befragten der – fast unwiderstehlichen – Aussage zu, die Vereinigung der beiden deutschen Staaten sei ein »persönlich wichtiges Ereignis«. 75 Prozent »freuten sich«, aber nur bei 48 Prozent *überwog* in Anbetracht der wirtschaftlichen Folgeprobleme die Freude gegenüber der Sorge.[9] Im Frühjahr und Sommer 1991 schwankte der Anteil jener, die sich eher freuten, in den alten Bundesländern zwischen 44 und 52 Prozent und in den neuen Ländern zwischen 59 und 68 Prozent. Der Anteil jener, die sich eher sorgten, lag im Westen zwischen 32 und 39 Prozent und im Osten zwischen 16 und 26 Prozent.[10]

Die Wiederkehr Gesamtdeutschlands zu ratifizieren, war für das Gros der Westdeutschen eine lästige Pflichtübung. Als die Meinungsforscher fragten, ob man die arme Verwandtschaft hereinlassen solle, konnte man schlecht nein sagen. Am liebsten hätte man gar nichts gesagt. In den folgenden Jahren machte die Aufrechnung von Kosten und Nutzen hüben und drüben aus der vieldeutigen Gabe der Wiedervereinigung eine schwere Hypothek. Die Vereinigung setzte keine Energien für die Zukunft frei. Mit ihr assoziierten 1997 nur 30 Prozent der Westdeutschen bis 29 Jahre Positives (von den Altersgefährten in den neuen Bundesländern 68 Prozent). 36 Prozent sahen sich eher zur Sorge veranlaßt, und 34 Prozent konnten oder wollten ihre Gefühle nicht einordnen.[11] Obwohl die Deutschen aus der DDR von Presse und Fernsehen auf die Rolle der Beladenen und Undankbaren festgelegt worden waren, schienen sie körperlich und seelisch besser davonzukommen. Das Institut für Demoskopie Allensbach hatte die Eingebung, nach der Verbreitung psychosomatischer Leiden bei den Deutschen in den Wende- und Vereinigungsjahren zu fragen. Folgende Häufigkeiten traten zutage:

Personen ab 14 Jahre in den alten Bundesländern			Personen ab 14 Jahre in den neuen Bundesländern	
1989	1992		1989	1992
25 %	33 %	Migräne	33 %	28 %
24 %	28 %	Schlaflosigkeit	39 %	35 %
27 %	27 %	Rückenschmerzen	25 %	23 %
23 %	27 %	Müdigkeit	38 %	28 %
21 %	24 %	Nervenleiden	38 %	25 %
19 %	24 %	Verdauungsbeschwerden	30 %	25 %[12]

Hier wurden Selbstzuschreibungen gezählt, nicht etwa ärztliche Diagnosen. Auskunftsbereitschaft und Vorstellungen vom Gesund- und Kranksein spielten mit. Zwischen der deutschen Einheit und den Beschwerden der Deutschen bestanden Korrelationen, aber keine direkten Kausalzusammenhänge. Eben deshalb aber sind die ermittelten Zunahmen und Abnahmen symptomatisch. Individuen müssen keine Experten sein, um persönliche Bilanz zu ziehen. Als passive Zeitgenossen des Einigungsprozesses sind die meisten Westdeutschen offenbar nicht unbeschwerter geworden. Sie mußten nicht nur etwas von ihrer Prosperität abgeben, sondern büßten auch einen Teil ihres Gesundheitsvorsprungs ein. Per Saldo litten sie ja immer noch ein wenig seltener als die ehemaligen DDR-Bürger unter chronischen Störungen. Von der Migräne abgesehen.

Die demoskopischen Befunde aus den Jahren, als die deutschen Verhältnisse zum Tanzen gebracht wurden – »und ihr könnt sagen, ihr seid dabei gewesen« –, bedrücken als Dokumente des bundesdeutschen Privatismus. Um Zustimmung zur Aufnahme der DDR-Bürger ersucht, reagierten die Angehörigen der BRD mit kostenbewußter Reserviertheit und rangen sich aus humanitären Gründen ein generöses *Warum nicht?* ab. In den Jahren der Wiedervereinigung hegten sie mehr Sympathie für die Österreicher, Franzosen und US-Amerikaner und selbst für die Russen als für die neuen, alten Landsleute.[13]

Der demoskopischen Stimmungskontrolle selbst haftete etwas Kompensatorisches an. Sie hatte in den frühen neunziger Jahren eine Schlüsselfunktion für die Akteure der Vereinigung, da diese auf Informationen darüber angewiesen waren, wie weit die Mehrheit der Deutschen ihnen zu folgen bereit war. Dieser Mehrheit mußten Meinungen abgerungen werden, da ihre Einstellungen zu den Chancen und Belastungen des Einigungsprozesses – ungeachtet der Wahlergebnisse – amorph blieben. Dabei beschränkte sich die Demoskopie nicht darauf zu messen, was sich an Hoffnungen und Befürchtungen regte. Sie schuf mit ihren Themen und Begriffen eine behelfsmäßige Meinungsstruktur: Willenssurrogate. Weil die Sprechchöre der DDR-Deutschen im Westen keine Resonanz hatten, mußten Hoffnungs- und Bedenkenträger ausgezählt werden. Einmal »mehr Freude« machte einmal »mehr Sorge« wett. Das schadete der Sache, um derenthalben die Deutschen um Antworten gebeten wurden. Der Schritt zur Einheit verlangte die Bereitschaft zur Umverteilung enormer Mittel und eine gemeinschaftliche Verteilung der Lasten. Doch das Zusammenspiel von repräsentativer Meinungsverwaltung und einer die Probleme fürsorglich bagatellisierenden Politik verhinderte es, daß der Mehrheit klar wurde, was die Stunde geschlagen hatte.

So enthüllte sich erst im nachhinein der umwälzende Charakter der Wiedervereinigung: Sie kam über die Bundesbürger, ohne daß diese sich dazu durchrangen, handelnder Widerpart der Einigungsbewegung in der DDR zu sein. Die Westdeutschen reagierten nicht auf die geschichtliche Situation und mußten aus diesem Grund hinfort immerzu nach ihrer Meinung gefragt werden. Von der Teilnahme an irgendeiner Art von Volksgemeinschaft waren sie weit entfernt. Auch keine

Verteilungsgemeinschaft kam zustande. Die emotionalisierte Volksseele, vor der sich einige Beobachter vorsorglich entsetzten, war am 3. Oktober 1990 so wenig sichtbar wie wohl noch an keinem Staatsgründungstag zuvor. Im vereinten Deutschland regte sich nur ein bemühter Nationalismus von oben. Es handelte sich, wie Claus Offe im Dezember 1990 erkannte, »um einen kühl berechneten und moderierten ›Eliten-Nationalismus‹, der als sinnstiftende Kulisse für den überstürzten Prozeß der wirtschaftlichen Integration dramaturgisch eingesetzt wurde«. [14]

Nachdem die Entscheidung in der Hauptsache schon im Dezember 1989 auf Regierungsebene gefallen war, entbrannte in der veröffentlichten Meinung der Bundesrepublik Deutschland ein Streit darüber, was das neue Gesamtdeutschland sei und wozu es sich künftig aufzuführen habe. Dieser Streit hält bis heute an, obwohl eine bestimmte Auffassung spätestens 1991 die Oberhand gewonnen hat. Die anfangs beteiligten Journalisten, Politiker, Intellektuellen[15] und Literaten, Nachrücker eingeschlossen, sind bis heute unter sich geblieben. Sie führen einen Stellvertreterkrieg, denn der deutsche Souverän, über dessen Verfassung erbittert gemutmaßt wird (das Volk, von dem alle Macht ausgeht), meldet sich nur in Form gelegentlicher Tätlichkeiten, Verweigerungen und demoskopischer Bauchrednerei. Aber das hat seine Richtigkeit. Die Kommunikatoren der deutschen Frage tun die Arbeit, für die sie sich qualifiziert haben. Von Zeit zu Zeit allerdings bricht infolge der Unberechenbarkeit des Streitgegenstands Verwirrung aus.

Die Befürworter der deutschen Vereinigung schlugen 1990 in den großen Medien durchweg einen gedämpften Ton an und hüllten Emotionen in Beschwichtigungen. Nur die »Bild«-Zeitung jubelte, den Prinzipien ihres Gründers gemäß. Man rechtfertigte sich mit dem Leid von »Millionen Menschen im geteilten Deutschland«, dem Interesse der DDR-Bürger, »endlich an der relativen Freiheit und Prosperität der Bundesrepublik teilhaben zu können« (Kurt Sontheimer), und dem Wunsch nach »Normalisierung der Verhältnisse« und mahnte zur Übernahme der »immensen Verantwortung, die jetzt auf uns zukommt«. Der Bundespräsident machte geltend, daß die Deutschen nun zum erstenmal »kein Streitpunkt auf der europäischen Tagesordnung« seien. Eingebettet in Erläuterungen, gewissermaßen um Nachsicht bittend, sprachen einige Akteure und Autoren von guten Empfindungen: von der »Herzenssache« (Hans-Dietrich Genscher), vom »Glück« (Hannelore Kohl), vom »vertrauten Klang« der Städtenamen Weimar und Leipzig und dem »Gemeinsamen, das in vielen Jahrhunderten gewachsen« sei (Helmut Kohl), von der »tieferen Gemeinsamkeit« der deutschen Literatur zwischen 1945 und 1990 (Joachim Kaiser), vom »Phantomschmerz«, der nun gewichen sei (Martin Walser), und davon, daß am Brandenburger Tor ein »Selbstbewußtsein« aufgebrochen sei, »hinter das nicht mehr zurückgegangen werden« könne (Peter Sloterdijk im Dezember 1989). Willy Brandt bemerkte ungeniert, nun wachse zusammen, was zusammen gehöre.

Schon 1991 hörte man solche Bekenntnisse nicht mehr. Die Apologeten der Einheit suchten nun Zuflucht bei der Formel, daß die Wiedervereinigung trotz aller Enttäuschungen ein »richtiger Schritt« gewesen sei.

Die deutschen Intellektuellen in ihrer großen Mehrheit verfolgten den Umbruch in Europa 1989/90 wie eine unwirkliche Farce. Bevor sie sich zum Protest gegen die Vereinigungsdynamik aufrafften, bewahrten sie monatelang ein »geradezu dröhnendes Schweigen« (Rüdiger Bubner) – gegenüber einer Zumutung, die eine Polemik auf der Höhe der Zeit nicht gestattete. »Deutsch-land-ei-nig-Va-ter-land!« Dieser erpresserische Schlachtruf wurde von Leuten ausgestoßen, die auf einer anderen Zeitebene überwintert hatten. Sie waren schlicht nicht satisfaktionsfähig. Als die Herren der Themen und Thesen spürten, daß ihnen »vierzig Jahre festgefügter, scheinbar unverrückbar solider europäischer Nachkriegsordnung« unter den Füßen wegrutschten[16], packte sie endlich Empörung über die Regression der Entwicklung ins Abgestandene, Überholte, Überflüssige. Die Sache stand nicht auf der Agenda und machte Angst. Wie kam man dazu, sich mit »dumpfem, plebejischem Volksgemeinschaftsdünkel« abgeben zu müssen? Nur weil es die konsumversessenen Brüder und Schwestern im Osten mit ihren unbearbeiteten kollektiven Sehnsüchten so wollten?

Um die Abwehrreaktion der Intellektuellen begreifen zu können, reicht es nicht aus, ihre im öffentlichen Streit vorgebrachten Argumente zu ordnen. Diese waren häufig nur abgeleitet oder Versuche einer immanenten Kritik der Vereinigungspolitik – etwa wenn Günter Grass die »Ängste der Nachbarn« beschwor, Joschka Fischer behauptete, europäische und deutsche Vereinigung schlössen sich gegenseitig aus, und andere vor dem Ausverkauf von Demokratie und Sozialismus warnten und sich um das Wohl der naiven DDR-Bürger sorgten. Den Kern der Auseinandersetzung trifft man erst, wenn man versteht, auf welchem Weg sich die Gegner der Vereinigung von BRD und DDR selbst zu befinden glaubten. Ein Schlüsselbegriff war »zivile Gesellschaft«, meist kombiniert mit »demokratische Entwicklung«. Man erwartete großen emanzipatorischen und materiellen Nutzen für die Bundesbürger von der Auflösung deutscher Eigenart. Der Bundesrepublik war es zugedacht, sich in die deutsche Zivilgesellschaft, dieser wiederum, sich in einen losen Zusammenhang global beweglicher Wirtschaftssubjekte aufzulösen.

Durch das Bekenntnis zum *Verfassungspatriotismus* sagte man sich stillschweigend von Nationalgeschichte und Raumbindung los. Der Begriff hob sich infolgedessen selbst auf. Dieser »Patriotismus« nämlich, verstanden als Stolz auf die liberale Verfassung, wurde ausschließlich für eine Auseinandersetzung mit raum- und geschichtsbewußten (patriotischen) Nationen gebraucht. Er war die Vaterlandsliebe, die sich selbst verabschiedete. Übrig blieb die freischwebende Verfassung.

Die Zudringlichkeit der leiblichen Verwandten im Osten, die ausgerechnet als Deutsche befreit und beteiligt werden wollten, beendete nun unerwartet den Höhenflug der westdeutschen Weltbürger. Was diese an sich selbst am meisten schätzten, geriet »für nichts und wieder nichts« in Gefahr. Deshalb die Verblüffung, die Sprachlosigkeit, die Zurückweisung und schließlich die Häme. Beim vierten Freiburger Literaturgespräch im November 1990 etwa rächte sich der Münchner Schriftsteller Maxim Biller für die Wiedervereinigung, indem er im Programmheft rundheraus erklärte, daß Demokratie hierzulande nur dem gebühre, der die Deutschen daran hindert, deutsch zu sein: In Deutschland, wo nach dem Krieg die »Herrschaft der wenigen Klugen über die vielen Dummen« das Schlimmste verhütet habe – so Biller –, stehe nun wieder die »Diktatur der Miesen und Kleinkarierten« auf der Tagesordnung.[17]

Die universalistische Medienelite der Bundesrepublik entwuchs in den siebziger und achtziger Jahren dem Gesinnungsmilieu der radikalkritischen Intellektuellen, die, grob vereinfacht, die Sache der Selbstbestimmung und der Gerechtigkeit verfochten. Von Akzeptanzschwächen geplagt, paßte sie sich wechselnden Erwartungen und Betätigungschancen an. Dabei ging sie schrittweise von gruppenbezogenen Emanzipationstheorien zu Ersatzstrategemen über. Preisgegeben wurden die systematische Kapitalismuskritik, die Ablehnung des Systems politischer Repräsentation (zumal die Parlamentarismuskritik), Basisgruppenarbeit und Selbstverwirklichungsmodelle, Konzepte der Gegenöffentlichkeit, Dritte-Welt-Doktrinen und nicht zuletzt die Berufung auf »Bedürfnisse« der eigenen Bevölkerung. (Noch in den siebziger Jahren verwies man legitimatorisch auf das »Volk«.) Plötzlich war es nicht länger abträglich, die pluralistische Demokratie zu preisen. Viele Begriffe, die mit den Vorsilben pluri- und multi- begannen, schwammen nun obenauf, nachdem sie lange Zeit mit »Warencharakter« und »Austauschbarkeit« assoziiert worden waren. Das »Volk« verwandelte sich in ein suspektes Erziehungsobjekt. Dabei deutete man das eigene Hinübergleiten zu anderen Themen und Terminologien als taktisches, befristetes Ausweichmanöver oder hielt sich neue Einsichten zugute. Nicht betäuben ließ sich aber die Erfahrung, Bruchstellen mißachtet zu haben. Letzteres nahm man abwechselnd sich selbst und dem Publikum übel. Deshalb resultierte aus dem Wechsel der Welterklärungsmodelle kein robuster Zynismus. Vielmehr wuchs das Bedürfnis, Gesinnungsfestigkeit zu beweisen: darzutun, daß nach wie vor der gleiche Kampf geführt wurde.

So bedenkenlos einst die Macht- und Weltmarktanalysen weggeschlossen wurden, so inbrünstig bekannte man sich später zu Universalismus und Multikulturalismus – Utopien reinsten Wassers, die es erlaubten, mit den Hegemonialmächten Frieden zu schließen und zugleich als humanistische Kämpfer aufzutreten.

Dies war und ist wohlgemerkt eine eklatant deutsche Konfusion. Der amerikanische Universalismus der Gegenwart bezieht sich, wie die Arbeiten von Richard Rorty, Michael Walzer, John Rawls und anderen zeigen, auf praktische Beteiligungs- und Tolerierungsfragen lokaler nordamerikanischer *communities.* (Wer gehört dazu? Wer nicht?) Die Referenzebene des britischen Universalismus sind die Klassendifferenzen in der nationalen Zivilgesellschaft, die des französischen die laizistische Zivilreligion, die allen *citoyens* einen Platz in der französischen Nation verbürgt, und deren weltweiter Auftrag. Im deutschen Entgrenzungs-Diskurs kann man Entsprechendes nicht erkennen. Die schuldige Verehrung für die virtuelle westliche Zivilgesellschaft soll das eigene Staatsvolk Mores lehren. Dieses Volk klebt, wie seine »wenigen Klugen« beobachten, immer noch beziehungsweise schon wieder am Boden, würde sich in westlichen Metropolen blamieren, sächselt womöglich. »Das Volk ist ein Monstrum«, faucht Joseph von Westphalen in einer Streitschrift nach der Wiedervereinigung. Es »ist nur dazu gut, daß man sich aus ihm herauslöst. Das Volk befindet sich morgens und abends in öffentlichen Verkehrsmitteln oder im Autostau; dort bin ich ein Teil des Volkes. Ich bin es nicht gern. Ich kenne niemanden, der es gern wäre. Es ist eine Zwangsgemeinschaft.«[18]

Die übertölpelten deutschen Intellektuellen haben das vereinigte Deutschland nie als *ihre* Umwelt akzeptiert, sondern auf Bestätigung dafür gewartet, daß die Landung der Bundesrepublik auf mitteleuropäischem Terrain ein Sündenfall war. Gerade ist Deutschland souverän geworden, schon hat man von ihm »die Nase voll« (Joseph von Westphalen). Ungeduldig verlangt man, daß »Sinn und Zweck« der neu erstandenen Nation »in einem republikanisch-reflexiven Verständnis« bekanntgegeben werde[19] – als habe dieses Land so lange keine Existenzberechtigung, bis es sich vor den Repräsentanten der Weltvernunft rechtfertigen könne.

Als Ärgernis qualifiziert, erfordern die neuen deutschen Verhältnisse kein Umdenken. Im Gegenteil, sie belegen, was man schon weiß: daß es nur *eine* Menschheit gibt, die Wiedervereinigung somit restaurativ ist. Die neuen Grenzziehungen sagen aus, daß sie sich erübrigen. Und flugs verwandelt sich die Fehlentwicklung von 1990 in ein Lehrstück, das die alte, reguläre Entwicklung zu bestätigen scheint. Mit Blick auf das Ende der DDR erklären Vertreter von Bündnis 90/Die Grünen überraschend, die Wiedervereinigung beende »die Zeit der deutschen Abweichung vom Zivilisationsprozeß der westlichen Demokratien«.[20] Ein Salto mortale. Nachdem geschehen ist, was nicht hätte geschehen dürfen, verflüchtigt sich der Unterschied zwischen der alten und der neuen Bundesrepublik.

Nun erst recht! sagen die Einheitsgegner. Deutschland wachse doch bereits in eine »postindustrielle und postnationale Welt« hinein. Und sofern es sich dagegen sperre, beweise es damit, wie bitter nötig seine Entgrenzung sei. Am Tag der ersten gesamtdeutschen Wahl im Dezember 1990 regen die Teilnehmer der Hamburger Konferenz der »Außerparlamentarischen Opposition gegen Deutschland« die Bildung von »befreiten Zonen« an, in denen deutsche Antideutsche gemeinsam mit Immigranten eine »antinationale Identität« aufbauen sollen. Ein Mitglied der »konkret«-Redaktion bekräftigt, daß sich »linke Politik« unter vielen Aspekten gegen unmittelbare Bedürfnisse und Interessen des »Volkes« wenden müsse – eine konsequente Auslegung der Prämissen des Verfassungspatriotismus.[21]

Das ist keineswegs nur eine Stimme von der Straße. Auch im Fernsehen und in Kommentaren überregionaler Tages- und Wochenblätter erklärt man, daß rechtverstandene deutsche Politik sich der Nutzung ihrer Souveränitätsrechte enthalten müsse. Als Avantgarde der Entnationalisierung ermutigt die Medienelite die vereinten Deutschen, in die Rolle der ersten universalen Nation der Welt hineinzuwachsen. Wenn Deutschland schon auf die Erde zurückkehren müsse, dann bitte auf eine Erde ohne Grenzen.

Aber anders als am Ende der achtziger Jahre ist der Unterton solcher Appelle nun feindselig. Bis 1989 empfahl sich die transnationale Welt hauptsächlich durch ökonomische und touristische Vorzüge; in den neunziger Jahren zitiert man sie herbei als Rettung vor der deutschen Gefahr. Der »Pöbel« hat seine Gefährlichkeit erwiesen und wird nun härter angefaßt. Die Universalisten sind entrüstet und verzweifelt genug, dem deutschen Volk nachdrücklich die Selbstauflösung anzuraten. Für den Weigerungsfall prophezeien sie der vorbestraften Nation einen weiteren Sturz in die Verdammnis.

Aber warum warnt man vor einem Nationalstaat, dessen Jahre gezählt sind? Einerseits argumentieren die Konkursverwalter völlig pragmatisch – Deutschland sei im Begriff, von sich selbst Abschied zu nehmen. Mit der Auflösung der Machtblöcke schwinde »die politische Bedeutung des Krieges … und damit die Notwendigkeit zentralisierter, uniformierter, durch ein Feindbild zusammengeschweißter Nationen«.[22] Die »Süddeutsche Zeitung« fragt 1997 rhetorisch, was denn noch deutsch sei in einer Wirtschaft, die sich globalisiere, und in einem Europa, das die Mark abschaffe.[23] Andererseits aber wird gegen die deutsche »Selbstbezogenheit« Sturm gelaufen, als sei sie imstande, die Verschmelzung von allem mit allem noch zu verhindern. Daß Selbstbeharrung und offene Weltgesellschaft aufeinander angewiesen sein könnten, wird in keinem der postnationalen Traktate auch nur erwogen. Die Propaganda der deutschen Kosmopoliten befürwortet eine Art Erziehungsdiktatur über das eigene Volk. Und wie jede Propaganda unterliegt sie dem Irrtum, daß ständige Wiederholung die Wirkung der Botschaft verstärke.

Die Zuschauer und Leser spüren sehr wohl, ob der Propagandist des Guten *für* oder *gegen* etwas entflammt ist. Die Liebe steckt im Detail. Ginge es den Post-Deutschen um Europa oder wären sie bewegt von dem, was deutscher Borniertheit entgeht, schlügen sie andere Töne an. Doch stereotyp und hölzern werben sie für das Eine und Ganze. Einer von denen, die für »Globalisierung« trommeln, um Deutschland den Laufpaß zu geben, versteht unter ihr »eine völlig selbstverständliche und zunehmend weltkundige Möglichkeit, in allen Fragen der Arbeit, der Kultur, der Wissenschaft, der Liebe, der Religion und des Verbrechens die Bedeutungslosigkeit nationaler Grenzen vor Augen führen zu können«.[24] Ja, so öde könnte die Weltgesellschaft sein. Freude an der Arbeit, an der Liebe und am Verbrechen fänden wir in der Sphäre ohne Ausland und Inland vielleicht nur noch in dem Bewußtsein, die nationalen Altertümer verlassen zu haben. Jedenfalls befeuern sich die deutschen Aufklärer der Gegenwart vorwiegend durch die Deutschenfeindschaft: Die Mischpoke soll sich krümmen.

Es hat etwas Verrücktes, wenn deutsche Politiker zur beschleunigten europäischen Integration aufrufen und dies vor allem mit dem Hinweis begründen, daß jede Verzögerung den Einfluß Deutschlands auf Europa verstärke[25] (anstatt das den Politikern anderer EU-Staaten zu überlassen). Eine solche Außenpolitik pervertiert die europäische Idee. Den Verfassungspatrioten in Deutschland liegt wenig an einer politischen Gemeinschaft mit Franzosen, Briten, Italienern und Polen, die sich wiederum als Territorium mit Grenzen und Wir-Bewußtsein darstellen könnte. Europa ist für sie kein Thema, kein Gegenstand der Streit- und Konzipierungslust. Schon haben sie angekündigt, daß sie die Europäische Union nur als transnationale Ebene, als Schleuse zum Globalen, akzeptieren werden. Aber auch der Begriff des Globalen klingt bei ihnen wie eine Platitüde. Es ist ein Rätsel, woran ihnen überhaupt etwas liegt.

Verbringen sie ihr Leben im Durchgangsverkehr und auf Datenautobahnen? Reduziert sich ihre »Bundesrepublik« auf ein Terminal ohne Hinterland? »Warum sehen im deutschen Kino eigentlich alle Städte gleich aus?«[26] Liegt es daran, daß die am Globalen respektive an den Vereinigten Staaten orientierte Generation deutscher Intellektueller und Politiker gar nicht mehr glaubt, daß es in Deutschland »überhaupt noch etwas zu sehen gäbe«, und sich des eigenen Landes geniert?[27] Dann hätte sie auch nichts zu verlieren.

Das Unmäßige der Selbstlosigkeit bekennender Europäer aus Deutschland erregt das Mißtrauen der europäischen Nachbarn. Da versuchen Deutsche, Europäer zu werden, ohne über sich selber Klarheit gewonnen zu haben. Aber wer den globalen Emanzipator spielt, muß sich fragen lassen, was er davon hat. Man hätte gern Kenntnis von seinem *begrenzten* Interesse. Manche Nachbarn erinnert der Eifer der Deutschen bei der Umwidmung ihres Landes zum Weltstaatsgelände sogar an deren Weltgeltungsallüren in früheren Zeiten. Deuten ließe sich jener seltsame Eifer als ein Versuch, deutsche Politik gewissermaßen zu verstecken. Mit der Behauptung, es gebe keine deutschen Interessen mehr, ließe sich vieles erreichen, was als erklärtes Ziel deutscher Politik nicht durchzusetzen ist. Diesen Verdacht provoziert insbesondere das forcierte Europäertum derer, die mit sich selbst und ihresgleichen jakobinisch gnadenlos umspringen. Es wäre ja nicht das erste Mal, daß Moralisten aus der Selbstzüchtigung das Recht ableiten, auch andere zu züchtigen.

Selbstverneinung und Expansion

Von Zeit zu Zeit bringen deutsche Intellektuelle vor der Weltöffentlichkeit eine fortbestehende faschistoide Grunddisposition der Deutschen zur Anzeige und ersuchen darum, ihren Landsleuten die Last nationaler Souveränität baldmöglichst abzunehmen. Zu ihnen gehören die Fürsprecher und Nachfolger jener, die 1990 »Nie wieder Deutschland« riefen und sich an dem Kabarettistenscherz erfreuten, daß es »das Beste für Europa« sei, »wenn Frankreich bis an die Elbe reicht und Polen direkt an Frankreich grenzt«.[28]

Wer angibt, Angst vor den eigenen Leuten zu haben, stürzt seine Zuhörer in die Verlegenheit einer peinlichen Entscheidung. Und er konfrontiert sie mit einem fleischgewordenen Widerspruch. Er trägt den Wunsch nach »Einhegung des deutschen Untiers« ja als Insider vor. Doch zum Risikokollektiv zählt er sich selbst offensichtlich nicht. Er schlüpft in die Rolle des geläuterten Deutschen, der den von Eltern und Großeltern versäumten Widerstand gegen Hitlers Regime in der Bundesrepublik (dem »legitimen Abkömmling des NS-Staates«) nachholt. Wie es ihm selbst gelungen ist, der Gravitation des Risikokollektivs zu entkommen, sagt er nicht. Das ist bedauerlich. Denn wäre der Austritt aus diesem Kollektiv so mühelos möglich, wie es sein Auftreten glauben macht, könnte man eine entsprechende Empfehlung in die Curricula der Schulen und Medien aufnehmen. Die deutsche Gefahr wäre dann rasch gebannt.

Der Ausnahmedeutsche malt die Gefahr stets in grellen Farben an die Wand. Sonst könnte er seine Anzeige nicht rechtfertigen. Leicht gerät er in den Ruf eines streberhaften Denunzianten, der sich auf Kosten seiner Mitbürger bei den Nachbarn lieb Kind macht. Man nimmt es ihm nicht ab, daß er ein ganz und gar anderes Wesen ist als jene, vor denen er warnt. Man versteht die Warnung vielmehr als Ausdruck eines undurchsichtig-deutschen Extremismus. Und unerfreulich ist die Vorstellung, Europa könnte zur Bühne deutscher Selbstzerfleischung werden.

Deutsche Universalisten bringen etwas durcheinander. Weil sie Deutschsein und Weltoffensein für Gegensätze halten, die einander ausschließen, rennen sie die offenen Türen der Globalisierung ein. Den digitalen Verbund aller Waren-, Finanz- und Medienmärkte – etwas, das mit oder gegen ihren Willen kommt – empfehlen sie mit solch missionarischem Eifer, als könnte er an ihrer Zurückhaltung noch scheitern. Zugleich erstreben sie etwas Unsinniges: die Erschöpfung des Eigensinns, von dessen Beharrungskraft es abhängt, ob Globalität eine Sphäre der Überraschung oder der Eintönigkeit ist.

Unsere Universalisten sind freilich keine Außenseiter. Sie tun etwas, was die Deutschen und ihre Vorfahren – aus allen Ständen und Lagern – seit gut fünfzehnhundert Jahren tun. Sie üben sich in Selbstverdächtigung, und sie hoffen dabei, die große Welt für sich einzunehmen.

Selbstverdächtigung, Selbstverurteilung, Selbstverachtung, Selbsthaß ... Es scheint, daß ich mich auf die Suche nach unveränderlichen Wesenszügen der Deutschen begeben und zu wohlfeiler Völkerpsychologie und Charakterkunde verirrt habe. Wie konnte das im Rahmen einer historischen Phänomenologie geschehen? Verwirrenderweise beeindruckt die Geschichte der Deutschen, einmal daraufhin gemustert, als ein Zusammenhang von Selbstverneinungsakten mit jeweils jahrhundertelanger Nachwirkung. Zwischen und neben den Selbstverneinungen finden sich Fremdverneinungen, bezeichnenderweise meist dann, wenn die Deutschen ihren Zusammenschlüssen neue Namen geben.

Diese beiden Verneinungsarten waren sicherlich charakterbildend. Doch zu ihrem Verständnis müssen wir keine Erbsubstanzenlehre bemühen. Bestimmte kulturgeschichtliche und geostrategische Faktoren kennzeichnen seit der Zeit der Völkerwanderung das Verhältnis der Deutschen zu den Nichtdeutschen: Die »deutsch« genannten Völkerschaften treten vergleichsweise spät in die Ära der schriftlichen Überlieferung ein und erben, nachrückend und erobernd, jeweils die Barbarenrolle – bis ins zwanzigste Jahrhundert. Die Zentralgewalt der deutschen Reiche muß jeweils drohendem Zerfall als Folge dynastischer, bündnispolitischer und/oder religiöser Konflikte entgegenwirken. Die einigende Reichsidee ist stets von außen entlehnt. Im Gegensatz zu Frankreich, England, Spanien und Italien besitzt Deutschlands Territorialgestalt keine klare Topographie, so daß es schwerfällt, ein Bild von diesem Land zu gewinnen. Alle fünfzig oder hundert Jahre wandern die Grenzen. Die innere Aufteilung Deutschlands ist jeweils plausibler als die Außengrenze. Bei der Selbstvergewisserung mangelt es dem Volk am Kontrast zu einer sinnfälligen Außenwelt, über deren Befremdlichkeit es brüten kann. (Genaugenommen bleibt nur Frankreich.) Daher weiß niemand verbindlich zu sagen, wie groß oder wie klein Deutschland von Rechts wegen ist. Dies steht immer auf dem – nächsten – Spiel.

Die Deutschen sind das Volk, das durch die Frage »Wer sind wir?« seiner selbst gewiß zu werden versucht. Sie greifen nach allen Negationen, die sich anbieten, und sind abhängig von ihnen, primär davon, keine Welschen zu sein. Ihr Eigenname ist ein entlehntes Surrogat.

Die germanischen Reiche expandieren, indem sich ihre

Führer in Rom als loyale Söldner verdingen und ihre Heere allmählich die Legionen ersetzen: Usurpation durch Unterwerfung. Mit der Ausdehnung des Frankenreichs erblüht das lateinische Europa. Die Eroberer Italiens konvertieren zu einem Glauben, der ihr eigenes Herkommen auslöscht. Nachdem sie sich als Verteidiger der Kirche und als Heidenvertilger in Germanien bewährt haben, gibt ihnen der Papst ein wiedererrichtetes weströmisches Kaisertum zu Lehen.

Seit dem Spätmittelalter ist das Deutsche Reich ein Machtvakuum, das von außen inspiriert, aufgeteilt und regiert wird. Zunächst eifern die deutschen Fürsten und Bürger der Kultur und Staatskunst norditalienischer Republiken nach. Im siebzehnten und achtzehnten Jahrhundert imitieren sie die Leitbilder der französischen Hegemonialmacht. Die deutsche Sprache bewahrt das Odium der Barbarei; diejenigen, die sie ausschließlich gebrauchen, stehen immer noch, wie tausend Jahre zuvor, an der Grenze der Zivilisation. Im Dreißigjährigen Krieg stürzt nahezu das gesamte Reichsgebiet in Anarchie. Die europäischen Randmächte avancieren zu Reichsverwesern, die völkerrechtlich befugt sind zu intervenieren.

Das Ende der alten Reichsordnung, die staatliche Neugliederung zu Beginn des neunzehnten Jahrhunderts und der keimende Wunsch nach nationaler Selbstbestimmung im Vormärz sind Folgen französischer Intervention. Selbst die Idee der Souveränität wird Deutschland zur förmlichen Nachahmung beigebracht. Sie koexistiert mit der Rheinbund-Idee, die fortan immer dann auflebt, wenn Deutschland besiegt und geteilt ist. Am toten Punkt der deutschen Staatsgeschichte errichten Philosophie, Poesie und Musik ein Universalreich, in Spannung zur westeuropäischen Vernunftrevolution und unter Verzicht auf politische Verwirklichung. Alle Entwicklungen, die im frühen neunzehnten Jahrhundert einsetzen, haben in Deutschland einen eigentümlich abstrakten, unpolitischen und ortsentbundenen Charakter. Sie verlaufen teils retardiert, teils ungezügelt und befördern ein hohes Enttäuschungsrisiko. Das gilt für die Industrialisierung, den Kommunismus und den Liberalismus und selbst für die nationalen Einigungsbewegungen auf autokratischer und republikanischer Ebene.

Und was dann kommt – machen wir es kurz. Die neudeutsche wilhelminische Großmacht gerät nach vergeblichem Liebeswerben um England auf der Flucht nach vorn in die Falle der Alternative alles oder nichts. Die Fremdverneinung kommt der Selbstverneinung nahe, die Expansion dem Verfall. Im nationalsozialistischen Reich werden sie identisch und erreichen ihre höchste Intensität. Hitler rächt Deutschlands Dilemma, von der Ohnmacht nicht weiter als von der Weltgeltung entfernt zu sein, an den Bewohnern des europäischen Einschließungsraums (insbesondere des Hinterlands im Osten) und an Deutschland selbst.

Im Gegensatz zu den Reichen mit klaren Konturen legt das deutsche Reich keinen großen Wert auf die Konstanz seiner Grenzen. Es hofft, seine wahren Grenzen noch zu finden. Deutschland entgrenzt sich gern um der Erweiterung oder Vereinigung mit anderen willen. Es ist »beseelt von einer seltsamen Emphase des Sichöffnens und Einswerdens«.[29] Die Bereitschaft zur Preisgabe alles Hergebrachten haben die Deutschen ihren Nachbarn voraus, und diese wissen und fürchten es. Für die Zuneigung der Kultivierten opfern die Einfältigen ihre Idolatrie. Nichts schaffe mehr Vertrauen als eben dies, glauben sie. Der deutsche Edelmut der Selbstverachtung ist übrigens kein Vorrecht der Gebildeten. Im westlichen und mediterranen Ausland verstecken deutsche Individualtouristen noch heute ihre Herkunft wie eine Hautkrankheit. Sie wollen nicht als Tölpel erkannt werden. Zeitlebens bietet der Barbar den Beweis an, daß er nicht mehr unflätig und nicht mehr häßlich ist.

Deutsche sind ergriffen, wenn sie das Deutschsein abtun.

Es ergreift sie der Nimbus des Mondänen. Dessen Anziehung bewahrt, wie sublimiert auch immer, die Lockung der Kriegsbeute. Sich ihrer selbst entledigend, schlüpfen sie in die Geltung der anderen – ein Erweckungserlebnis. Dem voraus geht Liebeswerben, das Bekenntnis des Deutschen, unter den Deutschen zu leiden.

Im Kreis der europäischen Völker zeichnet die Deutschen der Mangel an Selbstgewißheit aus. Er weist zurück auf den Mangel an einer unterscheidenden Reichsidee und den Mangel an einer nationalen Ikonographie. Deshalb suchen sich die Deutschen durch Negation. Diese erfolgt entweder durch Abgrenzung gegen etwas ausgesucht Nichtdeutsches oder durch Ausdehnung der – unscharf begrenzten – Eigensphäre in die europäischen Großräume und Halbinseln und neuerdings ins Globale. Im ersten Fall entlehnen die Deutschen ihr Sosein einem selbstgewissen Anderssein. Im zweiten Fall bewähren sie sich durch Abwertung oder Aufopferung ihrer selbst. An der habituellen Selbstverachtung hängt die Hoffnung, die Identität der Geschätzten einzunehmen. Nach Niederlagen zumal neigt deutsche Selbstverachtung zu Endlösungen. Sie tritt dann gleichsam ins Stadium des Bürgerkriegs ein, wo das Gute, die Säuberungsinstanz, sich verabsolutiert und den verfemten Teil, das Deutschsein oder dessen erkrankte Komponenten, kriminalisiert, so daß nun alle Mittel erlaubt zu sein scheinen.

Daraus ziehe ich den simplen Schluß, daß Selbstverneinung aus dem deutschen Dilemma nicht hinausführt.

Erregt die quasiamtliche Ankündigung des allmählichen Aussterbens der Deutschen bei diesen noch Empörung oder Widerspruch oder wenigstens Unruhe? Im November 1998 konnten wir die Probe aufs Exempel machen. Die Ausländerbeauftragte der Bundesregierung, Marie-Luise Beck, erläuterte, warum Deutschland auf kontinuierlich anschwellende Zuwanderung angewiesen sei: Berücksichtige man die absehbare Geburts- und Sterberate, würden am Ende des nächsten

Jahrhunderts noch etwa 30 Millionen Deutsche übrigbleiben. »Bitte schön, da gibt's viel Platz.«[30]

Marie-Luise Beck und andere Politiker präsentieren die Hochrechnung des »Rats für Immigration« als hieb- und stichfesten Planungswert. In einer Zeit, in der nichts gewiß ist als der Wandel selbst, ist die Kinderarmut der Deutschen offenbar fest gebucht. Gleichwohl findet die Ankündigung der Ausländerbeauftragten weder in Fernsehbeiträgen zum Einwanderungsthema noch in Kommentaren und publizierten Leserbriefen der überregionalen Tages- und Wochenpresse oder in Boulevardzeitungen Resonanz. Nach meiner Beobachtung schlägt sie auch keine Wellen in persönlichen Streitgesprächen über Fragen der Einwanderung und des Staatsangehörigkeitsrechts.

Zwei Erklärungen bieten sich an. Entweder werden Prognosen nicht ernst genommen, weil viele Faktoren der Entwicklung derzeit noch nicht erkennbar sind. Oder man hat sich längst daran gewöhnt, daß es mit Deutschland und den Deutschen so oder so zu Ende gehen wird, und kennt keine unverdächtigen Argumente, die sich für eine Zukunft *dieses* Landes und *dieses* Volkes vorbringen ließen.

Die gewöhnliche Deutschenschelte

Der gewöhnliche Deutsche existiert heute als Wesen ohne Eigenschaften, als Sammelsurium aller möglichen latenten Merkmale, die je nach Fragestellung anders hervortreten. Sobald der gewöhnliche Deutsche auf sich selbst reflektiert, wird er zum gewöhnlichen Deutschenfeind. Wohlwollend über sich zu sprechen, kommt ihm nicht in den Sinn. Als Deutscher weltklug werden heißt »die Enge« hinter sich zurücklassen. Treten überhaupt Konturen des deutschen Charakters (etwa die legendäre »Pünktlichkeit«) hervor, scheinen sie verächtlich oder werden verächtlich kommentiert. Deutsch ist das Unvermittelte, das leichthin zu sich in Widerspruch gerät. Das Deutschenkollektiv hat für sich selbst keine Worte. Zerreißt bei Abstand nehmenden einzelnen der Schleier dieses Schweigens, liegt Deutschland lächerlich da ...

... als Land *tolpatschiger Liebhaber und reizloser Frauen*[31], passend zu einem lange Zeit regierenden *plumpen Kanzler,* der *Krönung deutschen Tölpeltums und deutscher Verfressenheit.* Ein Deutscher erzählt, man habe ihm im Ausland das Kompliment gemacht, für einen Deutschen sehe er aber recht gut aus. *Wohin man auch schaut: nirgends ein Anzeichen von lässiger Weltläufigkeit, dafür jede Menge Beweise von unpragmatischer Tölpelhaftigkeit.*[32]

Der Blick des distanzierten Deutschen hat keine andere Perspektive. Sucht man für Deutschland, das latente Gebilde, vergleichende Begriffe, reduzieren sich diese unversehens auf abschätzige Vorstellungen. Deutschland ist das unfertige Land schlechthin. Unter dem Maßstabraster aber wird es für fertig erklärt. *Deutsch,* welch *komisches Zischelwort.* Dieses blödsinnig Vertraute an der Grenze der Sprache reizt wie kein primitives und kein zivilisiertes Dasein dazu, fertiggemacht zu werden: als *enger* und *öder* Fakt. Die deutsche Kleinstadt, Vorstadt, Schlafstadt: *so verrottet doof.* Aus *enger Unoffenheit* herauszutreten und zuzuschlagen, auf die *eingefressen mürrisch verfransten Mundbörsen,* die *neuen Ideen, Haltungen und Menschen* gegenüber verschlossen bleiben.

Aber das Deutsche hält niemanden auf. Wir fahren angewidert hinaus, kehren gesprächig zurück und schütteln den Kopf, *weil wir halt wirklich ziemlich daneben sind – unsere Verklemmtheit, unsere komische Unfreundlichkeit! Wenn ich aus dem Ausland zurückkomme, denke ich immer, die Leute hier haben einen totalen Knall. Wenn man jemanden anlächelt, führt der sich auf, als plane man ein Attentat.* Jede Befürchtung bestätigt sich hier. *Was den Deutschen an Emotionalität abgeht, das machen sie mit*

Reinlichkeit wieder wett. (Es folgt eine Statistik, die dokumentiert, daß die Bundesbürger durchschnittlich den weltweit höchsten Pro-Kopf-Verbrauch an Putzmitteln haben.)

Aber was ist mit den Deutschen, die dieses *kalte, menschenverachtende* Elend bezeugen? Gehören sie ihm noch an? Arbeiten sie sich durch die Schmähung aus ihm heraus?

Wir sind nicht nur unfähig zu trauern – wir sind auch unfähig zu leben und uns zu freuen. Die deutsche Sprache ist *mit Todeswünschen aufgeladen.* Immer suchen wir nach einer Idee, für die wir sterben dürfen. Könnten wir es nicht lernen, *das Leben um seiner selbst willen zu genießen, wie es die romanischen Völker seit jeher tun?*

Unter diesen Bedingungen ist es ein Wunder, daß jeder Deutsche auf kurzem Weg zum Undeutschen wird, der seiner Charakterschale die Lebensferne gründlich heimzahlt. Warum ist es so leicht, sich zu schämen, Deutscher zu sein? Weil es so niederdrückend ist, erwidern wir.

Es mangelt uns doch *entschieden an Freiheitsliebe, an spontanem Trotz und an prinzipieller Bereitschaft zur Rebellion.* Geduckt, dienstbeflissen, obrigkeitshörig, schuldbewußt üben wir den Gehorsam durch *Eindämmung von Sinnlichkeit* ein. In der *Einheit von Servilität und Despotismus* spiegelt sich unser *Verhältnis zum Gesetz: als Angst vor Entgleisungen* und als *Lust, sie zu bestrafen.*

Der Kritiker, so mühelos vom Zwang des Deutschseins erlöst, lenkt vom Rätsel seiner Existenz durch die Wahrheitsfrage ab: Sind die Deutschen so oder sind sie es nicht? Die Frage in ihrer Einfalt täuscht über ihren Widersinn hinweg. Angenommen, die Deutschen »sind« so, wie sie wähnen. Dann wäre eben dies der beste Grund, darüber zu schweigen. Beschuldigte haben das Recht und – meist – den Verstand, sich nicht selbst zu belasten. Tun es die Deutschen dennoch, dann nicht der Wahrheit und Wirklichkeit zuliebe. Die Selbstentlarvung, zumal die unersättliche, hat ihre eigene Ökonomie.

Den deutschen Flagellanten liegt wenig an empirisch ermittelbaren Merkmalsverteilungen und viel an der aus dem Selbstekel gewonnenen Energie. Sie sind *stolz, sich zu schämen, Deutsche zu sein.* Auf deutsche Art: süchtig nach Selbstbildern, opfern sie sich für die Gunst und die Habe der anderen. Unermüdlich leuchten sie den deutschen Abgrund aus und gewinnen dabei die Glorie, ihm entstiegen zu sein. Es drängt sie, die besten Nichtdeutschen der Welt zu werden. Dabei verschwimmen, zur Verwirrung der Ausländer, die Rollengrenzen; plötzlich sind die Deutschen überall und nirgends. Beispielsweise erklärt ein deutscher Schriftsteller in den neunziger Jahren in einer Rede über Deutschland das deutsche Volk zu einem Gemenge aus *Tätern, Mitläufern und schweigender Mehrheit,* dem in seiner Maßlosigkeit *noch immer kein ziviler, das heißt humaner, Umgang mit In- und Ausländern möglich ist.* Wer spricht hier? Von wo aus? Über wen? Und wohin?

Ich glaube, die Antwort zu kennen: Hier spricht ein Deutscher aus altem Schrot und Korn in herkömmlicher Weise gegen sich selbst. Wie radikal wir Deutsche uns selbst überwinden, macht uns so schnell keiner nach. Von der deutschen Erbsünde zum Weltgewissen ist es nur ein kleiner Schritt. Letztlich, so meinen wir wohl, können nur Nachfahren von Völkermördern wissen, was richtiger Antifaschismus ist. Ich gebe ein – beliebiges – Beispiel. Im Herbst 1996 schreibt eine junge Münchnerin an einen von ihr verehrten amerikanischen Popmusiker jüdischer Herkunft:

»Lieber C. K.[33],

heute habe ich zufällig aus dem Fernsehen erfahren, daß Du nach Nürnberg, der Stadt Deiner Vorfahren, zurückgekehrt bist. (…) Sicher, mir ist klar, daß sich die politischen Verhältnisse in Deutschland verändert haben. Trotzdem würde ich gern von Dir wissen, wie Du es fertigbringst, in der Stadt, die Dein Volk unterdrückt und verfolgt hat, ein Konzert zu geben …«[34]

Unbegrenzt wie unsere Bereitschaft zur Selbstverleugnung

ist unser Bedarf nach Verdikten von außen. Amerikanische, französische, spanische, italienische und andere Autoren beeilen sich, ihn zu befriedigen. Wir nehmen ihre Deutschlandbücher wie Richtsprüche entgegen. Mit dem Instinkt abgebrühter Masochisten picken wir die schmachvollsten Stellen heraus. Wieder und wieder dringen wir auf Untersuchung, bis die ersehnte vernichtende Diagnose vorliegt, und dann harren wir der Nachprüfung. Daß die Äußerungen auf irgendeine Weise bestellt sein könnten, mutmaßen wir nur, wenn wir Freundlichkeiten hören – wenn etwa fremdländische Au-pair-Mädchen von den Deutschen sagen: *Die Menschen wirken hier glücklicher ... Sie sind kein bißchen förmlich ... Sie sind anfangs sehr reserviert, aber auch sehr individuell und tolerant ... Sie sind so natürlich ... Alle sehen modisch aus ...*[35]

Wir kennen von vornherein den Ausgang aller Deutschlandforschung. Deshalb machen wir uns nichts vor: *Wir Deutschen sind die Japaner Europas, effizient, aber unsympathisch.* Und wir lassen uns die Bestätigung dessen, was wir schon wissen, etwas kosten. 1992 bat die Münchner Gesellschaft für Rationelle Psychologie 32 000 Erwachsene in 17 Ländern um die Vergabe von Schulnoten (1 bis 6) für mögliche Eigenschaften der Bundesbürger. Sie wurde mit den stimmigen Ergebnissen belohnt (kurz gesagt: *erfolgreich* und *fleißig*, aber *arrogant* und *humorlos*).

Jahr um Jahr treffen neue Deutschlandstudien ein.

Da eröffnet uns ein amerikanischer Anthropologe nach ausgiebiger Feldforschung in hessischen Dörfern, die Deutschen hätten panische Angst vor Zugluft, äßen und schliefen zu feststehenden Zeiten (auch wenn sie nicht müde seien oder keinen Hunger hätten) und verinnerlichten ungelöste Konflikte in Form von Bier und Schnitzeln, was dann wiederum Krankheiten wie »Blinddarm« oder »Verstopfung« verursache.[36] Das klingt muffig genug, aber auch ein wenig zu gemütlich, um ganz zufriedenzustellen.

Nach anderen Befunden haben wir ein *neurotisches Sicher-*

heitsbedürfnis, einen *Hang zum Perfektionismus,* seien *zu ichbezogen* und *aufsässig,* haßten *alles Individuelle* und die *Unordnung,* quälten uns mit *hunderttausend Vorschriften und Verboten* und frönten einer *zwanghaften Neigung zu übermäßiger Sauberkeit,* anders gesagt, einer *inbrünstigen, haßerfüllten Beziehung zum Dreck* (= analer Charakter). *Die gerunzelten Stirnen, die Vorschriften, die Unfreundlichkeit der Menschen – das alles nimmt dir deinen Lebensmut.* Wir können unsere Gefühle *nicht offen rauslassen, wenn es keine Erlaubnis von oben gibt.* Unverändert züchten wir *Untertanenseelen.*

Das hört sich authentisch an.

Direkten Zugang zum Bewußtsein der Deutschen haben die Improvisationen der Südländer und Lateinamerikaner über den Gegensatz von Wärme und Kälte. Die Stichworte lauten *ernst, humorlos, emotionslos* und *bedrückend* und besagen alles, was es von den Deutschen zu wissen gibt. Chilenische und sizilianische Erfahrungsberichte variieren eine einzige Aussage: Die Menschen in der U-Bahn sähen aus, *als seien sie müde geboren und lebenslang von Fehlschlägen gepeinigt. Sie können nicht über sich lachen. Sie laufen mit Registrierkassengesichtern herum. Freundschaften funktionieren nur mit Terminkalender.*

Das Leben, es lebt nicht. Angelsächsische Sachverständige attestieren den Deutschen einen unheilbaren *Hang zu Schwarzseherei und Angst* und ein in der Furcht vor Konflikten wurzelndes *Harmoniebedürfnis.* Die Adressaten lesen es und begreifen: Das mündet in den *Todeswunsch.*

Wie ist es nur zu erklären, daß dieser Wunsch so quicklebendig macht?

Manche ausländischen Gutachter fühlen sich abgestoßen vom aufdringlichen Wunsch der Deutschen nach einem finalen Urteil. Als deutsche Redakteure den holländischen Schriftsteller Cees Nooteboom mit Stichworten wie »Ausländerhaß« und »Intoleranz« dazu ermunterten, das Seine zu sagen, reagierte dieser verärgert: »Es ist merkwürdig, aber man erwartet von mir als Ausländer, daß ich bestimmte Dinge in Deutschland grundsätzlich schrecklich finde. Bei meinen Lesungen kommen junge Menschen und fragen: Finden Sie uns Deutsche nicht gefährlich? Das ist so gefragt, daß ich eigentlich sagen muß: ja, natürlich. Die Enttäuschung ist groß, wenn ich nein sage.« Ein Interviewer insistierte darauf, daß die Ausländerfeindlichkeit in Deutschland doch bedrohlich zugenommen habe. Nooteboom erwiderte: »Aber nur die Deutschen fragen mich ständig nach ihrer Ausländerfeindlichkeit. Diese Frage hört man nie in England oder Frankreich. Deutsche wollen immer wissen, was man von ihnen hält ...«[37]

Die Fragen der Deutschen nach den Deutschen sind fast immer rhetorisch. Sie gelten einem Volk im Krankenstand. Man rechtfertigt sein Deutschsein, indem man es nach Kräften überwindet. Das Thema soll demnächst ganz ausgestanden sein. Diese Selbstverneinung jedoch ist nicht so uneigennützig, wie sie erscheint. Und sie ist doppelbödig. Durch Selbstverachtung arbeiten die Deutschen daran, sich den Zugang zur Welt der anderen zu ebnen. Durch gläubige Aneignung »unangenehmer« Befunde ausländischer Deutschlandstudien gehen sie den umgekehrten Weg. Sie wirken auf eine vollständige und letztinstanzliche Verdammung hin und ertragen dabei alle Formen der Entehrung. Sie wollen ans Ende der Wertschätzung und der Welthaltigkeit gelangen, wo Trotzreaktionen wieder möglich sind: Akte der Abgrenzung gegenüber anderen, die das entleerte Eigenkollektiv unvermittelt mit Bedeutung aufladen. Beschreibt man etwa die deutsche Selbstabwertung als Prozeß der Amerikanisierung, so könnte es am Ende genügen, »deutsch« als »antiamerikanisch« zu definieren, um eine neue negative Welt zu gewinnen.

Auschwitz als Ende und Alibi

Der junge Schwärmer Alfred Rosenberg verklärte seinen Traum vom »kommenden Reich«, in dem der deutsche »Typus« sich rassisch und architektonisch emporzüchten sollte, zum »Mythus des 20. Jahrhunderts«. Die Reichsgründung mißlang, und die Deutschen hatten anderes zu tun, als Rosenbergs Traum zu überliefern. Zur großen Erzählung der Deutschen wurden die Taten des Nationalsozialismus erst im letzten Jahrzehnt des zwanzigsten Jahrhunderts. Da waren sie neben dem Thema der Arbeitslosigkeit die große Obsession des vereinten Deutschlands. In mehreren Schüben okkupierten sie das öffentliche Zeitgespräch. Zunächst wanderten die Gedenktage durch den fünfzig Jahre zurückliegenden Weltkrieg: Überfall auf die Sowjetunion ... »Wannsee-Konferenz« ... »Stalingrad« ... »Invasion« ... Befreiung von Auschwitz ... Kapitulation ... Es folgten die Ausstellung »Verbrechen der Wehrmacht«, das Zerwürfnis über Daniel Goldhagens Thesen, Beratungen über das richtige Erinnern, kulminierend in der Debatte zum Mahnmal in Berlin, und schließlich die Reaktionen auf Martin Walsers Friedenspreis-Rede. Nimmt man den Umfang von Zeitungsausschnitt-Archiven zum Maßstab, so beanspruchte das Dritte Reich in den neunziger Jahren etwa fünfzigmal häufiger die Aufmerksamkeit der Westdeutschen als in den siebziger und achtziger Jahren.

Dies schien aber nicht genug zu sein. Während Medien und Publikum von Jahr zu Jahr mehr Erinnerungsarbeit für *Auschwitz* leisteten, wurde immer häufiger davor gewarnt, die »Wiederkehr Deutschlands« zum Vorwand für eine »kollektive Amnestie« der Deutschen zu nehmen. Wie bei den Mönchen im Kloster wuchs mit der Häufigkeit der Schuldbekenntnisse das Schuldbewußtsein. Ab und zu meldeten sich Gegenstimmen, schwach und aufreizend genug, um die komfortable deutsche Verdammnis weiter anzuheizen. Wiederholt geächtet wurde die »Parole«, man solle doch endlich die

Fixierung an die deutsche Unheilsgeschichte beenden. (Aber wo war diese Parole jemals öffentlich laut vernehmbar?) Von denen, die sich dazu hinreißen ließen, den deutschen Völkermord zu »historisieren« und zu »relativieren«, erfuhr man in aller Regel nur in den großen Gegenkampagnen.

Eigenartigerweise, sagt Jan Philipp Reemtsma 1995, sei *Auschwitz* jetzt »gegenwärtiger« als in den frühen fünfziger Jahren.[38] Mit Erklärungen für dieses Phänomen ist man schnell bei der Hand. Der Wahrheitsdurst der jungen Deutschen lasse sich nicht länger mit Ausflüchten stillen, heißt es. Und familiäre Rücksichtnahme auf Angehörige der Tätergenerationen werde heute nicht mehr abverlangt. Das ist eine gewagte Deutung, die unter anderem voraussetzt, daß Fernsehen, Presse und Wissenschaft zunächst die latenten Erwartungen der jungen Leute erkunden, bevor sie ihre Themen wählen.

Ich habe mehr Vertrauen zu der These, daß Deutschland erst seit 1990 wieder ein Land mit eigener Vergangenheit ist. Der deutsche Weststaat und der deutsche Oststaat waren der Geschichte nur bedingt ausgesetzt. Nun kehren auch die Jahre zwischen 1933 und 1945, mehrfach überarbeitet und reinszeniert, zu ihren Eigentümern zurück und machen Alte und Junge zu Hitlers Erben.

Seitdem aber den Deutschen wieder eine Geschichte zusteht, obwohl sie schuldig sind, lesen die deutschen Experten diese Geschichte als Kontext der Schuld. Nach dieser Lesart ist es sich Deutschland schuldig, in *Auschwitz* den Inbegriff seiner Geschichte zu erkennen. Deutschlands Historiker sind heute entschlossen, keinem Tabu mehr auszuweichen. Und so sagen sie sich von der Geschichte los, sofern diese den Anschein erweckt, sie ende beziehungsweise beginne nicht mit Kriegsverbrechen und Völkermord. Die deutsche Zeitgeschichtsforschung ersteht neu als Wissenschaft von der deutschen Schuld.

Nicht *wieder,* sondern *erstmals* vereinigt werden 1990 die beiden Teile Deutschlands in den Grenzen von 1945. Das Jahr 1990 schließt somit unmittelbar an das Jahr 1945 an. Jene Grenzen aber sind ein Ergebnis des Zweiten Weltkriegs. Die 1945 entstandene Schuldgemeinschaft der Deutschen beginnt 1990 im eigenen Namen zu handeln. Da sie im »Ereignishorizont der Gaskammern« steht, hat sie ihr Überleben abzubüßen. Was von deutscher Nationalität noch standhält, ist von *Auschwitz,* dem »Gründungsverbrechen« (Helmut Dubiel), beglaubigt. Andere Beglaubigungen – sei es durch die Sieger des Zweiten Weltkriegs, sei es durch die Steigerung des Bruttoinlandsprodukts – stützen das vereinte Deutschland jeweils nur kurzfristig. Einziger Anker des deutschen Staatsschiffs im Element einer sinnentleerten Geschichte ist die Bringschuld, eine Wiederholung der Verbrechen des Nationalsozialismus zu verhindern. Alle Bundesbürger sind demnach substantiell Antifaschisten.

Wie Karl Heinz Bohrer dargelegt hat, setzt die historische Erinnerung der vereinten Deutschen überwiegend erst mit der *Stunde Null* am Ende des Zweiten Weltkriegs ein. Den Massenmord an Juden und anderen nehmen die Deutschen heute als verpflichtenden Gründungsmythos in Anspruch, und sie haben außer diesem keinen anderen. Sie sehen in ihm die Bedingung der Möglichkeit deutscher Staatlichkeit.[39] Um es mit einem Begriff des deutschen Idealismus zu sagen: *Auschwitz* ist im Selbstverständnis der Bundesrepublik Deutschland transzendental.

Aber wie jedes Erklärungsmodell, das in sich geschlossen und sich selbst zu legitimieren scheint, enthält der Gründungsmythos des vereinten Deutschlands einen blinden Fleck. Dieser entspricht einer stillschweigenden Voraussetzung in der Retrospektive auf das Dritte Reich, die nach Kriegsende als Wiedergutmachung einsetzt: daß die Selbstentsühnung Deutschlands radikal mit der nationalsozialistischen Vergangenheit gebrochen und nichts mit ihr gemein habe. Doch dem selbstgerechten Gründungsmythos entgeht der eigene

Hintersinn. Eben weil das vereinte Deutschland am Ende des Jahrhunderts über keine Idee von seinem geschichtlichen Werdegang verfügt, bleibt es *Auschwitz* verpflichtet. Die Frage nach den Ursachen der Verbrechen des Nationalsozialismus ersetzt die Vorstellung von dem, was Deutschland war und sein wird.

Mit seiner fortwirkenden Verdammnis hat sich Deutschland auf das beste arrangiert. Gegen das Eingeständnis, für immer schuldig zu sein, erhält es Dispens von eigener politischer Verantwortung in der Mitte Europas. Solange die Bundesbürger sich selbst verachten, können sie die Erwartungen anderer Europäer unterlaufen. Weil – mit den Worten von Jürgen Habermas – »in Auschwitz ein nie zuvor erschüttertes Vertrauen in die Fundamente unserer lebensweltlichen Normalität zerstört worden ist«[40], kann Deutschland auch nach 1990 im Ausnahmezustand bleiben. Der Rückbezug auf die Nazigreuel stigmatisiert und schützt es. Deutsche Schuld ist a priori jeder anderen möglichen Schuld übergeordnet.

Der negative Mythos der Deutschen läßt die deutsche Geschichte auf die Nazi- und Nachkriegsjahre schrumpfen. Von der Geschichte vor Hitler erzählt er nur eines: daß sie in ständig beschleunigter Unheilsfahrt in den Höllensturz des Dritten Reiches mündet. Unter dem hermeneutischen Monopol des »Zivilisationsbruchs« zwängt man die unter vielen Aspekten ausufernde, weitgehend unbekannte deutsche Geschichte in eine enge abschüssige Bahn. Vom Datum des preußischen Sieges gegen Österreich (1866) an, spätestens seit der Reichsgründung von 1871, scheint diese Bahn nur noch auf *einen* Zielpunkt hinzuführen. In der Zeitendämmerung des negativen Mythos' beginnt die unmittelbare Vorgeschichte der Herrschaft Adolf Hitlers mit den Uraufführungen der Opern Richard Wagners oder mit der Schlacht von Königgrätz.

In die früheren Jahrhunderte dringt unaufhaltsam die Deutungswüste vor. Kein findiger Historiker könnte heute aus diesen Jahrhunderten bestimmte Motive ins öffentliche Bewußtsein heben. Nichts aus diesen Jahrhunderten könnte als unabgeschlossen, als uneindeutig erkannt und fortgedacht werden. Man stelle sich nur vor, in Spielfilmen, Fernsehserien, Theaterstücken oder Romanen würden Stoffe wie Gotenwanderung, fränkische Reichsgeschichte, Heinrich der Löwe, Abwehrkämpfe gegen Hunnen, Sarazenen und Magyaren, Gang nach Canossa, Barbarossa, Kaiser Friedrich II. in Italien, Konradin, Reichstage, Dreißigjähriger Krieg, Friedrich der Große oder »Befreiungskrieg« inszeniert werden. Diese Jahrhunderte verdämmern an der Grenze des Niegeschehenen und sind nicht einmal für Fantasy-Produktionen zugänglich. Die große Mehrheit der deutschen Jugendlichen kennt sich im amerikanischen Bürgerkrieg besser aus als im deutschen neunzehnten Jahrhundert, von früheren Zeiten ganz zu schweigen. Schon der Erste Weltkrieg (Vorgeschichte, Verlauf und Folgen) gehört für diese Generation zu einer Art Prähistorie. Im Zwielicht gerade noch sichtbar sind die Inflation und Adolf Hitler, der damals seine Wühlarbeit begann.

So zieht die Rückkehr Deutschlands in die Geschichte deren Verabschiedung nach sich.

Die Konsequenzen sind grotesk und geläufig. Deutsche Kunsthistoriker verfolgen beklommen, wie Franzosen, Briten, Niederländer, Belgier und Italiener in großen Ausstellungen und Überblicksdarstellungen europäischer Kulturepochen den deutschen Beitrag routinemäßig ignorieren. Sie begehren nicht auf, weil auch die deutsche Kunstgeschichte als eine von vielen Dimensionen des deutschen Verhängnisses Buße tun muß.[41] In Deutschland selbst lassen sich die meisten Perioden der deutschen Staats- und Kulturgeschichte nur als Stationen einer Unheilskarriere behandeln. Konjunktur haben derzeit ernüchternde Schriften über das Mittelmaß Karls des Großen und die häßlichen, tumben, brutalen Germanen.

Aber weist denn die Entschlossenheit, etwas nicht zu wiederholen, schon in irgendeine Richtung? Es gibt keine Zukunft für ein Volk, dessen Geschichte schon geendet, und zwar schlecht geendet hat. Die überforderte Erzählung von der deutschen Schuld ist immer kurz davor, sich selbst auszulöschen. Man will die Deutschen lehren, welche Wurzeln der fabrikmäßige Massenmord in der deutschen Geschichte hat. Diese Geschichte aber geht der Ursachenforschung verloren, wenn sie unabhängig vom Telos *Auschwitz* nicht ausdeutbar erscheint. Bestreitet man der Vorgeschichte des Drittes Reiches jede Unabsehbarkeit, wird *Auschwitz* selbst zu einem überirdischen Ereignis. Dann ist aus der Judenvernichtung nichts mehr zu lernen.

Schuld ist bequem, wenn sie ins Unvordenkliche entrückt ist. Mit dem Befund, die Judenvernichtung sprenge jedes menschliche Maß, schleicht man sich aus der Geschichte. Es ist eben jene Entrücktheit, die den Streit um das Berliner Holocaust-Mahnmal unbeendbar macht, falls sich der Streit nicht selbst ein Denkmal setzt.

Die Verkünder des absolut Negativen treten aus Deutschland direkt ins Unbegrenzte (Weltgemeinschaft, World Wide Web), weil jenes *Auschwitz,* das sie ständig im Munde führen, keinen Ort in der Geschichte hat. Sie verweisen auf die Beschränktheit deutschen Daseins. Doch diese Beschränktheit ist nur der Reflex eines vom Gründungsmythos gesprochenen Urteils. Die Mythologen leiden an einem heillosen Mangel an Begrenzung (einem Mangel an Deutschland). Dort, wo sie hinstreben, sind sie schon. Sie sind ohne eigenes Gedächtnis nach Europa und in die Weltgemeinschaft gelangt. Aber die Absage an Deutschland wird als Beitrag zu einem vereinten Europa nicht genügen.

Sie beendet auch nicht die deutsche Selbstverneinung, die mit den Massenmorden im Zweiten Weltkrieg enger verwandt ist, als es den Deutschen lieb sein kann. In geschichtsblinder Abkehr von Deutschland setzt das Optieren für universale Bürgerrechte die deutsche Vergangenheitsbewältigung fort.

Auf den besonderen »deutschen Krankheitsgewinn«, den Sonderstatus der ewig Schuldigen, werden die Selbstverächter auch als *global players* nicht verzichten wollen. (Das wird sie aber die Bewegungsfreiheit kosten.)

Vergessen wir nicht das passive Element der deutschen Vergangenheitsarbeit, die begriffsstutzigen deutschen Massen. Wie es scheint, kann man sich durch Verleugnen ebenso dauerhaft an *Auschwitz* fixieren wie durch ständiges Bekennen. Nach einer Umfrage des Meinungsforschungsinstituts Forsa vom Dezember 1998 wollen fast zwei Drittel aller Deutschen (63 %) einen Schlußstrich unter die Diskussion über die Judenverfolgung ziehen.[42] Das kommt einem kollektiven Schuldeingeständnis gleich; man weiß doch nur zu gut, wie solche Diskussionen enden. Deutsch will das Volk nur noch insoweit sein, als es nicht mehr daraufhin angesprochen wird.

Nun haben die Deutschen aber dennoch, im Schatten ihrer Schuld, eine neue Geschichte: betreiben eigennützigen Handel und rudimentäre Außenpolitik, schaffen sich Freunde und Feinde, leisten den Amerikanern Gefolgschaft und pflegen antiamerikanische Affekte. Dies alles tun sie, ohne spezifisch deutsche Ziele und ein positives Bild von sich selbst zu haben. Angestrengt unbeteiligt, ganz so, als sei weiter nichts gewesen, arbeiten sie in Europa, NATO und UNO mit. Was geht hier vor sich? Die Schwärzung der deutschen Geschichte im Namen von *Auschwitz* macht die Deutschen unberechenbar und orientierungslos. Das, worüber sie nicht sprechen, ist ihr stiller Vorbehalt im postnationalen Raum. Dort werden sie nicht landen können, wenn sie nicht ahnen, woher sie kommen. Als Schaltung zwischen Allerweltsorten würde die globale Dimension ihre Ausdehnung verlieren – und dann könnte dort niemand mehr Geschäfte machen. Nur wenn die Deutschen einsehen, daß sie alt und eigenartig sind – und Ahnen haben, die ihnen keine Schande machen –, haben sie eine Zukunft über ihre Geschichte und über die deutschen Grenzen hinaus.

Deutschland, das Defizit. Ein Volk, das kraft seines Defizits über sich hinausdrängt. Eine Nation ohne »Grundmythe«, ohne geographischen Halt, ohne verbindende Ikonographie und nachgerade ohne Geschichte. Die daher ihre Negationsarbeit fortführt – sich selbst verschmäht, um zu wachsen, und sich an anderen stößt, um durch den Rückstoß etwas von sich zu erfahren.[43]

Aus dieser Misere führen Einsicht und Besserungswunsch nicht hinaus. Der uneinsichtigen Volksmasse mit Therapien auf die Sprünge zu helfen, gilt seit Jahrzehnten geradezu als Allheilmittel der Willensbildung in Deutschlands Demokratie; von der *reeducation* führt ein gerader Weg zum Multikulturalismus der Grünen. Das heizt die Selbstverachtung an, und dumpfen, sprachlosen Widerstand. Aber von seiner konstitutiven Haltlosigkeit befreit wird Deutschland nur durch Veränderungen, die es hinzunehmen gezwungen ist (wie das Ende des Ostblocks und die Wiedervereinigung).

Was dem Gebilde namens Deutschland, das an seinem Ort und Status immer wieder irre wird, im beginnenden Jahrhundert zustoßen wird, ist die Zuspitzung der Abgrenzungsfrage. Nationale Grenzziehungen, auch die einer europäischen Allianz, werden in mehrfacher Hinsicht außer Kraft gesetzt, im wesentlichen durch selbstgeregelte Mechanismen für wirtschaftliche Aktivitäten auf globaler statt zwischenstaatlicher Ebene (Standards der Buchhaltung, finanzielle Kommunikation, Vereinbarungen über Investitionen, Arbeitsplatzbörsen, Verfahren der Krisenprophylaxe und anderes)[44], durch Ausdehnung einer Sphäre weltweiten Daten- und Ideenverkehrs, durch die Ermächtigung der Vereinten Nationen, an der Regelung politischer Konflikte mitzuwirken, und durch die wechselseitige Durchdringung und Abstoßung transnationaler Religionen, Musikstile, Modeströmungen und Lebensentwürfe.

An solche Prozesse ist zu denken, wenn in Gesprächsrunden die Parole der Globalisierung ausgegeben wird, meist als Hinweis darauf, daß nun alles anders werden wird und Residuen wie Deutschland oder Frankreich keine Zukunft haben. Aber solche Prozesse entkräften zunächst die Strategie der »postnationalen« Intellektuellen, die das private Glück der Deutschen an die Geltung universaler Werte koppeln wollen und eine Teilnahme an der »westlichen Zivilgesellschaft« gewissermaßen als Belohnung für konsequente Entdeutschung versprechen. Die Globalisierung läßt sich für die Säuberung Deutschlands vom Deutschsein nicht in Dienst nehmen; sie ist viel schneller als diese. Die verheißene Weltgesellschaft kann weder eine Alternative zu Deutschland noch dessen Ablösung sein. Sie kommt umsonst und nicht als Prämie. Das Ende der deutschen Nation brächte denen, die es forcieren, also keinen Expansionsgewinn. Ja, es scheint, daß die wirtschaftliche, digitale, politische und kulturelle Globalisierung der deutschen Selbstverneinung den Wunschhorizont entzieht. In gewisser Weise verweist die Allgegenwart des transnationalen Verkehrs die Deutschen an ihren Ort und zu ihrer Geschichte zurück. Anders gesagt, man kann in diesem Verkehr nicht wohnen.

Zwar werden zu Beginn des dritten Jahrtausends der abendländischen Zeitrechnung die Prozesse der Entgrenzung mit Gegenwart und Zukunft assoziiert und alle Formen eingrenzender Orientierung für antiquiert erklärt. Zu diesem Schluß verführt der Aberglauben, daß die Progression der Jahreszahlen irgendeine Art von Fortschritt bedeute. Alles soll größer, weiter, schneller und betriebsamer werden. Die Trägheit jedoch hält mühelos Schritt. Je größer das Repertoire an konkreten Wahlmöglichkeiten (die »Komplexität«), desto strenger die – vereinfachende, gleichsetzende – Reduktionsregel, der das gesamte Repertoire unterworfen wird. Der Antrieb jeder Überschreitung hängt auch von der Beharrlichkeit des Überschrittenen ab. Eine entgrenzte Ökonomie und

Kommunikation ist auf Stoffe (Motive), Anlässe und Maßstäbe angewiesen, die ihr die partiell unvermittelbaren Prozeduren in – auch – territorialen Grenzen verschaffen. Keine *De*territorialisierung ohne *Re*territorialisierung. Das abstrakte, menschenrechtlich begründete Duldungsverhältnis der Weltbürger erinnert an das Kapitalverhältnis, das »keine Einheit herstellen (kann), ohne zugleich neue Teilungen zu installieren. Es kann die Menschen- und Warenströme nicht optimieren und globalisieren, ohne zugleich lokale Verhärtungen zu produzieren. Es kann nicht verflüssigen, ohne da und dort zu verhärten. Daß mit dem Ende des kalten Krieges und dem Eintritt des ehemaligen Sowjetblocks in den Weltmarkt die Zahl der heißen lokalen Kriege zunimmt, ist in gewissem Sinne unvermeidlich.«[45]

In Weltgemeinschaften wetteifern Hegemonen mit Randfiguren, Zentralisten mit Satrapen. Universell gültige Normen entfachen den Streit der Exegeten. Die Absicht, globale Ressourcen zum Wohle aller einzusetzen, führt in die »distributive Falle« – und Verteilungskämpfe beglaubigen das Walten globaler Schlichter, die nun ihrerseits auf diese Kämpfe angewiesen sind. (Wohin sollen Dissidenten auf einer politisch vereinten Erde noch gehen? Sie unterstützen abtrünnige Allianzen.) Säkularisierung belebt Religionen, Weltenglisch die Muttersprachen, das Ubiquitäre die lokalen Abseitigkeiten, Virtualisierung das unwiederholbare Ereignis, ein Leben in Transiträumen den Hunger nach Begrenzung.

Wie werden Aufgaben bewältigt, die weder profitabel noch mehrheitsdienlich noch aktuell vordringlich sind? Durch relativ zeitfeste Einrichtungen der Für- und Vorsorge, die nur dort entstehen, wo die Menschen sich so gut kennen, daß sie einander loyal sein wollen. »Es gibt eine ›Weltgesellschaft‹, aber es kann keine ›Weltnation‹ geben.«[46] Die Zukunft gehört den örtlich begrenzten Zusammenschlüssen und der plurinationalen Großraumordnung (die sich fremden Ordnungen konfrontiert). Die Weltgesellschaft gründet auf Gebilden, die ihr zugehören *und* entgegenarbeiten.

Wird eine bestimmte Art des Passierens von Grenzen erschwert, etwa der physische Übertritt, expandieren andere Arten, etwa der Austausch per Internet. Aber das ist nur ein Randaspekt. Grenzen sperren aus und ein, und zugleich gliedern sie die Erdoberfläche. Die Dynamik der Globalisierung macht die trennenden Grenzen durchlässig – und erhöht den strategischen Bedarf nach Aufgliederung des Entgrenzten, schafft somit neue Arten von Undurchlässigkeit. Stellen wir uns darauf ein, daß Grenzen wiederkehren, indem sie verschwinden, und daß sie auf unterschiedliche Weise verbinden, indem sie auf unterschiedliche Weise trennen. Dauerhaft weicht eine bestimmte Grenze allein dadurch, daß sie durch Krieg, Völkerwanderung oder Korrektur verschoben wird. Die per Dekret oder Technologie aufgehobene Grenze tendiert zur Wiederkehr. Sie bewahrt ihre Sinnfälligkeit als vollendete Tatsache. Wenn Grenzen insgesamt verzichtbar erscheinen, wachsen den Grenzen, wie sie sind, vergessene Plausibilitäten zu.

Deutschland, das auf der Suche nach Grenzen seit jeher mit Entgrenzung gespielt hat, wird sich als Mitglied europäischer und globaler Gemeinschaften seiner eigenen Geschichte erinnern müssen. Was die Deutschen von ihren Nachbarn unterscheidet, beruht nicht auf der Überlieferung von Mythen oder auf überdauernden Institutionen oder einem Volkscharakter, sondern auf deren Defizienz. Die Deutschen haben nur ihre Geschichte. Ihr Verhältnis zu Umwelt und Gesellschaft ist einfältig: zivilisatorisch uneindeutig. Diese nationale Dürftigkeit kommt den Deutschen zustatten, wenn sich allerorten die Traditionsbestände zersetzen. Während sich die Nachbarn an Schwundformen nationaler Gehalte klammern, können die Deutschen durch schlichte Negation Selbstgewißheit erlangen. Denn nun ist es die ortlose und geschichtslose Weltgesellschaft, von der sie sich abzugrenzen haben. Daß ihre Selbstaufopferung ins Leere geht, erzieht sie zur Selbstbescheidung: sich nicht zu hassen. Ohne die Hybris eines maßlosen Schuldbewußtseins sind sie vielleicht imstande hinzunehmen, was ihnen über Demokratie und Marktwirtschaft hinaus zukommt.

Anmerkungen

1 Der Spiegel, Nr. 52 vom 21. 12. 1987, S. 33.
2 Claus Offe: Vom taktischen Gebrauchswert nationaler Gefühle. In: Die Zeit, Nr. 51 vom 4. 12. 1990, S. 42.
3 Vgl. Wolfgang Jäger: Die Überwindung der Teilung. Der innerdeutsche Prozeß der Vereinigung 1989/90. Geschichte der deutschen Einheit, Band 3. Stuttgart 1998.
4 Vgl. Hans Mommsen: Hauptstadt in Bewegung. Über »Weimarer« und »Berliner« Republik. In: Süddeutsche Zeitung, Nr. 34 vom 11. 2. 1999, S. 13.
5 Vgl. Timothy Garton Ash: Im Namen Europas. Deutschland und der geteilte Kontinent. München 1993.
6 Vgl. Reinhard Mohr: Die deutsche Linke. In: die tageszeitung vom 30.5.1990, S. 15f.
7 Der Spiegel, Nr. 3 vom 18. 1. 1993, S. 21.
8 Vgl. Dan Diner: Deutschland im Epochenwechsel. In: Blätter für deutsche und internationale Politik, Heft 9/1993, S. 1111-1118.
9 Süddeutsche Zeitung, Nr. 215 vom 18. 9. 1990, S. 8.
10 Frankfurter Allgemeine Zeitung, Nr. 211 vom 11. 9. 1991, S. 5.
11 Frankfurter Allgemeine Zeitung, Nr. 88 vom 16. 4. 1997, S. 5.
12 Wiedergegeben in: Süddeutsche Zeitung Magazin, No. 47 vom 20. 11. 1992, S. 8.
13 Vgl. Der Spiegel, Nr. 30 vom 22. 7. 1991, S. 24.
14 Claus Offe: Vom taktischen Gebrauchswert nationaler Gefühle. In: Die Zeit, Nr. 51 vom 14. 12. 1990, S. 42.
15 Laut *Duden* Personen »mit akademischer Ausbildung, die in geistig schöpferischer, kritischer Weise Themen problematisieren und sich mit ihnen auseinandersetzen«. (Das Fremdwörterbuch, 5., erweiterte Auflage, Mannheim 1990)
16 Patrick Süskind: Deutschland, eine Midlife-crisis. In: Der Spiegel, Nr. 38 vom 17. 9. 1990, S. 121.
17 Süddeutsche Zeitung, Nr. 269 vom 22. 11. 1990, S. 47.
18 Joseph von Westphalen: Von deutscher Bulimie – Diagnose einer Freßgier. Vergebliche Streitschrift gegen die deutsche Einheit. München 1990, S. 35f.

19 Karl D. Bredthauer: Deutschland begründen. In: die tageszeitung vom 29. 3. 1993, S. 10.
20 Ulrich Hausmann und Udo Knapp in: die tageszeitung vom 12. 10. 1991, S. 12.
21 die tageszeitung vom 5. 12. 1990, S. 5.
22 Mathias Bröckers: Transnationalfeiertag. In: die tageszeitung vom 6. 10. 1990, S. 17.
23 Süddeutsche Zeitung, Nr. 228 vom 4./5. 10. 1997, S. 17.
24 Dirk Baecker in: die tageszeitung vom 19. 10. 1998, S. 15.
25 Vgl. Jürgen Trittin in: die tageszeitung vom 8. 8. 1997, S. 10.
26 Michael Althen in: Süddeutsche Zeitung, Nr. 50 vom 2. 3. 1999, S. 13.
27 Ebenda.
28 Vgl. Der Spiegel, Nr. 8 vom 19. 2. 1990, S. 52.
29 Joseph Hanimann in: Frankfurter Allgemeine Zeitung, Nr. 86 vom 14. 4. 1998, S. 41.
30 Marie-Luise Beck in: Talk im Turm, SAT. 1, am 22. 11. 1998, Gesprächsleitung: Stefan Aust.
31 Bei den kursiv gesetzten Stellen in diesem Kapitel handelt es sich um Zitate.
32 Zitiert werden Rolf Dieter Brinkmann, Henryk M. Broder, Hans Christoph Buch, Peter Buchka, Gordon A. Craig, Doris Dörrie, Anne Duden, Günter Grass, Claus Koch, Erich Rathfelder, Michael Rutschky, Hans Sahl, Joseph von Westphalen und andere. Da die Äußerungen austauschbar sind, erfolgt kein Einzelnachweis.
33 Initialen vom Autor verändert.
34 Eine Abschrift des Briefes ist im Besitz des Autors.
35 *jetzt*, Beilage der Süddeutschen Zeitung vom 13. 11. 1995, S. 8.
36 Der Spiegel, Nr. 11 vom 13. 3. 1978, S. 138.
37 Der Spiegel, Nr. 25 vom 21. 6. 1993, S. 55.
38 Vgl. Süddeutsche Zeitung, Nr. 33 vom 9. 2. 1995, S. 13.
39 Karl Heinz Bohrer: Schuldkultur oder Schamkultur – und der Verlust an historischem Gedächtnis. In: Neue Zürcher Zeitung, Nr. 289 vom 12./13. 12. 1998, S. 51 f. Vgl. Steven Uhly: Paradoxe Wiedervereinigung. In: die tageszeitung vom 29./30. 8. 1998, S. 12.
40 Focus, Nr. 35 vom 28. 5. 1995, S. 124.

41 Vgl. Heinrich Klotz: Die Kunst ist stumm. In: Süddeutsche Zeitung, Nr. 58 vom 11. 3. 1999, S. 17.

42 Vgl. Süddeutsche Zeitung, Nr. 296 vom 23. 12. 1998, S. 5.

43 Vgl. Klaus von See: Barbar, Germane, Arier. Die Suche nach der Identität der Deutschen. Heidelberg 1994.

44 Vgl. Saskia Sassen: Globalization and its Discontents. New York 1998.

45 Brian Massumi: Everywhere you want to be. Einführung in die Angst. In: Clemens Härle (Hrsg.): Karten zu »Tausend Plateaus«. Berlin 1993, S. 66-103. Hier: S. 91 f.

46 Heinz Bude: So groß sind wir gar nicht. In: Frankfurter Allgemeine Zeitung, Nr. 24 vom 29. 1. 1994, Beilage »Bilder und Zeiten«, S. I.

Nachweise

Die Herkunft der Urahnen. Tumult – Zeitschrift für Verkehrswissenschaft, Nr. 10 (1988), S. 5-37.

Das Andere des Waldes im Mittelalter. Tumult – Zeitschrift für Verkehrswissenschaft, Nr. 8 (1986), S. 18-32.

Deutsche Einfalt. Tumult – Schriften zur Verkehrswissenschaft, Nr. 15 (1991), S. 64-82.

Hunger nach Begrenzung I: Die letzten Jahre der Bundesrepublik (1984) erschien zum ersten Mal unter dem Titel *Der Hunger nach Begrenzung: Die BRD am Ende des Jahrhunderts,* Wetzlar 1985.

~~39,80~~

Aut 26,-